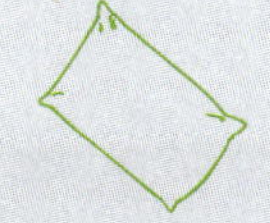

客房服务员

冯丽丽／著

新 星 出 版 社　NEW STAR PRESS

图书在版编目（CIP）数据

客房服务员 / 冯丽丽著．—北京：新星出版社，2021.4

ISBN 978-7-5133-3961-2

Ⅰ．①客… Ⅱ．①冯… Ⅲ．①长篇小说－中国－当代 Ⅳ．①I247.5

中国版本图书馆 CIP 数据核字（2020）第 011071 号

客房服务员

冯丽丽 著

责任编辑：汪　欣
特约编辑：黄珊珊
责任印刷：李珊珊
装帧设计：蒋宏工作室

出版发行：新星出版社
出 版 人：马汝军
社　　址：北京市西城区车公庄大街丙3号楼　　100044
网　　址：www.newstarpress.com
电　　话：010-88310888
传　　真：010-65270449
法律顾问：北京市岳成律师服务所

读者服务：010-84675367

印　　刷：北京中科印刷有限公司
开　　本：880mm × 1230mm　　1/32
印　　张：10.75
字　　数：260千字
版　　次：2021年4月第一版　2021年4月第一次印刷
书　　号：ISBN 978-7-5133-3961-2
定　　价：49.80元

推荐序

陈丹晨

有友人推荐我读冯丽丽的新作《客房服务员》。这部小说长达三百余页，一开始读的时候，感觉有点怪怪的，写得这样琐细，平铺直叙，几乎像流水账一样；写一个宾馆的客房服务员们的日常工作，全书的情节几乎都是在这个狭窄的空间展开；没有跌宕起伏的戏剧冲突，没有英雄传奇故事，叙述的都是服务员们打扫收拾屋子的事；既没有高大上的宏大叙事，也完全没有现在流行的爱情、谍战之类的佐料。但却吸引着我兴趣盎然地读完了全书。

我想因为这是一部真实感人的作品，写实达到逼真惊人的精细。作者不是作为外人了解、观察，或者依靠查阅、采访所得写成的，而是作为其中一员的真实经历直接体验感受得来的。也就是说，这是一部服务员生活的实录，是一部近乎日记体的小说。作品描写的内容，从服务员上班开始，进入客房打扫，换床单毛巾，吸地，刷马桶，洗水池，擦玻璃，等等。一天又一天，周而复始，但是却时有新鲜的事情发生引你关注，即使琐细也让你想弄个明白。譬如新来宾馆做此工作的小冯，学习甩床单，从甩不直不平整到熟练。玻璃窗都要擦得透亮，有的地方常常用嘴哈气才能擦干净。地板、洁具等都要擦得一干二净。一天要收拾一二十个房间，有时还要加班，常常又累又饿，胳膊酸疼到抬不起来。还要接受领班、经理轮番的检查，凡是她们认为做得不够好的都要重做。稍有差池还要扣工资，再不然就是开除。经理、领班也是打工的，服务员做得不好她们也会受到上级的惩罚，所以严格管着这些服务员。这样一层管着一层，与整个社会的结构和治理方式是一样的。关键就是饭碗。不听话或做得不满意不称心就会关系到饭碗即生存的大事。我们日常都有过住宾馆的经历，能体验到那些服务员们战战兢兢的心态。

这些服务员的形象一个个活跃在你眼前，你会看到她们全部精神都贯注在微薄的薪酬上，就此被驱使着，控制着，绑架着。她们的生活、言谈内容、干活的多少好坏以及吃穿玩乐都紧紧围绕着计算每月能够得到多少报酬，计较的不过是几块、几十块钱而已，是富人甚至普通人不屑一顾的。作者用最平实的笔触写出了今天生活在底层的人们的生存状态，是一般人看不到、体验不到的，甚至被遗忘了的。

虽然如此，她们与常人无异，既会勾心斗角，也会互相照顾；既有自私取巧，又有仗义勤奋；既常牢骚不平，也因得小惠而易满足。人性中的善与恶生动表现在日常生活的细节中。领班杨姐就是写得比较成功的一位，她竭力想做好工作，百般讨好下属，给她们买早点，请大家吃饭，帮她们做保洁，为她们在领导面前美言解困。她常声称："有我在，不会让你们吃亏的。"但她又很不自信，唯恐有人说她坏话，怀疑有人在背后整她，于是四处探问别人对她的反应，危言恫吓与她不合的人，扬言自己不是好惹的。人们对她似乎既爱又烦。其实她和她的同事们一样都有个不幸的身世。这个人物的内心和性格复杂而丰富，得到淋漓尽致的描写，似乎是我们生活中常见的既陌生又熟悉的一员。

这样的环境就像一个小社会，人们很自然也会滋长出一种不满甚至反抗的情绪和想法。但是，又有什么出路呢？她们发现别的酒店宾馆的酬劳并不比现在的强多少，还有更不如的。她们更不敢与当权者争取自己的权益，于是再多的不平也只能强忍着、克制着、迁就着，只盼望旺季来临时能多得一点工资以自慰。她们的人生还有什么更好的未来呢！

小柳说："客人那么贵重，怎么我们就不值钱呢？我刚才吸完地毯，饿得都没一点力气了。他躺在沙发上看电视，我却饿着肚子，蹲在旁边地上又擦又洗，感觉就像个丫鬟在伺候老爷。就这样，还动不动就扣工资。说是管吃，整天就是青菜土豆，也就是填饱肚子饿不死。这工作真没意思，我真不想干了！”

李霞说：“换个工作也是这样，好不到哪儿去。谁让你没生在城市也没上大学？你别不服气，你就是干活的命，就是低人一等。”

我说：“不能这么说，这只是每个人分工不同。我们也很重要，要没有我们打扫，他们哪有干净房间住？”

小柳说：“打扫卫生是个人就能干，有什么重要？李霞说得对，我们就是低人一等。”

李霞说：“所以我现在每次回老家就跟我孩子说：你们将来一定要上大学，否则没出路。”

她们都说：“对对，我们受再大的苦，也一定要让孩子上大学。”

我想了想没说话。

这些对话说出了她们内心的伤痛，除了寄希望于孩子上大学才能改变命运，对于自己卑微的生存状态几近麻木，完全不抱改变的希望。“我”——即冯姐虽似另有所想，但也不知怎么解释眼前的困境。

《客房服务员》对底层生活和人物内心的白描式精细叙写，写她们的委屈和受轻侮，写她们超负荷的劳动和低廉的报酬，写她们无辜被扣工资想据理力争，又不敢出头，写她们之间有时虽有龃龉，但遇到一方有困难时都会同情相助……这一切都通过直白的叙述和对话娓娓道来，让那些真实的细节和富有生活气息的日常口语打动读者。这使我想起现在的小说作品中似乎久违了这样通俗鲜活的语言艺术，也鲜有写底层生活如此逼真如工笔般的描述。近代中外文学有一个非常突出的成就就是描写和反映底层民众生活和人物的传统，贯穿着人道主义精神对“小人物”命运的关注和同情，对黑暗社会的不公和丑恶的深刻批判。但是许多年来作家们对此似乎比较冷漠和忽略，很少看到这些处于不幸、挣扎在生存线上人们的生活命运和思想感情能在文学作品中得到反映和表现。这部《客房服务员》的出现所以使我感到意外的惊喜，还因为作者本身曾经就是其中一员，她不是站在旁观者的立场怀着同情心撰写此书，而是以自己亲身经历沉痛而无奈地诉说。书中洋溢着鲜活的平民意识和气息，在这个逼仄的场景中展现了某个阶层生活的侧面，是非常难得的。

当然，如果我们苛求一些，这部小说也还不够丰富厚实，有些细节重复，描写的文字不够灵动多样，精细的叙写同时也略觉琐碎，有的人物形象勾勒得似乎不那么准确，对于这样的社会生活现象的思考还不够深刻，等等。但是对于这样一部具体作品而言，还是比较好地完成了自己的创作意图的；相信作者在积累更多的写作经验后会成熟起来，写出更精彩的艺术作品。

2018-5-20/2019-3-4 改定

目录

序　曲

一天下午，我拎上口袋，关上院门，到村南市场去买菜。

马路两边摆着很多小摊，有卖菜的、卖肉的，还有补牙的和算命的，非常热闹。算命摊旁边的墙上新贴了几张招聘广告，我站住看了看，有招工人的、招保姆的。其中有一张新贴的广告，上面写着：

宾馆急招！

客房服务员若干名，限女性，18—40岁，负责整理打扫房间。

要求吃苦耐劳，责任心强。有经验者优先。

工作时间为上午8:30到下午4:30。包食宿，月休四天。

每月工资＝基本工资1400元＋客房提成＋全勤奖＋绩效奖＋季度奖＋年终奖。

有意者面谈。

北京悦来宾馆

2012年2月28日

我见过这个宾馆，就在沙河镇南边，村口有个公交车昌26路经过那里，也就是四五站路。这个工作看起来很不错，整理房间不难，应该也不会太累。我想了想，拿出手机，拨通了广告上的电话："你好，是悦来宾馆吗？我想应聘客房服务员。"

一个甜甜的女声说："好啊。现在名额不多了，您有时间的话，可以现在就过来面试。"

我说："好的。"我先不买菜了，走到车站去等车。一辆昌26开过来，我拎着空口袋上了车。

车到了站，我下了车，路边就是宾馆。宾馆的门很大，中间是一个咖啡色旋转玻璃门，两边各有一个手拉的门。一个穿着红色礼服的年轻保安站在门口，看我过来，为我拉开了旁边一个门，我说："谢谢。"

进了大厅，有一个老头儿弯着腰在拖地，穿着一身土黄色的衣服。大厅左边是休息区，有个自动取款机，靠窗户摆着沙发和茶几。迎面是一个长长的服务台，后面墙上挂着一排钟表，下面坐着一排年轻姑娘，都穿着灰西服，白衬衣，衬衣的领子翻在外面，头发都在脑后梳了个圆髻，上面别了个蝴蝶结。

一个姑娘看见我，从服务台后面站起来，说："您好！有什么可以帮您？"

我说："您好，我是来面试客房服务员的。"

她拿起桌上的黑色对讲机说："呼叫周经理，前台有人面试客房服务员。"

一个女声回答："收到，让礼宾带她上来。"

姑娘叫门外的保安："小雨，带这位大姐去见周经理！"

保安进来，带着我坐电梯上了二楼。出了电梯，对面和右边都是长长的楼道，左边是步行楼梯，楼梯和墙中间有一个小房间，门上写着"总经理"。

保安指了指小门说："周经理在里面，去吧。"说完就转身进电梯了。

我敲了敲门，听见有人说"请进"。我推开门，面前是一个很窄的过道，两边摆着铁文件柜。左边墙上有个门，我走进去，进了一个小屋。

屋子大概有十平方米，里面墙边摆着铁文件柜，靠外面的墙上有个窗户。屋子中间放着一张大写字台，一个穿黑西服的中年妇女坐在那儿，一手翻一摞票据，一手快速地摁着计算器。

周经理停下来，抬起头说："请坐。"

写字台这边还有一把椅子，我就坐下了。

她从抽屉里拿出一张表格和一支笔，说："你先把这张表格填一下。"

我接过来看了看，开始填起来。姓名，曾用名，籍贯，民族，政治面目，工作经历，业余爱好，期望工资，是否住宿……

我填表格的时候，她继续算账，把计算器摁得"啪啪"响。

我填完给她，她拿起来看了看，问：“你以前做过客房服务员吗？”

我说：“没有。”

她把表格放下，说：“好，我先带你去看看客房，给你介绍一下客房服务员的工作。”

我跟着她走出去，向右拐，走到楼道里。楼道里很昏暗，头顶和墙上的灯都亮着。楼道的地上铺着带花纹的红地毯，两边墙上是印花的壁纸。

远远看见楼道里有个方形的东西，走近了，看见它像个柜子，有好几层，底下还有几个轮子。每一层都摆满了各种东西，两边各挂着一个大帆布口袋。

旁边门开着，我往里看了一眼，一个妇女正弯着腰在铺床，穿着跟大厅拖地的老头儿一样的土黄色衣服。

周经理走到一个房间前，拿出房卡来刷了一下，开了门。

这是一个标准间，两张单人床上铺着白被子，搭着红绸子。地上铺着黄地毯。卫生间的墙是玻璃的。

周经理说：“这就是我们的客房，按四星级标准来配置的。怎么样？”

我说：“真不错。不过我从来没干过客房服务员，不知道我行不行。”

周经理说：“没问题的，其实客房服务员的工作很容易，跟我们平常在家里打扫卫生差不多。而且新员工还有三天培训期，由专人负责培训。如果不行，三天内随时可以走。如果三天后你决定留下来，这三天我们还给你算工资。你可以明天先来试试。”

我说：“好的，那我就来试试吧。”

周经理关上门，和我一起走到楼梯口，说：“那说好了，你明天八点半过来找我。记得带个饭盒，我们食堂提供自助餐，免费。”

我说：“好啊。明天见！”

周经理说：“明天见。”

一

初到

1

第二天早上，我找了个袋子，装了一个乐扣的饭盒和一双筷子，走到村口，坐昌 26 去宾馆。

进门的时候我看了表，才八点。大门口还是那个保安，我跟他说：“你好。”

他看了我一眼，没说话，也没给我拉门，我只好自己拉开门进去。

我进了大厅又去找前台的姑娘，她呼叫周经理，对讲机里说：“我在四楼，让她来四楼找我。”

我摁了电梯，半天没下来，我决定走楼梯上去。墙上没有楼层数字，我一直往上走，上到头，楼梯没了，到了最高层。

我走进楼道，两边都是房间，过道里还拴着绳子晾着衣服。

我喊了一声“周经理”，一个房门开了，走出一个胖胖的小伙子，穿着拖鞋，看见我，惊讶地说：“你来这里干吗？”

我说：“我找周经理。”

他说：“她不在这儿，这儿是男宿舍。”

我说：“那……哪儿是四楼？”

他说：“下面一层。”

我谢了他，下了楼梯，站在楼梯口左右看，两边有两条楼道，都铺着地毯，亮着小灯，楼道两边是客房，和我昨天看的二楼一样。

一个保安从一个房间走出来，对着对讲机说：“呼叫前台，406 查房正常。”

我问他周经理在哪里，他说：“她刚下去，你去客房部找她吧。”

我说：“客房部在哪里？”

他说：“三楼。你跟我走吧。”

我跟着他下到三楼，楼梯旁也有一个小房间，门上写着“客房部”。我跟着他走了进去。

里面和二楼的总经理办公室一样，一进门是过道，不过这里有一个水池和几个架子，架子上放了微波炉、电热水壶，一袋馒头，还有很多水杯。过道里面也是一个小屋子。朝南有个窗户，靠北有一张桌子，桌子上有个电脑，旁边有个铁文件柜。剩下的空地面对面放着几把椅子。

周经理坐在那里看电脑。保安过去，把一个本子递给她，她翻了翻说：“昨天晚上怎么样？有什么要交代的吗？”

保安说：“没有，一切正常。”

周经理说：“好，辛苦了。”

保安走了，对讲机响起来：“呼叫客房部，308 查房。”

周经理回答“收到”，对我说：“她们还没来，你先坐这儿等会儿吧。我去查房。”

周经理出去了，我在对着门的椅子上坐下，好能看见来人。墙上有好多图表，“做房流程”，“布草间工作流程”，还有什么防火事项之类。桌子上一排对讲机插着电线在充电。

我往窗外看，楼下停车场停着几辆车，停车场对面有一排平房，平房后面是个街心公园。

门外有脚步声，进来一个妇女，三十岁左右，穿着和前台姑娘一样的灰色西服，露着白衬衫的领子。头发也在脑袋后面用黑网包成一个圆髻，上面也有个蝴蝶结。她长得很漂亮，皮肤白，大眼睛，又化了浓妆，假睫毛又黑又长，脖子上挂着一个蓝宝石项链。

她看见我，说：“你是新来的？”

我说：“是。”

她问：“你叫什么？”

我说："冯丽丽。"

她问："哪里人？"

我说："河北。"

她说："你怎么不换上工作服呢。"

我说："我不知道，周经理没给我。"

她说："我去给你找个工作服。"

她走出去，在过道的柜子里翻了一会儿，拿了一件土黄色衣服过来，递给我。

我说："那……我到哪儿换衣服？"

她说："就在这儿换呗。"

我只好站起来换。我脱了外衣和外裤，放在椅子上，穿上工作服。这衣服大，我得卷起袖子才能露出手，左口袋还破了个口子。裤子也又肥又皱。

她拉开抽屉，找了一个带黑蝴蝶结的网兜给我，让我把头发抓起来，套上网兜。

她打开电脑一个界面，屏幕上一片方格，每个方格标着一个房间号，每间房的颜色都不一样，有灰色的，有绿色的，还有蓝色和粉色的。她看着电脑，开始填写那一叠表格。

一会儿又进来一个妇女，也是三十岁左右，穿着一身土黄色的又宽又大的工作服。

她进来后看看我，没说话，又出去了。听见她在门外架子上拿东西，接水，打开微波炉。一会儿她一手拿着一个馒头，一手端着杯水进来，说："小沈，馒头热好了。"

小沈说："好，我分完房再吃。"

后来的人就坐在椅子上，吃馒头，喝水。她的头发也用网子在后面兜了一个圆髻，也别着蝴蝶结。她眼睛小，脸长，也没化妆，脖子上挂着一串金项链。

小沈说："哦，张丽，这是新来的，是你们河北老乡。"

张丽说："嗯。"继续吃馒头，也没理我。

又一个年轻妇女进来了，也穿着土黄色的工作服。她挺漂亮的，眼睛大，皮肤白，还化了妆，眉毛黑，嘴红，脖子上也戴着金项链。

她拿了馒头和水杯，像模特一样扭着屁股走进来，在小沈旁边的沙发上坐下，小沈说："李霞，你不是说不来了吗？"

李霞说："没办法。陈丽去幼儿园了，我讨厌看孩子。王红霞去卖衣服了，我也不想卖东西。那几个还没找到工作呢。反正你也要当主管，我不走也行。"

小沈说："你怎么知道我会当主管？"

李霞说："这还用说吗？除了王经理，就是你了，你不当谁当？"

小沈没说话，继续填表。李霞看了我一眼，问："你是新来的？"

我说："嗯。"

李霞问："你是哪里人？"

我说："河北。"

李霞说："哦，张丽老乡啊。"

小沈填完了表，也去拿了馒头和水进来吃。李霞对着小沈耳朵说起悄悄话，小沈一边听一边撇嘴。张丽坐在旁边不说话。

我坐着悄悄看她们，发现她们三个的鞋子一样，都是黑绒面的布鞋，中间系一根横带子。我脚上还是皮棉鞋。

外面响起高跟鞋声，李霞说："她来了。"

周经理进来，她们叫："周经理好。"

小沈说："起立！"

她们都放下馒头站起来。我也赶紧站起来。

周经理说："今天房多吗？"

小沈说："还是四十多间。"

周经理说："唉，太少了。淡季，没办法。"

李霞说："这还少？她们走了，只剩我们两个人了，一人得二十多间。我这两天来事了，腰疼得很，我可做不完。"

小沈说："放心，我给自己分了12间。"

李霞说："小沈真好。"

周经理说："我知道你们几个辛苦。我当总经理以后，很多人不适应，扔下工作就走了。很感谢你们几个留下来，我不会亏待你们的。尤其是小沈，又能干又有责任心，素质非常高，王总经常夸她。我来了虽然才几天，也看在眼里。"

小沈说："没有没有，我只是干好本职工作。"

周经理说："这就是敬业，就是责任心。我现在正在招聘新员工，我要招的人，绝对和以前那些员工不一样，一定要老实本分，有责任心。好了，我给大家介绍一下，这是我招聘来的第一个新员工，叫冯丽丽。小沈，今天就由你负责培训新员工。"

小沈说："好的。周经理放心。"

周经理走后，小沈拿起表格，递给那两人每人一张，她们都拿起来看自己的表。

李霞说："张丽15间，为啥给我16间？我不是说我腰疼吗？"

小沈说："让你多挣点房提呗。放心，有王经理和礼宾帮你，我做完了也去帮你，不会累着你的。"

李霞说："还是小沈好。"

小沈说："走，领布草去。"

小沈从桌上拿起一个对讲机，拔了电线，又拿了一串钥匙和一个杯子往外走。她们两个也拿了对讲机，把带绳子的房卡挂在脖子上，一手拿表格，一手拿水杯，跟着小沈出去。我走在最后面。

出了客房部的门，她们顺着电梯对面的楼道往前走，走到头，又有一部楼梯，楼梯和墙中间也有个屋子，写着"布草间"。小沈拿钥匙开了门进去，说："李霞，把布草筐推出来。"

李霞和张丽进去，推出来三个带轮子的大口袋，停在门口。

我走到门口往里看，里面跟客房部的结构一样，也是有个过道，里面有个小屋，屋里有一张小桌子。过道和小屋两边都是顶着天花板的货架，上面放着叠好的床单、毛巾。

她们三个各自从架子上抽下来一摞摞东西抱着，互相侧身挤出门来，把东西扔进门口的布草筐里。

小沈先拿完了东西，到小桌上拿起笔说："报布草数。"

李霞说："4大单，4大被，6小单，6小被，10枕，20浴，20面，10地。"

小沈说："好，张丽呢？"

张丽说："7大单，7大被，8小单，8小被，16枕，22浴，22面，14地。"小沈记在一个本上。

她们拿完后，小沈锁上门，说："领耗品去。"

她们走上旁边的楼梯，我跟在后面。

到了四楼，和布草间相同位置也有一间屋子，门上写着"耗品间"。小沈拿钥匙打开门，里面也是过道和小屋，两边是矮货架，架子上放着一箱箱洗发水、小肥皂、卷纸、一次性拖鞋等，地上有几个空箱子。

三个人各自从地上拿起一个空纸箱子，从架子上挑了各种东西扔在里面。最后一人抱一个纸箱子回到三楼，把箱子放在装满床单、毛巾的布草筐里，一人推一个走了。

李霞没坐电梯，她就在三楼。张丽坐电梯下到二楼，我跟着小沈到了四楼。

出了电梯，小沈把布草筐停下，说："我们去推布草车。"

她沿着对面的楼道往前走，一直走到另一部楼梯旁边，进了刚才拿东西的耗品间，推出一个带轮子的柜子。我一直跟在她后面。

小沈推着那个柜子回到布草筐旁边，把水杯放在车上，说："冯姐，现在你看我怎么摆布草车。"

她把布草筐上面的纸箱子抱出来，说："先摆耗品。"

车子最上层有好几个格子，她一边放，我一边记：洗发水头朝下放左边第一格，沐浴露头朝下放左边第二格，手纸卷摞起来放第三格，拖鞋竖起来放第四格……

摆完耗品，小沈说：“现在开始摆布草，你跟着我摆。”

她从布草筐里拿起一个浴巾，对折，两边再朝中间折一下，合上，然后放在架子上。

我也从口袋里拿了一个浴巾，浴巾很大，我两只手拿着它，尽量把它铺在我腿上，两只手叠好一个，放进去。

小沈说：“你这个不行。”她拿出来又重新叠了放进去。我看她一下两下三下，叠好，放进去。又是一二三，放进去。我认真叠，第二个好多了。

浴巾叠完，小沈说：“这些布草也要分类放在架子上。”

她把布草筐里的单子和毛巾都一摞摞放在架子上。

布草都放好后，她把搁在帆布口袋上面的一个蓝色塑料方盒拿开，从口袋里拿出一次性的黑垃圾袋，先把黑垃圾袋撕开一个口，套进帆布口袋后，把撕开的两头绑在袋口的支架上。车上有两个帆布口袋，一边绑了一个垃圾袋。

小沈说：“这两边都是装垃圾的，一边放能回收的废品，一边放要扔的垃圾。我是左边放垃圾，右边放废品。”

布草车上还挂着一个纸口袋，小沈从里面掏出一个小闹钟放在布草车最上层，又拿出一个塑料板放上去。塑料板上面带着夹子，还拴着一支圆珠笔。她从口袋里拿出表格，用夹子夹上，从口袋里掏出对讲机说：“呼叫前台，请报一下四楼的房态。”

对讲机里传出声音：“收到。四楼的脏房有 401、402、405、410……在住有 412、415、419……预离是 418……”

小沈一边听，一边用圆珠笔在表格上写字。

我歪着头看，表格上每一行写着一个房间号，每个房间号后面写着两个英语字母，有 VD、OD、ED，小沈把几个 ED 改成 VD。

前台说完后，小沈拿起对讲机说：“呼叫王经理和礼宾，有空上来帮忙撤单子。”

对讲机里一个男人回答说：“收到。”

小沈推着布草车，我跟着她往前走，一边走一边左右看。楼道两边都有房间，朝外那圈的房间都是双号，内圈的都是单号。

小沈走到402门口，刷了一下房卡，灯变绿了，她打开了门。这是个标准间，有两张单人床，中间有个床头柜，下面放着一个竹篮子。

床对面墙上挂着液晶电视，旁边是桌子，桌子下面有个凳子，桌子上面放着漂亮的台灯。靠窗户摆着两个小沙发和一个小圆玻璃茶儿，茶儿上面放着托盘，里面放着电水壶和两个茶杯、两包茶叶。窗帘有两层，一层厚布，一层白纱。

卫生间外面一间是厕所，有大理石的洗脸台，雕花的椭圆形梳妆镜，马桶白得发亮。里面一间是浴室，墙上有浴帘，地上有蓝色地垫。

现在被子皱在床上，桌子上有打开的烟盒，地上有很多瓜子壳。

小沈说："冯姐，我现在教你做房。你先看我怎么做。"

她拿起地上的垃圾桶，说："第一步是收垃圾。拿上垃圾桶，沿着屋子走一圈，边走边收。"

我站在地上看着她。她先走到桌子那儿，捡起桌上的垃圾扔到垃圾桶里，再走到茶儿那儿，把上面的东西收了，再去收床头柜上的垃圾，转身往外走，路上把地上的一次性拖鞋扔进垃圾桶，然后出门，从垃圾桶里拎出垃圾袋，扔到布草车左边的大口袋里。

她说："现在收卫生间的垃圾。"

她进了卫生间，我走到卫生间门口看她。她把大理石台子上客人用过的牙刷梳子放到旁边装浴液香皂的红竹筐里，把浴室里不锈钢架子上用过的洗发水浴液放进筐里，把马桶旁边的垃圾桶里装满手纸的垃圾袋拎出来，然后一手拿竹筐一手拿垃圾袋出来，把垃圾袋扔到布草车左边口袋里，把竹筐放在布草车上。她从布草车上拿了几个布草，又从最上面格子里拿了两双拖鞋，说："现在去铺床。"

进了屋，她把拖鞋扔到床头柜旁边，把布草放到茶儿旁边的一个单人沙发上。她走到一张床边说："铺床前要先撤单子。冯姐，我撤这张床，你去撤那张。”

我走到另一张床边看她。她先拆被子，找到口，抓起被子芯，抖了几下，被罩就掉下来了。我也试着找到口，抓住被子芯抖了抖，被罩就像一件衣服掉下来，挺容易的。我学她的样子，把被子芯放在茶几旁边的另一个单人沙发上，把被罩扔地上。然后又拆了枕头，枕芯放沙发上，枕套扔地上。床单扯下来，也扔在地上。

她说："你把它们扔到布草筐去。"

我抱起地上的一堆被罩床单出去，扔到那个带轮子的大口袋——布草筐里。

我回来，小沈说："今天我就先教你铺床，你好好看着。"

现在两张床都露出了床垫，床垫上各有一张白色的薄褥子。小沈从沙发上拿起两个叠好的白色床单，一张床垫上放一个。

她说："先甩单。"

她脸朝床站在床尾地上，我也在另一个床尾站好。她弯下腰抓住床垫往外拉了一下，让它和床头离开一点空隙。我也照做。

她两手拿起床单，抖开，往前使劲一扔，床单飘起来，快落到床上的时候，她往身边拉了一下，床单就盖住了床垫。我也照样扔了一下，拉了一下，但是床单只盖住半个床，皱在床垫上。

小沈说："我再做一次，你好好看。"

这次我注意了，小沈抓住床单，先往前抛，等床单飘起来的时候，弯腰，两手往下按，往自己身边拉，床单就着劲儿贴在床垫上边飘边翻着波浪走，最后平平地铺在床垫上，床单的边很自然地从床垫外面落下去。

我也抓住床单，往上抛，往下按，往回拉，但是床单还是皱成一团，挤在半张床垫上。

小沈说："算了，你以后再慢慢练，我来吧。"

她走过来拿起床单随便扔了一下就铺好了，又走回自己的床边说："现在包单。"她走到床头，一只脚踩到床架子上，弯下腰，左手抬起床垫，右手把床单塞到床垫底下。然后她站到地上，弯着腰，一边走一边左手抬床垫，右手塞床单。到床垫拐角的地方，还要折一下，像包礼物盒一样。她绕着床走了一圈，床单就包好了。现在床单紧紧地包着床垫，看起来像个长方形的盒子。

我也弯着腰包了一圈，看起来也不错，小沈说："你包得太松了，这样客人在床上躺两下就开了。我来吧。"

她把我包的扯下来，又包了一次。接下来她说："现在套被罩。你先看我怎么做，你一会儿再套。"

小沈拿起被罩，抖开，找到口子，两手伸进去，找到两个被罩的角，轻轻地放在床上，保持形状。然后从沙发上拿过被芯，找到被芯的两个角，一手拿一个塞被罩的两个角里，塞好后两只手从外面抓住两个被角，开始抖，直到被芯撑满被罩。然后把它往远处扔，被子平平地落在床上，正好盖住床。她走到床头，把被子靠床头那边往外翻折了一个边，被子和床头之间空了一块地方。

她拿起枕套，左手撑开一个口，右手把枕芯拦腰捏住，一下就套了进去，然后拍了几下，枕头就鼓起来。她把两个枕头并排放在床头。

她走到床脚，把垂下来的被子也像包礼物盒一样塞进床垫下面，整个床现在方方正正的。

最后她拿起沙发上的绛红色丝绸，搭在床尾，说："你看见了吧，你自己慢慢铺这张吧。我去做卫生间了。"

她出去拿了蓝色的塑料盒，进了卫生间。我一个人铺另一张床。

我也找到被罩的口子，找到两个角，撑好放在床上，也角对角，抓住。抖被子也不难，我很快就铺好了。

小沈隔着卫生间的玻璃看了看，出来说："你看，你套的被头这儿都是空的，被子都没装满，这样不行。我来吧。"

她又抓起被子来重新抖了抖，铺好。接着她又装好枕头，折好被头被脚，搭上床巾。

小沈说："冯姐，我给你再打开一间房，你今天就负责铺床，别的我来做。你好好铺啊，到时候我检查。"

我说："好的。"

小沈给我打开 404 房门，她又回 402 继续收拾。

我从布草车上拿了床单被罩枕套进屋，放在茶几旁边的沙发上。

404 也是两张单人床的标准间。一张床还是整整齐齐的，没动过，床巾还搭在上面。靠窗的那张床被子乱。

我站在床边，想了一下小沈的程序，然后开始工作。

铺完一张床，我出了一身汗，衣服都粘在身上了。

小沈来了，看了看我铺的床，说："还行，就是被角折得不方，枕头也不齐。"她过去重新折了一下被角，摆了一下枕头。

小沈做完卫生间，从布草车上抱了好多东西进屋，在桌子、茶几和卫生间到处摆放了一圈。最后她出来关上门，拿起夹子上的圆珠笔，在表格上 404 房间后面写了一串数字：2，2，1，2……

写完表格，小沈打开了 406 的门。这间也是两张床的标间。这两张床都很乱，都要重新铺。

小沈去做卫生间，我正在铺床，有人进来了，说："小沈！"

我扭头看，一个小伙子站在门口，穿着和周经理一样的黑西服。

小沈在卫生间答应了一声："在这儿呢，老公，你怎么现在才来？"

小伙子进来说："我刚从王总那儿回来。他们去帮李霞和张丽了。我来帮你。"

小沈说："还是老公好。"

小伙子问："你还有多少间脏房？"

小沈说："七八间吧。"

他说："把房卡给我，我帮你铺床去。"

小沈说："不着急，先抽支烟。"

他从口袋里掏出烟，给小沈一支，掏出打火机，给小沈点着，又给自己点着，两个人抽起来。

小沈把房门关上，又把卫生间换气扇打开，两人站在卫生间门口说话，一会儿噘嘴一会儿皱眉。换气扇嗡嗡响，他俩说话声又小，我什么也听不清。

抽完烟，小伙子向小沈要了房卡，拿了几个床单被罩走了。

收拾完这间房，小沈推着布草车，顺着电梯对面的楼道往前走，我拉着布草筐和吸尘器跟在后面。

走到一半，我看见楼道一边有一副窄窄的木头楼梯。我问小沈："这楼梯上面是什么？"

她说："套房。"

下一间是416。这个屋也是双人床。进门就闻到一股香水味，桌子上有一盒打开的避孕套，地上一堆乱七八糟的手纸。

小沈收完垃圾又进了卫生间。我还是铺床。

穿黑西服的小伙子出现在门口，对小沈说："我铺了三间了，再来拿点布草。"

小沈说："行了，不用铺了。今天有新来的，让她铺吧。再给我支烟。"

小伙子又拿出一盒烟抽出一支给小沈，点上火，小沈开了换气扇，两人又小声说了好久的话。

对讲机响起来："呼叫王经理，请来前台一下。"

小伙子说："收到，马上就来。"

然后他对小沈说："那我就先下去了，有事呼我。"

小沈说："好的，老公你真好！"

做完416，我又跟着小沈往前走，一直走到另一副楼梯旁边，小沈向右拐，这边还有一个长长的楼道。

她打开了420的门，一大股青椒味，屋里地上很多瓜子皮，桌上有啃了一半的鸡爪子、剩盒饭，还有半袋橘子。

小沈说："太乱了，现在都十一点半了，算了，不收拾了，等着吃饭吧。"

她从桌上的口袋里拿了两个橘子，给我一个，说："冯姐，吃橘子。"

我接过橘子剥开吃，小沈打开液晶电视，坐在床上看电视，我到旁边单人沙发上坐下。

她从口袋里拿出对讲机，说："呼叫李霞、张丽，到420来，有好东西。"

对讲机里传来两声"收到"。

一会儿张丽进来，拿了两个橘子，说"谢谢小沈"，就急匆匆地走了。李霞进来了，拿了一个橘子，和小沈挤着坐在床上看电视。

小沈看看手机，说："马上就十二点了，吃饭去。"

李霞说："我去收车，一会儿在楼下等你。"又拿了几个橘子走了。

小沈说："冯姐，你把布草车、布草筐、吸尘器都拿进屋里，关好门，去一楼大厅等我。我回宿舍去补补妆。"

我说："好的。"

小沈上楼去了，我收了东西，关好门，去三楼客房部拿了乐扣饭盒，坐电梯下去。

我从电梯出来，走到大厅，李霞靠着前台站着，板着脸拉长声跟我说："你怎么坐电梯下来了？服务员不许坐电梯，抓住了罚款50元。记住啊，到时候罚你钱别说没人告诉你。"

我很生气，想顶她一句，但是忍住没说话。

小沈从楼梯下来，李霞亲热地叫一声"小沈"，挽住她胳膊往大门外走，我跟在她们后面。

出了大门，冷风一吹，我打了个哆嗦。她俩穿得更薄，都缩着脖子往前走。

停车场对面是一排平房，其中有一间房门上挂着绿色的棉帘子，门口站着好多人。我们刚走到跟前，门开了，大家拥挤着进去。我最后一个进去，里面的人挤成一堆在打饭。小沈和李霞从门口一排架子上拿了饭盒，过去加入盛饭队伍。

盛饭的人里有穿灰西服的前台姑娘，穿漂亮衣服的年轻人，还有几个老年人，有男有女，头发花白，穿着旧迷彩服和解放鞋，鞋上都是泥。

小沈举起饭盒叫："小雨，帮我盛点饭！"里面的保安伸出手，从人群头上把饭盒接过去。

李霞也举起饭盒："小雨，还有我呢！"小雨又接过去。他盛好后从人群中递出来，她俩接过来端着走了。人越来越多，都从架子上拿了饭盒，使劲往人群里挤。

我肚子饿得咕咕叫，可是不好意思挤，只好耐心地站在旁边等着。

这个食堂很大，屋里有很多排桌子椅子，能装得下一二百人吃饭。左边靠墙摆着四个柜子，上面分别写着"集团办公室""宾馆""市场""园林"。柜子有两米高，很多层，摆着各种各样的饭盒。门右边有个水池，上面有两个水龙头，池沿上放着一大桶洗洁精。

张丽也来了，她从架子上拿了饭盒，也站在旁边等。

一会儿人少了，露出桌子和饭盆了，我和张丽过去盛饭。

正对着门口摆着两个长条桌子，上面放着三个不锈钢大盆，一盆菜，一盆馒头，一盆玉米面粥，还有两个大方盘子米饭，一小搪瓷盆咸菜。

菜盆里面是白菜豆腐炖粉条。盆里只有两个长把勺子，有人用着，我又等了一会儿，张丽盛了菜，把勺子递给我。

现在盆里的菜只剩一个底儿了，菜少，好多汤。我捞了几下，盛了菜，又拿铲子盛了米饭，端着饭盒找地方。

桌子都坐满了人，我看了半天没看见空座位，端着饭盒正在发愁，听见小沈叫我："冯姐，在这儿呢，过来！"

我端着饭盒走过去，小沈、李霞和张丽三个人一个桌子，正好还空一个位子，我就坐下了。

她们就聊些上午做的房哪个脏，难做，哪个干净，只花了二十分钟。李霞说有个屋一开门一股臭袜子味儿，恶心得她想吐，小沈打她一下："还让不让人吃饭了！"

张丽也不怎么说话，低着头吃饭。

没人理我，我也不说话。等她们都吃完了，我跟着她们一起去水池子那儿洗碗。洗碗也要排队，她们都挤点洗洁精，再打开水龙头冲洗，洗干净后把饭盒放回架子上。我跟在她们后面，把饭盒放在写着“宾馆”的架子上。

出了食堂门，好多人在我们前面走，走着走着分成了两队。一些人往左走，进了宾馆，一些人往右走，进了另一个大门。那个门上有个牌子，写着“悦来集团公司”。原来这个大楼一半是宾馆，一半是办公室。

我跟着她们仨进了宾馆的门，穿过大厅，走楼梯上到三楼，进了客房部小屋。

她们都坐下，小沈打开电脑上网看衣服，李霞倒了杯开水跟她一起看。张丽也坐在门口沙发上喝水。

一会儿进来一个人，是上午穿黑西服的那个，李霞说：“王经理，你好几天没来了。”

王经理说：“周经理在，我不方便过来。今天她刚出去，我就来了。”

小沈说：“老公，罚你今天请我们吃雪糕。”

王经理坐下，说：“好，谁去买？”

他从口袋里拿出一张五十元的钞票，李霞接过来说：“我去。”

她拉着张丽一块出去了，一会儿拎着个塑料袋回来，里面有雪糕和啤酒。

王经理拿了一听啤酒，她们都拿了啤酒和雪糕，张丽也喝。

小沈说：“冯姐，喝啤酒啊，自己拿。”

我说：“我不喝酒。”

小沈说：“那你吃雪糕。”

我说：“天太冷，我不敢吃。谢谢。”

她们吃着喝着，说起走掉的服务员，谁找到什么新工作了，挣多少钱，谁正好怀孕了，回老家生孩子去了。

后来李霞叹气说：“唉，我们以前的日子多好啊。”

他们都没说话，小沈看了看墙上的表，说：“一点了，开工吧！”

王经理走了，我跟着小沈上了四楼。她打开了420的门，把布草车、布草筐、吸尘器都拉出来，然后进屋开始收垃圾，我走到床边去铺床。

又做了几间，小沈看了看表说："脏房全部做完了。现在过两点了，我们去做在住。"

她推布草车到415停下，说："做在住和做脏房不一样，一是两点以后才能做，因为客人中午要休息。二是进去之前要先敲门，敲三下，说三遍，才能开门。开门后再说一遍再进去。我给你示范一下。"

她用手指背敲了三下门，说"您好，服务员"，没有回应。她又说了两遍，没人回答，她开始刷卡。门开后，她打开一半，又说了一遍"您好，服务员"，里面仍然没有回应，她才把门全打开，走了进去。

屋里是一张双人床，地上放着一个行李箱，床上被子很乱。桌子上也有很多东西：茶杯，充电器，烟灰缸装满烟灰，还有一碗吃剩的方便面。

小沈从地上拿起垃圾桶收垃圾，我走到床边开始拆被子。

小沈倒了垃圾回来，我已经把被罩拆下扔地上了，正在往下扯床单。小沈突然说："冯姐你干吗呢？"

我吓一跳，说："铺床啊。"

小沈说："冯姐呀，在住不用铺床，整理一下就行，同一个客人两天才换一次布草。"

我说："那……现在怎么办？"

她说："既然拆了，那就换吧。"

我只好从布草车上拿了新床单被罩进来，重新铺床。

做完后没事了，我去卫生间找小沈，她说："那你去吸地毯、擦桌子、绑窗帘吧。"

我吸了地毯，擦了桌子，走过去把窗帘分开拉到两边，各用一块布拦腰绕一圈，粘上粘扣。

我绑窗帘的时候往外看，看见窗外不是街道，是一个通风天井。天井对面也是一排房间，房间里有很多隔开的办公桌，每个房间都坐着几个人。那应该就是集团办公室了。

最后几间房的床王经理上午都铺好了，小沈收拾卫生间，我吸地，擦桌子，很快就做完了。小沈出门填完表格，说："12间房全部做完，数布草去。"

她拉着装满脏被罩床单毛巾的布草筐，走到后面的楼梯边，把布草筐里的东西一件一件往外扔，扔了好几堆。

三楼有人叫小沈，小沈下去了，我也跟着她下去。

一个小伙子在布草间门口等着，地上放着十几个绿色的包袱。

小伙子从口袋里拿出单子，和小沈对了一下，然后他把包袱解开，里面是干净的布草，他把它们抱进布草间去摆在架子上。

小沈说："帅哥，四楼还有脏布草，姐今天就不数了，你数一下告诉我数就行了。"

小伙子说："你们还是数一下吧，数完还要对数呢。"

小沈说："今天我要做房，一会儿还要收车、查房，还要改房态，实在太忙了，今天就不对数了。"

他说："沈姐，你不是领班吗？你怎么也做房呢？"

小沈说："人都走光了，没办法。"

小伙子跟我们上了楼，蹲下开始数那一堆堆东西。他数完一堆从口袋里拿出小本，写个数字，再数下一堆。

小沈说："那你慢慢数吧，冯姐，咱们去退布草和耗品。"

她拉着空布草筐回到楼道，把没用完的被罩床单毛巾放在布草筐里，然后拉着布草筐去坐电梯。

出了电梯，到了三楼，小沈把布草筐推到布草间里面，把筐里的布草一个个放回架子上。

小沈在本子上记下退布草的数字，说："好了，收车去！"

我跟着她回到四楼，她把布草车上没用完的洗发水肥皂梳子装进一个塑料袋，放到四楼的耗品间。

耗品间门口，小伙子已经数完了，正在用一个绿布单子包布草。旁边放着几个包好的绿包袱。小伙子从裤子口袋里拿出一张粉红的表，让小沈确认了数字，在上面签了字，然后又塞进裤子口袋。

回到布草车旁，小沈把布草车两边的黑垃圾袋拽出来，把口系上，她拎一个，我拎一个，从后楼梯一直下到一楼。楼梯口有一个小门，门外是空地。看来这是宾馆的后门。

小沈把垃圾袋放到门旁边，我也跟着她放下。

小沈说："我这个口袋里是可回收的废品，放在门左边，将来卖钱。你那个里面是垃圾，放右边，一会儿收垃圾的人来拉走。"我又拎起我的垃圾袋放到门右边。

我们走楼梯上楼，看见一个绿包袱顺着楼梯滚下来，小沈冲上面喊："等一等，让我们先过去！"

回到四楼，小沈把吸尘器放回去，从布草车上拿起一堆抹布往电梯那儿走，我跟着她，走到挨着电梯的楼梯旁边，进了一个小屋，门上写着"财务室"。

屋里的格局跟二楼的总经理室、三楼的客房部一样，一进门是个过道，有个水池，还有一个双筒洗衣机。不过第二道门是防盗门，上面写着"财务重地，闲人免进"。 我听见里面有妇女说话的声音。

现在四楼所有的地方我都知道了，它一共有三个楼道，中间楼道有个木楼梯，上面还有套房。两头有两个楼梯，前楼梯和后楼梯旁都有个小屋，前楼梯旁边是财务室，后楼梯那里有个耗品间。四楼往上还有一层阁楼，既然前楼梯上面那个是男宿舍，我猜后楼梯上面应该是女宿舍。

水池里放着一个搓衣板，池沿上还有一袋洗衣粉。小沈往抹布上倒了洗衣粉，在搓板上一个一个搓洗。她说："每个抹布都不一样，有擦玻璃的、擦杯子的、擦桌子的、擦地的，一定要洗干净。"

洗完拧干后，小沈又拿着抹布回到布草车那儿，把抹布搭上去，把车推到后楼梯的耗品间里，把车上的水杯和表格放口袋里。

关了门，小沈说："好，完工！去看看李霞。"

我跟着她从后楼梯下到三楼，沿着黑黑的楼道走，拐了两个弯，看到一个布草车。布草车旁边的门开着，李霞正在卫生间里擦玻璃。

李霞说："小沈，你可来了，刚才又退了一间小时房，我现在还有三间脏房呢。"

小沈说："你把房卡给我，我跟冯姐给你铺床去。"

李霞从脖子上拿下房卡给小沈，说："小沈真好！"

小沈看看车上的表格，从布草车上抱了布草，顺着楼道往前走。

我跟在小沈后面，左右看，三楼也是一边双号，一边单号，但是和四楼不一样，楼道更长更黑，要拐好几个弯，房间也多。

小沈停下，刷卡打开了一间房门，屋里有两张单人床，她一张，我一张，开始铺床。

她拆得快，铺得快。我拆得慢，铺得也慢，我使劲加快速度，胳膊很酸，还是和她差好多。

小沈说："冯姐，我看你太瘦，没有劲儿。客房服务员最低每人每天要分 12 间房，你要觉得不行，明天就别来了。"

我说："我这不是刚来吗？等我会了就好了。"

她说："你今天的活可不算多，卫生间都是我做的，你只铺了十几张床，王经理还帮你铺了几张。你自己好好想想吧。"

我说："好的，我想想。"

三个屋子铺完，回到李霞的房间，小沈说："李霞，铺完了，我回去了。"

李霞说："谢谢小沈。"

回到客房部，小沈把水杯放架子上，对讲机充上电，表格放桌上，房卡放抽屉里，然后打开电脑，在上面操作。我坐在椅子上，看着她操作，一个个房间颜色从灰色变成绿色。

一会儿李霞来了，也把对讲机充上电，把表格、房卡都放桌子上，说："小沈，四点半了，下班吧。"

小沈拿起李霞的表格说："等我改完房态。"

张丽来了，小沈拿着张丽的表格改房态，改完拿起对讲机说："呼叫礼宾，今天谁值班，交接本放桌上了，来客房部拿一下。"

礼宾说："收到，马上去。"

小沈说："好了，下班，洗澡去喽。"

她们在前面走，我跟在她们后面，走过楼道，到了后楼梯口，上到四楼，继续往上走，走到头，果然是女宿舍。

这里跟男宿舍一样，房顶很矮，两边好多房间。右边有个厕所，厕所门口有块空地，墙上拉着绳子晾满了衣服。靠墙有个水池子，旁边放着拖把、水桶和塑料垃圾桶。

她们上了楼梯，右拐进了一个小房间，开始脱衣服。屋子很小，只有一长溜空地儿。屋里靠墙有一个方框衣架，上面有好多挂钩，挂着衣服。旁边还有一个铁文件柜，有很多格。地上放着几双塑料拖鞋。我想这里是更衣室。

屋里还有一个窄长条的小窗户，不过门口摆着一个沙发，挡住了门，门关不上。

屋里地方小，她们换衣服，我就先在沙发上坐着。

她们三个脱了衣服，挂在衣架上，打开铁文件柜上的小门，从里面拿出洗发水和浴液，踩上拖鞋，三个人一起光着身子出门，走到楼道中间，进了一个屋子，关上门，然后听见水声哗哗，她们洗起澡来。

她们很快又光着身子出来了，拿毛巾擦头发，穿衣服。

小沈说："冯姐，洗澡间没人了，你去洗吧。"

我说："我没拿洗澡的东西，不洗了。"

小沈说："这简单，给你钥匙，你去布草间拿个浴巾，耗品间拿点洗发水，拖鞋穿我的。"

我接过钥匙，下楼去拿。到了三楼布草间，开了门，从架子上找到了整整齐齐的白浴巾，拿了一个，锁上门。又到四楼耗品间，从架子上拿了一管洗发水和一管浴液。

回到更衣室，三个人都穿好了漂亮的衣服，脚上都是皮靴，小沈的鞋跟最高。她们三个都是长头发，小沈和李霞的头发烫过，染过，张丽是直的，黑的。

我拿着东西，穿了小沈的拖鞋，往洗澡间走。李霞说："你还没脱衣服呢！"

我说："我到里面脱。"

她说："里面都是水。"

我说："没事儿。"

洗澡间门口有个鞋架，上面放着几双黑布鞋，还有几个黑垃圾袋。我打开门进去，墙上地上都是湿淋淋的，高处有一个淋浴喷头，门后有个挂钩。我拿了个黑垃圾袋，把衣服放在里面，挂在挂钩上。

我很快洗完，穿好衣服，回到更衣室。

她们正在对着镜子化妆。

见我进来，小沈说："冯姐，你明天还来吗？要是不来，记得把东西都拿走。要来就早点，八点吧。"

我说："好。"

她们化好妆，围上漂亮的丝巾，拎上漂亮的小皮包，挎着胳膊，一起唱着："伤不起呀，伤不起，想你想你想得昏天黑地……"下楼去了。

我笑起来，心想：明天我还来，这可比在家有意思多了。

我穿好棉衣棉鞋，拿上口袋，从前楼梯一直下到一楼。前台的姑娘和门口的保安正在说笑，都没理我。早上见到的那个老头儿还在拖地。

2

第二天早上，我拿了一个带盖水杯和洗发水、浴巾、拖鞋，拎着口袋去村口坐昌 26。

下了车，我走过去，一辆灰色的现代在宾馆门口停下，小沈从车上下来，回头看见我，亲热地挽起我的胳膊，说："冯姐，你来了！"

走到门前，小雨拉开门，笑着说："沈姐你今天真漂亮！"

小沈说："姐姐我天天都漂亮！"

她跟前台的姑娘们打招呼："早上好！"

她们说："沈姐早上好！"

我们上楼梯到了四楼，又穿过长长的楼道走到后楼梯，再上一层，到了宿舍。

小沈进了更衣间，从柜子里拿出灰西服白衬衣换上，头发盘起来系上黑蝴蝶结网罩。又拿出化妆盒，对着镜子补了半天妆。

我也穿上那件土黄色的工作服，头后扎了黑蝴蝶结的网罩，把脱下来的衣服挂在挂钩上，找了一个空的柜门，把装着浴巾和洗发水的口袋放进去。

我们换好衣服，小沈又挽着我胳膊下楼，一边走一边唱着："伤不起呀，伤不起……"

来到三楼的客房部，小沈坐下，打开电脑，从抽屉里拿出表格，说："冯姐，你吃早饭了吗？架子上有馒头，你自己热一下吃。我得赶紧分房。"

我说："吃了，谢谢。"

小沈看着电脑填表格，我还是坐在对着门的椅子上。一会儿李霞进来，看了我一眼，说："你还又来了。"

我没说话。

李霞用微波炉热了馒头，用电水壶坐了水，端着水拿了馒头过来，坐在小沈旁边，问："今天房多吗？"

小沈说："跟昨天差不多。"

李霞说："那还行。"

她咬了一口馒头说："怎么今天的馒头这么硬啊？"

小沈说："昨天我没在这儿吃晚饭，也忘了让别人拿馒头了，只好吃前天剩的吧。"

李霞说："王总也真是的。本来食堂还有早餐，还有鸡蛋，现在只能啃干馒头了。"

小沈说："别说了。"

张丽进来了，看见我，还是没说话。她也倒了开水，拿了馒头坐椅子上吃。

我想起来，去把我带的水杯倒满开水。

高跟鞋响，周经理走进来，后面跟着一个姑娘。

周经理说："这是我昨天新招的员工，小沈你一会儿安排一下她的培训。"

小沈说："好的。"

新来的姑娘进来坐下。她看起来才二十多岁，长得很漂亮，也化了妆，穿着紧身的棉衣，黑皮靴。

周经理看见我，说："怎么样？感觉还行吗？"

我说："还行。"

周经理说："对嘛，我告诉过你的，客房服务员的工作很简单，只要认真做，谁都能做好。"

周经理又问小沈："今天多少间房？"

小沈说："46 间。"

周经理说："好，大家这几天辛苦了，我争取尽快招到人，尽快培训上岗。不管老的新的，大家好好干，宾馆好了，大家都好。"

周经理走后，小沈问新来的姑娘："你叫什么？"

她说："柳燕歌。燕子的燕，唱歌的歌。"她说话声音很甜，跟名字一样，像燕子在唱歌。

小沈说："哦，小柳。你是哪里人？"

小柳说："山东。"

小沈说："哦，刚走的陈丽也是山东人。"

小沈继续写表格，写完发给李霞和张丽。李霞接过去看了看，说："啊？ 15 间房，只有 3 间在住！张丽你呢？"

张丽说："我也 15 间，2 个在住。"

小沈说："你们别说了，我比你们还多，16 间，四楼 12 间，还要跨楼层，三楼 3 间，二楼 1 间。"

李霞说："可是你有帮忙的，我们又没有。"

小沈说："我今天带小柳，冯姐给你，行了吧？冯姐铺床挺好的。"

李霞说："谢谢小沈。小沈真好。"

小沈出去从柜子里找出一套旧工作服给柳燕歌，柳燕歌脱了自己的衣服换上，头发也套上蝴蝶结的网罩。

等她们吃完馒头，每个人都拿了房卡、对讲机和水杯往外走，我也拿上我的水杯跟着，柳燕歌跟在我后面。

来到布草间，她们把布草筐拉到门外，每个人又进进出出抱着布草放进布草筐里。

小柳说："沈姐，我干什么？"

小沈说："你先别干，先看着。"

李霞领好了布草，推着布草筐往楼道里走，我跟着她。她推到电梯旁停下，推开总经理室的门，里面停着一个布草车，她把它推了出来，推到布草筐旁边。

李霞说："冯姐，你去小黑屋把吸尘器拿出来。"

我问："小黑屋在哪儿？"

她说："325 对面。"

我顺着楼道往前走，数着两边房间号码，301，302，303……

走到头，楼道左拐，我也左拐，然后接着数。又走到头，楼道又左拐，我也拐，再数。

终于到了 325，对面真有一个没写数字的小门。我打开门，屋子很小，也没窗户，我开了灯，地上有一个吸尘器，一个折叠梯，一个吸马桶的搋子，还有几个凳子。我拎起吸尘器，顺着原路拐了几个弯，回到李霞的布草车旁。

李霞说："你怎么从这边走？从那边过来多近啊。来了一天了连这个都不知道，你傻啊。"她指指另一边楼道。

原来三楼的楼道是一大圈，通着的。

李霞已经摆好了布草车，正在摆耗品。她和小沈摆的不一样，她把洗发水和浴液一把一把抓起来扔在一个格里，牙刷牙膏也是抓一把放上去，根本就不摆整齐。摆好布草车，李霞看看房表，把车推到 305 的门口，打开门说："小沈不是说你会铺床嘛，你今天还负责铺床。"

我说："好。"

她进去收垃圾，我去拆被罩。305 是标准间，有两张单人床，都很乱。

我有点生疏，床单皱在床垫上。再扔，还不行，只盖住半张床。再扔一次，这次更皱。我去卫生间问李霞："李霞，我忘了怎么甩单了，你教教我好吗？"

李霞正在擦玻璃，她说："甩单还用教？这是最简单的了，我当年也没人教我，自己试几次就会了。"

我说："我试了三次了，都不行，麻烦你给我示范一下吧。"

李霞说："那你等会儿吧。没看见我正忙着吗？"

我在卫生间门口等着，她擦着玻璃，手机铃声响了，她停下来看手机，一边看一边笑，接着又打字回复。

我说："你现在来给我示范一下吧，我就可以铺床了。"

她说："没看见我现在有事吗？"

她站在那儿拿着手机，又笑，笑完又打字。我只好走开了，自己慢慢练。

我套好被罩，看见李霞还在卫生间里拿着手机打字。

前台说："呼叫霞姐，321 查房。"

李霞说："收到。"就出门去了。

一会儿听见楼道里她说："呼叫前台，321 查房正常。"

前台说："收到。"

她刚回来，对讲机又响，"呼叫霞姐，客人的房卡忘在房间了，你帮客人拿下来吧。"

李霞说："收到。"

然后对我说："冯姐，你去 321 把房卡给前台送去。"

我说："好。"我这次走了近道，只拐了一个弯，到了 321。

我从桌子上找到房卡，从楼梯下楼。客人站在前台等着，他接过房卡说："谢谢你。"我说："不客气。"然后很高兴地走楼梯上来。

第二张床就好多了，虽然我扔的床单还是没盖住床垫，但是找到一点感觉了。

我铺完第二张床，李霞从卫生间出来，很快擦完了桌子，补了耗品，没有吸地，说："完成，去下一间。"

她在前面推着布草车，我在后面一手拉布草筐，一手拎吸尘器，来到了 308。308 有一张大双人床，屋里还有一个大麻将桌，周围四把椅子，旁边还有两个小沙发和茶几。

我走过去拆床单，拆完了去布草车上拿新床单被罩进来铺床。

对讲机里小沈说："呼叫王经理和礼宾，有空来帮忙撤单子。"

一会儿小雨来了，说：“霞姐，我来帮你撤单子了，房卡给我吧。”

李霞说：“好啊，小雨，谢谢你了。”

李霞卫生间做得很快，然后去擦桌子绑窗帘补耗品。我铺完一张床，她就做完了其余的工作，让我出来关上了门。这次还是没吸地。

下一间是311，门开着，屋里有三张单人床，这个房间竟然没有窗户，对面就是一堵墙。空气很难闻，桌子上一堆鸭骨头、烟头，地上也有很多废纸。

李霞说：“这么乱！这些客人真讨厌。”

不过床单被罩和枕套都已经撤了，床单被罩扔在地上，被芯和枕芯放在沙发上，我直接从布草车上拿了三套新床单被罩去铺床。

小雨进来，到卫生间把房卡还给李霞，说：“霞姐，我撤完了。”

李霞说：“谢谢小雨。”

小雨说：“今天新来的那个美女，你知不知道她多大了，结婚没有啊？”

李霞说：“怎么？你看上她了？姐给你问问，成了请我吃饭啊。”

小雨说：“没问题。”

做完311，又做了几间，有两张床的，有三张床的，但是都没有窗户。最后我在楼道里看了看，没窗户的房间全在楼道东边一排。楼道拐过弯，其他的房间就都有窗户了。

我做了几间以后，对三楼的结构有点明白了。它和四楼不一样，它房间更多，它的楼道是一个完整的口字形，可以沿着楼道转一圈。楼道两边都有房间。南边、西边和北边楼道外圈的房间窗户能看见风景，东边外圈的房间都没有窗户。楼道内圈的房间窗户都朝天井，空气不好。

东边那排没窗户的房间楼道两头各有一个防火门，我从门缝里看了看，那边也是一个楼道，也有好多办公室。我想这一排没窗户就是因为那边朝着办公室，不能留窗户。

做完317，我跟着李霞推车去319，她刷一下房卡，灯没变绿，拧一下把手，门没开。再刷，还是开不了。试了几次，她拿起对讲机说："呼叫前台，319 房门打不开，请报修。"

前台回答："收到，马上通知王师傅。"

李霞看看手机说："十一点四十了，不做了，休息一会儿吃饭。"

她打开另一间脏房看电视。她坐在床上，我坐在沙发上。

对讲机响了："呼叫霞姐，320 做出来了吗？"

李霞说："还没有。"

前台说："有客人要住 320，请马上做一下。"

李霞说："308 也是大床房，我已经做出来了，让客人住 308 吧。"

前台说："客人指名要住 320，麻烦你现在就做一下，客人在楼下等。"

李霞放下对讲机说："现在都十一点四十多了，还让不让人吃饭了。这客人真讨厌！"

打开 320，李霞说："你快点铺啊，要不然太晚了我们就没饭吃了。"

李霞小跑着收垃圾，拿了东西进卫生间，手机在她口袋里响，她也不看。

这屋里有两张床，我尽量快地甩单、套被子、放枕头。等我铺完床时，李霞已经做完了别的。她仍然没吸地，一放好拖鞋就呼叫前台："320 做好了，客人可以入住。"

前台说："谢谢霞姐。"

李霞说："走，收车，赶紧吃饭去。"

我们把布草车和布草筐、吸尘器推到另一个屋里关上门，赶紧下楼。

我们到食堂时，放饭盆的桌子旁边没有人，人们都坐着在吃饭。李霞跑去一看，大菜盆里只有菜汤了。

李霞说："我就说晚了就没饭了。倒霉，只能吃咸菜了！"

小沈叫我们："李霞，冯姐，过来！"

我们走过去，小沈指指桌子上两个饭盒，说："都给你们盛好了。"

李霞说："还是小沈好。"

我也说："谢谢小沈。"

我很饿，坐下赶紧吃。今天是土豆片炒洋葱和米饭。

小沈、张丽吃完去洗碗了，新来的小柳还在慢慢吃。

李霞说："小柳，你二十几了？"

小柳说："二十三。"

李霞问："还没结婚吧？"

小柳说："结婚了。"

李霞说："那小雨没戏了。不过，你还没小孩吧？"

小柳说："我儿子两岁了。"

李霞说："啊？两岁了？那你出来干活谁看孩子？"

小柳说："送回老家了，我婆婆看。"

李霞说："跟我一样啊，我两个儿子，大的七岁，小的五岁，都在老家呢。我跟我老公在这里打工。你老公干什么呢？"

小柳说："开出租的。"

李霞说："是吗？太巧了，我老公和张丽老公也都是开出租车的。你老公在哪儿趴活？"

小柳说："在城北市场门口。"

李霞说："真巧，我老公也在城北市场门口，说不定他们还认识呢。张丽老公在七里渠趴活。"

小柳说："我就住在七里渠。"

李霞说："我也住在七里渠，离得很近，那咱们可以串门。对了，我看你早上穿的衣服挺好看的，哪儿买的？"

小柳说："动物园批发市场。"

李霞说："我也经常去那里买衣服，哪天咱俩一块休息，一起去买衣服吧。"

小柳说："好啊，我就喜欢买衣服。"

吃完饭往回走的时候，李霞挽起小柳的胳膊，两人说说笑笑。我在后面跟着她们。

回到客房部，李霞还跟小柳聊衣服，对讲机里前台呼叫："沈姐，收废品的来了。"

小沈出去了，一会儿上来，拿着一摞子零钱，说："废品卖了，有钱了，咱们买什么？"

李霞说："我鞋破了，咱们去买鞋吧，顺便逛逛商场。"

小沈说："好啊。冯姐，给你也买一双，你穿多少号？"

我说："37。"

李霞说："小柳，你也一起去吧。"

小柳说："好啊。"

小沈说："走，我们回宿舍换衣服去。"

张丽说："那我去做房了。"

她们都走了，我没地方去，只好一个人坐在那儿。

一会儿王经理来了，左右看看，问我："小沈她们呢？"

我说："她们去买鞋了。"他就走了。

一点半她们才回来。小沈买了三双鞋，李霞、小柳和我一人一双。我马上脱下我的大棉鞋，换上了黑布鞋，底很软，很舒服。李霞买了一个胸罩，小柳买了一个丝绸睡衣，小沈买了个丝巾。

做完了脏房，李霞又去开319的房门，还是打不开，问前台，前台说："王师傅说今天没空，明天上午来修。"

李霞说："太好了，那今天就少做一个脏房。走，做在住去。"

她敲第一间在住的门，一位中年男人开了门，告诉我们，垃圾桶倒一下，浴室毛巾换一套干净的，再给一卷手纸，别的不用动。

客人坐在桌前电脑上打字，我倒垃圾，李霞做别的，几分钟就做完了，客人说："谢谢。"

出来后，李霞说："这位客人真好。"

第二间在住的客人不在，李霞说客人昨天刚入住，被套床单不用换。

屋里也挺干净，我和她一起倒了垃圾，换了一些手纸、洗发水、毛巾之类，很快也弄完了，关门出去。

第三间在住客人是老两口，正在看电视。老头说："服务员，这个洗澡的喷头只出凉水，不出热水，跟楼下的服务员说了，她们说找人修，一直也没人来修，昨天我们就没洗澡。到底怎么回事啊？"

李霞说："我给问一下。"

她从口袋里拿出对讲机："呼叫前台，323 淋浴坏了，请催一下王师傅，让他赶紧来修，客人昨天就没洗澡。"

前台说："霞姐，我们昨天就报修了，王师傅说他有事，今天来不了。"

李霞说："那客人还等着呢，你再给他打电话。"

前台说："我们打了，王师傅没空，我们也没办法。"

王经理在对讲机里说："那就给客人换一间房吧。"

前台说："二楼有一间同样价格的空房。"老两口收拾东西拎着包走了。

李霞说："真倒霉，本来 319 门坏了，可以少做一间房，现在又多出一间脏房。"

做完这间，又做了一间在住，李霞填完表格，说："好了，没房了。冯姐，我去退布草，你把垃圾扔了。就放一楼门口就行。"说完，推着布草筐走了，一边走一边唱："伤不起呀，伤不起，恨你恨你恨你恨到心如血滴……"

布草车一边的黑塑料袋装着饮料瓶、纸壳子，另一边都是垃圾。我左手拎一个，右手拎一个，下到一楼，走到后门，把它们放在门口。回到三楼，看看表，三点半。布草间门口摊了好几堆脏布草。

李霞说："冯姐，我去收车，你把布草数一下，记住数儿，一会儿和收布草的对一下。"

我蹲下来，开始一堆一堆数，数完一堆就记在手机上。

收布草的小伙子背着装满布草的绿包袱上来好几趟，把绿包袱堆在布草间门口，上楼找来小沈，两人拿着本子对了干净布草数。

放好布草，小沈整理架子，小伙子抓着一把绿布上四楼去了，我听见他说："你是新来的吧？你数好了吗？"

小柳甜甜的声音说："还没有。"

小伙子说："我帮你数吧。"

小柳和小伙子下来的时候，我也数完了。我打开手机念数，小伙子拿出本子来看他数的数。

我念："床单，21。"小伙子说："对。"

我接着念："被罩，21；枕巾，15……"小伙子都说："对。"

念到"毛巾，24个"时，他问："什么毛巾？"

我说："就是这些毛巾啊。"

小伙子说："到底是面巾还是地巾？"

小沈在布草间说："冯姐，你来两天了，连面巾和地巾都分不清啊！"

李霞走过来，咯咯地笑，说："冯姐可真逗，笑死我了！"

我忍住气没理她，问小伙子："请你现在告诉我，哪个是面巾哪个是地巾？"

小伙子从一堆毛巾里拿起一条白毛巾，说："这是面巾。"又拿起一条宽一点厚一点的，说："这是地巾。"

我又把毛巾重新分堆，又数了一下，数完后告诉小伙子，也都对上了。

小伙子拿出粉纸说："沈姐，每个楼的数都对过了，签单子吧。"

小沈在粉纸上签完字，小伙子开始用绿布打包，包好后往楼梯下面滚。

我跟着小沈和小柳去了客房部，等了一会儿，李霞和张丽也来了。

李霞说："下班吧，我要赶紧上去洗澡。"

小沈说："刚过四点，周经理今天在，等我跟她说一声。"

小沈拿起对讲机说："呼叫周姐，今天的房全部做完，我们下班了啊。"

周经理说："我有点事要说，你们等我一下，我马上过来。"

高跟鞋响起，周经理进来，说："那个保洁太老了，干活太磨叽，半天都拖不完个地。我刚把他辞了，现在需要你们去打扫一下大厅和楼梯，然后就可以下班了。"

李霞说："周经理，干了一天活，我可没有力气了。"

周经理说："五点下班，现在才四点，还有一个小时才到下班时间呢。你们快去吧。"

李霞说："虽然没到下班时间，可是这几天服务员这么少，我们可是一个人做好几个人的活啊，干的活比加班干的还多。"

周经理说："我这不一直在招人吗？明天还会来几个服务员。我也会马上招新保洁，这次一定招一个年轻能干的。大家克服一下吧。我跟你们一块去。"

小沈把李霞拉起来，大家一起走到一楼。小沈从楼梯旁一个小黑屋拿出了拖把、抹布，一人分一件。李霞去拖地，张丽去擦玻璃，我和小柳去擦各处的灰，小沈自己去打扫大厅的厕所。

周经理说："给我一个抹布，我跟你们一起擦。"

我和小柳各拿一块抹布擦东西，沙发旁的茶几，前台的桌子，擦鞋机，雨伞架，大门，磁卡电话，自动取款机，都要擦。

周经理手里拿一块抹布，跟着我们这儿擦一下，那儿擦一下。

干完后，小沈说："周姐，都做完了。"

周经理看看表，说："才四点半，还不到下班时间，我们再一起去把后楼梯打扫一下吧。我昨天看了一下，那儿可真够脏的。"

大家跟着周经理，进了大厅后面的餐厅。我们穿过餐厅，从另一个门出去，走到后门旁边。后楼梯上面没有铺地毯，露着水泥，楼梯和地上都是每天放垃圾撒落的脏东西和脏水。

周经理要求除了清洁后门附近的地面和楼梯，还要把整个后楼梯的扶手擦干净、楼梯拖一遍。

最后她们从楼梯走下来，说干完了。

周经理看了看表说："好了，正好五点，大家把东西放回去就可以下班了。"

进了更衣室，李霞最先坐下，说："累死人了！干了一天活，还要当保洁！"

小柳说："沈姐，以后不会再让我们打扫了吧？刚才在大厅来来回回的客人都直看我。有个客人还说'这么漂亮的姑娘怎么做保洁啊？真可惜！'丢死人了。"

小沈说："放心吧，不会的。你们是客房服务员，又不是保洁。"

这次小沈和张丽先进去洗了，等她俩光着身子出来，李霞说："小柳，咱俩一块洗吧。"

小柳说："好啊。"

两个人脱了衣服，把衣服挂在挂钩上，说说笑笑地走了出去。

我还是最后一个洗，跟昨天一样，在里面穿好了衣服才出来。

回到更衣室，她们都在化妆。李霞和小柳商量等会儿一起去食堂吃晚饭，然后一起去逛街。

我换回自己的鞋，说了一声："我走了，明天见。"

没人理我，我只好自己下楼了。

3

早上我到了更衣室，没看见人。我换了衣服去客房部，她们都坐着吃馒头。

周经理进来了，后面跟着两个妇女。周经理说："今天我们又新来两个员工，小沈，你安排一下她俩的培训。我今天有事要出去，你记得带她们先去打扫大厅再做房。"

小沈说："好的，周姐。"

周经理走后，两个新来的妇女在椅子上坐下。挨着我坐的妇女很胖，很矮，坐着都比我矮半头。另一个高点，瘦，小眼睛。两个人的头发都染过，颜色一样，都是棕黄色，脖子上也都戴着金项链。胖子的那条更粗一点。

小沈继续填分房表格，李霞和小柳头挨头小声聊天，张丽在吃馒头。没人理新来的。

胖妇女对张丽说："我告诉你，早上光吃馒头不行，应该再吃个鸡蛋，要不然不顶饿。"

瘦子说："光加鸡蛋营养也不够，鸡蛋只有蛋白质，还应该再吃点肉类，增加脂肪，营养才全面。"

胖子说："对。我当保姆的时候，每天早上给他们煎火腿，烤面包，热牛奶。"

瘦子说："其实国产牛奶现在质量不过关，最好喝豆浆。"

胖子说："对，我有时候也给他们做豆浆。"

瘦子说："买黄豆的时候要买非转基因的，转基因的不好。"

她们两个你一句我一句地说着，张丽继续吃馒头，没说话。

小沈停下写表格，问："你们是哪里人？"

她们说是河南驻马店的，她们俩一个村。

小沈说："我听着你们说话就亲切，咱们是老乡啊，我也是驻马店的。"

小沈又问什么县，什么镇，什么村，互相也都知道，相距才几十里地。小沈和胖子瘦子都很高兴。

小沈问她俩的名字，胖的叫吕月红，瘦的叫齐建华。

小沈说："老乡见老乡，两眼泪汪汪。你们两个今天跟着我，我教你们铺床。"

李霞抱住小柳说："那小柳今天就跟我吧。"

小沈说："好，冯姐，那你就跟张丽吧。"

小沈给她俩找了工作服，胖子穿上紧，胸部那里的扣子扣了半天扣不上，老开。别人都偷笑。瘦子穿上松，晃晃荡荡。两个人看上去都很滑稽。

小沈领着我们到了大厅，给大家安排工作：

"李霞，你跟我打扫大厅的卫生间。"

"张丽，你拖地。"

"冯姐，你和小柳擦灰。"

"你们俩，叫什么来着，你俩去擦各层电梯，里面和外面都要擦，一定要把电梯上的手印擦干净。电梯口的垃圾桶也要擦。"

瘦子齐建华说："没问题，我以前做过家政，我有经验。咱有洗涤灵吗？抹布上放一点洗涤灵就行。"

小沈说："没有洗涤灵，只有洁厕灵和玻璃水。"

齐建华说："玻璃水也行。"

小沈从小黑屋里拿出一瓶蓝色的玻璃水，瘦子和胖子一起去擦电梯门和垃圾桶。

一会儿她俩过来问小沈："我们干完了，还有什么活儿？"

小沈到屋里拿出一袋白石子给了她们，让她们把垃圾桶上的石子换一下，她们俩又去了。

干完后，大家一起回到客房，拿了对讲机和房卡去领布草。

我和小柳在外面等着，胖子和瘦子跟着她们进了布草间。她们见李霞和张丽拿了一摞床单，热情地抢过来说："我来帮你拿。"

张丽说："不用了。"

李霞说："别捣乱，一会儿数错了算谁的？"

小沈说："你们别帮忙，每个人拿什么，拿多少是有数的，让她们自己拿。"

领完了布草和耗品，我拉着布草筐，跟着张丽坐电梯去二楼。

张丽从周经理办公室里推出布草车，开始摆耗品。

我看见她摆的跟李霞又不一样。虽然洗发水和浴液都放在一个格子里，但是她把它们一个一个都竖起来，头朝下，洗发水放一起，浴液放一起，排好队。她也把牙刷牙膏香皂分别摞起来。每样东西都整整齐齐。

她摆东西的时候，一句话也不说。我见她叠浴巾，我也叠浴巾，她也不说话。我心里发愁：看来今天又不好过。

对讲机里小沈说："各楼层注意，今天我们新员工比较多，注意做房质量。"

李霞说："收到。"

小沈说："呼叫各位礼宾，请到各层帮忙撤布草。谢谢。"

礼宾回答："收到，沈姐，马上去。"

小沈说："呼叫前台，今天我们比较忙，王经理也不在，只好麻烦妹妹们帮忙保持一下大厅的卫生。谢谢了。"

前台回答："沈姐放心。"

摆好了布草车，张丽走开了，一会儿拎着吸尘器回来。她看了看房表，推着布草车过去，打开了一间房。

这是个标准间，有两张床。张丽收完垃圾，就去拆床单。我走过去拆另一张床上的床单。

一个礼宾来了，胖胖的，就是我第一天走错楼，在男宿舍看到的那个小伙子。他跟张丽要了房卡，看看房表，去别的房间撤布草了。

张丽拆完床后，仍然不说话，出去拿了布草甩单铺床。

铺完床，张丽出去把脏床单被罩扔到布草筐里，从布草车上拿了蓝塑料盒子进了卫生间。

我问她："我现在干什么呢？要不我到下一间屋去铺床吧。"

张丽想了一下，问我："小沈和李霞都教你什么了？"

我说："就是铺床。"

她说："她们没教你做卫生间吗？"

我说："没有。"

她说："新人培训三天，明天你就要实习做房了，我今天教你做卫生间吧。"

我说："谢谢。"

她指指手里的蓝色塑料盒和一大把抹布，说："首先拿上清洁筐和抹布。"

卫生间有两部分，外面是厕所，里面是浴室，厕所和浴室都有门，门和墙都是玻璃。厕所一进门是马桶，马桶一边是大理石的台子，上面有洗脸池和镜子，镜前玻璃搁架上面放着两个玻璃口杯和一个红色的小竹筐。台子下还有柜子，柜外挂着毛巾。马桶另一边地上有个垃圾桶，墙上有不锈钢手纸架。厕所的门后挂着一个地巾。

张丽说："你先看我怎么做。"她把抹布都放在台子上，往马桶里倒了洁厕灵，把清洁筐放在马桶上。

"第一步收卫生间的垃圾。"她说。

厕所的垃圾桶和屋里的一样，都是铁的，有两层。她把外面的一圈拿起来，把里面的垃圾袋拎出来放在地上。从架子上拿了装洗发水浴液的小红竹筐，进浴室去，把用过的洗发水放到小红筐里，把架子上的浴巾搭在胳膊上，出来弯腰捡起地上的垃圾袋，出门，把垃圾袋扔到布草车一边的大垃圾袋里，小红筐放到布草车上，毛巾扔布草筐里。

回到卫生间，张丽说："下一步，做浴室。"

浴室有个大淋浴喷头，墙上有个不锈钢架子，架子上堆着浴巾和用过的洗发水。地上有蓝色的防滑垫。玻璃墙上有一圈浴帘。

她从浴室地上拿起防滑垫，出来放到洗脸池里，打开水龙头放水泡上。

她说："泡上防滑垫，等会儿好刷。"

她从马桶上拿起清洁筐又进了浴室。清洁筐里有三个格，最大的格里放着一个棉滚子和一个黑色橡皮刮刀，中等的格里放一个长把马桶刷和一瓶洁厕灵，最小的格里放着一个带把手的刷子，一个牙刷，一管牙膏，一块绿色百洁布，一管洗发水。

她把浴帘拉到靠墙的一边，露出玻璃墙，拿起那管洗发水往清洁筐大格里挤了点，用棉滚子搅了搅，起了很多泡沫，说："我试过，用洗发水擦玻璃最干净，比玻璃水还干净。"

她举起棉滚子，踮起脚尖，从喷头旁边那面玻璃墙的最高处开始，从左往右滚，到头再从右往左下方滚，这样从上到下全部滚一遍，玻璃上全是泡沫，湿淋淋的。

"接下来再拿橡皮刮刀刮一遍。"她说。

她从清洁筐里拿出长长的橡皮刮刀，到水龙头下面冲干净，高举着胳膊，还是从最高处贴住玻璃，慢慢地从左往右刮，刮到最右边，再往回刮。一左一右，从上到下，脏水被赶着顺着玻璃往下流。最后到了最下边，她用刮刀仔细地一直刮到墙角，才拿起来。玻璃干干净净，从浴室往外看，屋里的东西都清清楚楚。她又把浴室另外两面玻璃墙和两个玻璃门都滚了一遍，刮了一遍。

她把清洁筐拎出去，又放马桶上，从台子上拿了一块最白的抹布，说："刮不干净的地方，再用干净抹布来擦一擦。"

她歪着头这儿看看，那儿看看，哈哈气，再用抹布擦。她说："玻璃很重要，一定要擦干净。”

她又检查了好几遍，才算完成。

然后她又出去换了一块抹布擦浴室的瓷砖墙。擦完墙又出去换了一块抹布进来，擦花洒喷头、开关和毛巾架。

她又出去换了一块抹布进来，说：“地漏要好好擦，擦亮。”

她蹲下，把地漏里的头发抓起来，扔到厕所地面，又倒了洁厕灵，用抹布擦干擦亮。擦完地漏，她出去又换了一个抹布进来擦地。她从最里面开始，蹲在地上一边擦一边后退，一直退到浴室门口。

出了浴室，她站起来，把浴室门关上，说：“现在刷地垫，地垫是客人洗澡要踩的，要好好刷。”

地垫是蓝色的，上面有白色的水碱。张丽把地垫捞出来，铺在洗脸池左边台子上，从清洁筐里拿出牙膏挤在上面，拿出带把手的刷子，弯着腰开始刷。刷完打开水龙头冲洗，冲完还到处看了看，最后拎起地垫抖抖水，用抹布擦干，在洗脸池右边干净的台面上卷成一个圆筒，拿到浴室里，把它斜靠在墙角。

我看了一眼，台子上有一堆抹布，大概有七八个。

“现在做厕所，做之前要先洗水壶、茶杯和烟灰缸。”

她把电水壶里的水倒掉，拿一块抹布把水壶外面擦亮，放到旁边。然后把烟灰缸冲干净，擦干。又从清洁筐里拿出百洁布，里外刷茶杯，冲干净，再擦干。最后把它们都拿进屋里去放在茶几托盘上。

她擦完镜子和镜前的玻璃搁架，说：“下面擦玻璃口杯，口杯是客人刷牙用的，一定要擦干净。”她从清洁筐拿起百洁布，挤上牙膏，刷完冲完擦干，对着灯光看了看，又哈气，再擦。又对着灯光看：“这次行了。”把两个口杯口朝下并排放在杯垫上。

她又换一块抹布，擦水池周围的大理石台面，擦水龙头，擦水池子，擦洗脸池下的柜子和挂毛巾的不锈钢杆。

“抽屉里的吹风机别忘了缠线。”她打开洗脸池下面的抽屉，拿出吹风机，把电线一圈圈整齐地绕在把手上，放进去，关上抽屉。

“现在洗马桶。”马桶里是蓝色的洁厕灵水，张丽从清洁筐里拿出长把刷子，伸进马桶里四处刷了一遍，然后摁钮冲水。现在马桶里是清水，她用刷子把马桶盖和沿儿刷了一遍。然后冲第二次水，里里外外又刷一遍，冲第三次水。最后换一块抹布，把马桶盖和四周都擦干。

接下来她擦马桶的按钮，手纸架，垃圾桶，还有瓷砖墙。

最后她还是倒退着擦地，一直退到门外，站起来，一手按着腰说：“现在还有最后一项工作：补耗品。”

她伸手进去，从台子上抓起用过的脏抹布，出门放在布草车上。

“先摆小红筐。”她从布草车上拿耗品往小红竹筐里摆。

“两个洗发水、两个浴液，要岔开，竖起来，靠里边放。两个牙刷，两个梳子，摞起来，横着放。它们上面左右放两个润肤露，两个浴帽，香皂放在正中间。”

她从布草车上拿了几个毛巾，上面放了一卷手纸，一个新透明垃圾袋和小红筐，进了卫生间：“小红筐要放在这里。”她把它放在洗脸池右边。

“这里放两个面巾。”她把两个面巾并排挂在洗脸池边的毛巾杆上。

“这里放两个浴巾。”她把两个浴巾上下对齐，放在高处的架子上。

“这里放一个地巾。”她把地巾挂在厕所的玻璃门后毛巾杆上，又把一卷新手纸插进不锈钢的手纸架子，拽出边来，折出三角形，再把手纸架的盖子放下，压住手纸，露出三角。

她把新垃圾袋套进垃圾桶，四边长出来一些，一只手在里面摁着垃圾袋，一只手拿起垃圾桶的外圈套上去。

她出了卫生间，关上玻璃门，说：“卫生间就做完了。”

张丽打开 205 的门，首先进了卫生间，在洗脸池里把抹布都洗了一遍，拧干，放在洗脸池边上。她一个一个告诉我，这个最白，擦口杯，这个擦玻璃，这个擦架子，这个擦马桶，这块最脏，用来擦地。

她说：“好了，你慢慢做吧，我去铺床，要是忘了就来问我。做完我给你检查一下。”

我说：“好的，谢谢你。”

我拎着蓝色的清洁筐进了卫生间，这个卫生间比刚才张丽做的那个脏多了，湿浴巾堆在洗脸池边上，浴室地上全是水，浴帘还缩在角上没打开，玻璃上一片片洗发水和浴液。垃圾桶也很脏，外圈有黏糊糊的东西。地上还有几片脏手纸。

我在门口站了一会儿，回忆了一下张丽的步骤，开始工作。最后我补完耗品，进去到处检查了一遍，卫生间里到处都整整齐齐，干干净净，连手纸露出的那个小三角也折得很漂亮，是个等边三角形。

我去请张丽来检查。

张丽正蹲在桌子下面，拿着吸尘器的吸管，伸进去吸桌子下面的死角。我看见她一头汗，头发都湿了。

我说：“我做完卫生间了，你去检查一下吧。”

她先进了浴室，看了看说：“冯姐，你玻璃没擦干净。”

她指了几个地方让我看，还有水渍。她出去拿了个抹布，把那几个地方哈了气擦了擦。

“地漏也不行，要擦亮。”她把地漏抠出来又擦了一遍。

“马桶没擦干。”马桶盖上有几滴水。

她拿起玻璃搁架上的口杯，对着灯照了照，说：“口杯不干净。”

镜子，她又擦了擦，还重新擦了水龙头，重新缠了吹风机，重新摆了两个面巾，说没对齐。

她让我自己再检查一下，她进去收拾屋子了。

我拿了个抹布在卫生间到处看。

忽然她来问我：“冯姐，你刚才洗了几个茶杯？”

我说：“好像是一个。”

她说：“还有一个茶杯呢？现在少了茶杯要罚钱的，周经理说一个罚五十。少一个可怎么办？”

她拉开所有的抽屉找。我也和她一起找。床后面，墙角，衣柜，小冰箱，都没有。

她着急地说："我从来没有丢过东西的，今天怎么这么粗心啊？"

她从口袋里拿出对讲机，带着哭腔说："小沈，你来一下 205 吧。"

一会儿小沈来了，说："怎么了？"

张丽说："我太粗心了，查房的时候没查出来，现在才发现少了一个茶杯。"说着眼泪就掉下来了。

小沈说："哦，没事儿，我去客房部拿个新的就行了。我不会告诉周姐的。放心吧，有我在，没问题。"

张丽说："谢谢小沈。"

小沈出去了，一会儿拿了一个带盖的新茶杯来，放在茶几上，和另一个一模一样。

对讲机响了："呼叫二楼，211 查房。"

张丽说："收到。"然后跟我说："冯姐，你跟我去吧，我教你查房。"

她抽了房卡，关上门出去。211 是三人间，没窗户，开门一股难闻的味儿。

张丽说："查房主要查有没有少东西。你看卫生间：两个浴巾，两个面巾，一个地巾，两个口杯，好，卫生间没少东西。再看屋里：两个茶杯，电水壶，烟灰缸，电视遥控器都在。"

她数完东西，又掀开被子，说："还要看一看床有没有弄脏，脏了要收客人洗衣费。"

她把三个床的被子都掀了一遍，对着对讲机说："呼叫前台，211 查房正常。"

前台说："收到，谢谢。"

我们回去把布草车、布草筐、吸尘器都拿过来，张丽铺床，我还去做卫生间。

可能因为住了三个人，卫生间很脏。一瓶洗发水躺在台子上，开着盖，流出来一片。用过的手纸扔在垃圾桶外面，湿浴巾堆在地上。洗脸池里、地上到处都是头发。

我耐心地一步一步来，洗啊，擦啊，刷啊。最后我胳膊酸了，手指头泡白了，肚子也饿了。

张丽过来问我："前台说，211 客人落在浴室一瓶洗发水，冯姐，你看见了吗？"

我说："我给扔垃圾袋了。"

我们到布草车上的垃圾袋去找，翻了一会儿，找到了。洗发水盖子还开着，流得哪儿都是。张丽把盖子盖好，撕了点手纸擦干净，拿着送下楼去了。

我们又去了下一间。这间屋里有两张床，只有一张床动过，已经被礼宾撤了单子，另一张还是完整的，不用铺。

我从布草车上拿了清洁筐要进卫生间，张丽说："冯姐，你先别做。明天你就要自己做房了，我给你示范一下做房全过程，你看一看。"

我说："好的。谢谢你。"

她收了垃圾和脏布草，铺了床，做了卫生间，补了耗品，吸了地。

最后她拔了房卡，出门，拿起布草车上的表格说："记得填房表。这间屋子用了几个床单，几个被罩、枕套，几个浴巾、面巾、地巾，几个牙刷、洗发水、肥皂，包括用了几个垃圾袋，都要填上。"

我看她在表格上 205 后面写了"VD VC"，然后在床单、被罩、浴巾等项目下面写数字。

我问："那些房间后面的英语字母是什么意思？"

她说："VD 是脏的空房，做完后你要写 VC，意思是现在是干净的空房。OD 是脏的在住房，做完后你写 OC，就是干净的在住房。ED 是预离房，如果客人退房了，就改成 VD：脏的空房，如果客人续住，就改成 OD：脏的在住，做完后再改成 OC。"

我们又做了两间房后，填完表，张丽拿起对讲机："呼叫前台，请报一下二楼的房态。"

前台开始说："脏房有 201，205，206……预离有 211，220，225。"

张丽对我说："现在没有退出来的脏房了，我们到屋里去看会儿电视吧。"

她又打开 205，插了房卡，开了灯，打开电视，我和她坐在床上看电视。

小沈在对讲机里说："呼叫各楼层，收车，准备吃饭。"

张丽把布草车、布草筐和吸尘器都放到屋里，关上门，我们下楼。

食堂门还没开，我们都只穿着工作服，在门口吹着冷风，冻得直哆嗦。门一开，大家都往里挤。

有人说："哇！今天是包子！"

前面人太多，等我和张丽走到饭盆跟前时，已经没有包子，只有馒头了。

今天的菜是炒黄豆芽，我俩盛了菜，拿了馒头，找了找小沈她们的桌子，走了过去。

小沈、李霞、小柳坐一桌，新来的一胖一瘦两人脸对脸坐一桌，还空两个位子，我和张丽走过去坐。

胖子和瘦子每个人手里拿着一个大包子在吃，面前的饭盒盖上还各放着两个包子。

胖子看看我俩的饭盒说："你们不吃包子吗？"

我说："没有包子了。"

胖子立刻从她饭盒盖上拿起一个包子，放到我饭盒盖上："给你一个。齐姐，你也给她一个。"瘦子也拿了一个包子放张丽的饭盒盖上。

我说："谢谢了。"

张丽把包子放回瘦子饭盒盖上，说："我不爱吃包子，你吃吧。"

瘦子又给她放过去："我还有一个呢，你吃你吃，看你也挺瘦的，多吃点才行。"

张丽跟我说："我真的不爱吃包子。冯姐，你要吗？"

我说：“要。”

张丽把包子放在我饭盒盖上。

胖子和瘦子一边吃一边跟我们聊天，问了很多问题：“大姐，你叫什么名字啊？你呢？你们在这里干多长时间了？要交押金吗？押身份证吗？工资每月几号发？会不会扣工资？有奖金吗？奖金怎么算？这活好干不好干？她们好不好相处？谁是这儿的头儿？她对你们怎么样？这里能住宿吗？宿舍有几张床？能洗澡吗？冬天有暖气吗？”等等。

张丽就像没听见，埋头吃饭，不吭声。我说：“我才来两天，我也不知道。”

小沈端着饭盆到我们桌旁坐下，问我：“冯姐，今天是第三天了，怎么样？明天还来吗？”

我说：“来。”

小沈说：“好啊，欢迎冯姐，那明天你就要单独做房了。我先少给你分几间，你慢慢来。没事儿，时间长了就好了。”

我说：“谢谢。”

小沈问胖子瘦子：“你们干了半天，觉得怎么样？有什么不合适的，跟我说。放心，咱们是老乡，我会照顾你们的。”

胖子想住宿，小沈说宿舍还有床位，胖子说她明天就搬过来。

她们聊着，我赶紧吃饭。包子很大，而且是我喜欢的猪肉茴香馅的。我把两个包子都吃了，把我拿的那个馒头也吃了，又去盛了一盆粥喝了，肚子终于不饿了。

吃完饭回到客房部，小沈接了电话，王经理要去给宾馆买东西，请小沈和他一起去。小沈走后，大家都接了水坐着喝，胖子和瘦子不停地说话。

瘦子说：“我看咱们这个宾馆啊，挺高级的，什么都好，就是空气流通不好。房间空气不好，楼道里也不通风，时间长了觉得憋气，这对健康是有害的。那年‘非典’，就是因为空气不流通，最后才搞得传染到全国各地。”

胖子说：“我倒没觉得闷。我就觉得楼道太黑，白天还开着灯，跟晚上一样。小沈让我去拿吸尘器，我走在楼道里有点害怕。”

李霞拉着小柳说：“小柳，这里太吵了，咱们去房间看电视吧。”

她俩说：“你们真好，还可以回房间，我们没有钥匙，还得在这里等小沈。”

张丽说：“冯姐，一点了，该去做房了。”

我跟着张丽回到 211，还是看电视。

看了一会儿，张丽看看手机说：“两点了，现在可以做在住了。”

几个在住很快做完了，我和张丽在楼道里靠着布草车站着，等着预离的客人退房。

楼道又黑又长，又安静，张丽也不说话，很无聊。

对讲机响了，小沈说：“呼叫各楼层，到 412 集合。”

我和张丽上去，她们都先到了。桌子上放着一大口袋吃的，小沈拿出啤酒、薯片和橘子，说：“啤酒一人一罐啊，别的随便吃。”

大家去拿了啤酒打开，一边喝一边吃零食，垃圾扔到垃圾桶里。

瘦子说：“小沈，这都是你买的吗？这么多东西，得花多少钱啊？你可真好。”

小沈说：“吃吧，别管谁买的。”

吃完回到二楼，房间里出来一个客人，拉着行李箱下楼去了。

一会儿对讲机里前台说：“呼叫张姐，220 查房。”

张丽说：“收到。”

张丽查完房，我做卫生间，她做屋里，很快就做完了。

最后一间脏房是 225，张丽打开门，我们开始做。

张丽去铺床，我去卫生间擦玻璃。

听见屋里一声响，然后张丽说：“呼叫前台，225 床架报修。”

前台说：“王师傅今天正好来了，我告诉他上去一下。”

我出去看了看，床架子塌了。

她说："这些床架子可不结实了，经常坏，你以后就知道了。"

等了一会儿，没人来，张丽到卫生间帮我收拾。

我们打扫完卫生间，看看表都四点了，王师傅还没来。张丽又呼叫前台，前台说："我跟王师傅说了，没办法，你就等着吧。"

我们只好先做别的，吸地、擦桌子、补耗品、绑窗帘。

一个中年男人进来，手里拎着个工具袋。张丽跟他打招呼："王师傅。"

他没回答，板着脸，看也不看我们，直接走到床那里，拿出工具，弯下腰敲敲打打，钉好后收拾完工具，站起来走了。

做完所有的房，我和张丽一起数了布草，退了布草，扔了垃圾。四点半就收了车。

到了客房部，小沈她们也在，小沈带着我们到大厅，每个人又分了工，我和张丽去打扫后楼梯和后门。

回到客房部，小沈呼叫周经理："周姐，我们大厅也打扫完了，可以下班了吧？"

周经理说："好，下班吧。我今天忙，就不过去了。对了，你跟她们说一下，我招聘到一个很有经验的主管，明天就过来。"

小沈说："好的。"

洗澡的时候，胖子和瘦子也是脱得光光的一起进去。我还是最后一个洗。等我出来，别人都走了，只有小沈还坐在沙发上，拿着手机在打电话。

我一进去，她立刻说："就这样吧，一会儿见面再说。"

我去换鞋，她拿上包走了。

二

新官上任

4

早上我到了更衣室，胖子吕月红和瘦子齐建华来了，正在换衣服。胖子看见我，热情地说：“王姐，你来了。”

我说：“我姓冯，不姓王。”

她说：“哦，冯姐。”

我换衣服，她们又开始问：“冯姐，你穿的黑布鞋从哪里买的呀？多少钱呀？”“冯姐，你觉得这里怎么样啊？好不好啊？”“这个宾馆没有保洁吗？我们要做多久啊？”“小沈就是头儿吗？还有别的头儿吗？”

我把知道的都告诉了她们。瘦子又问：“小沈叫‘老公’那个人是她老公吗？”

我说：“我也刚来，不知道。”

胖子说：“冯姐，你真是个好人。那个李霞都不理我们。”

我穿好衣服，她俩一边一个挽住我胳膊，一起去客房部。

小沈在写房表，张丽和小柳在吃馒头。我们刚坐下，高跟鞋响，周经理进来，后面跟着一个妇女，四十多岁，穿着跟周经理和王经理一样的黑西服。

周经理说：“这是我招聘来的新主管，杨主管。大家欢迎。”

小沈从椅子上站起来，说：“欢迎杨主管。”

周经理说：“这是领班小沈。”

杨主管满脸笑容说：“小沈你好，坐下吧，不要客气。我比你们大，以后叫我杨姐就好了。”听起来是南方口音。

周经理说：“杨主管做过八年客房部主管，工作经验丰富。你们好好接受杨主管的指导，把咱们宾馆的客房工作搞上去。”

杨主管说：“谈不上指导，我们一起学习。”

接下来周经理介绍了每个人，杨主管向我们每个人都点头微笑，说：“你好。”

介绍完，周经理说：“杨主管，你今天就先熟悉一下业务吧，有什么不懂的让小沈告诉你。我就先回去了。”

没有空椅子了，大家都站起来给杨主管让座，她直摆手：“没关系，我就站着吧。你们一会儿要做房，很辛苦，你们坐。”

小沈到外面找了个椅子，杨主管才坐下。她皮肤很白，化了淡妆，烫了发，挺好看的。

小沈说：“杨主管，我正在分房，您要来分吗？”

杨主管微笑着说：“你分，我先熟悉一下。”她站到小沈背后看着小沈分，坐在旁边的小柳给她让座，自己坐到杨主管刚才的椅子上。

杨主管说：“谢谢。”

小沈分完房，也给我一张房表，我看了看，一共9间房，心里松了口气。

小沈说：“今天李霞休息，吕月红跟我在三楼，齐建华你跟张丽在二楼，冯姐你今天单独做房，在四楼，我让小柳去帮你。”

我说：“好的，谢谢。”

小沈说：“杨主管，您看您还有什么要说的吗？”

杨主管说：“没有没有，我刚来，什么都不知道，还要向大家学习呢。”

小沈说：“那我们就去领布草吧。”

小沈给我一个对讲机，告诉我说话的时候摁住，说完再松开。又给我一个四楼的房卡，带着绳子，让我挂在脖子上。我也学她们，把对讲机放在衣服口袋里。

我们到了布草间，小沈给我找了一个布草筐。我问她：“我应该领多少布草？”

她看看我的房表，说：“房不多，6脏，3在住，有5个大床房，4个标准间是8个小床……你先领5个大单，5个大被，5个小单，5个小被，10个浴巾，10个面巾，10个地巾就行。不够了再拿。”

我从架子上按着标签找到“大单”“大被”“小单”“小被”，数好了，一摞摞抱到门外我的布草筐里。

我们进进出出领布草的时候，杨主管一直面带微笑站在门口，说：“大家别着急，小心碰着。”

领耗品的时候，小沈给我一个空箱子，告诉我各样东西都先拿10个，不够可以再来拿。我把纸箱子放地上，从架子上找到洗发水、浴液、润肤露、香皂、牙刷、梳子、面巾纸、卷纸、拖鞋、垃圾袋，各数了10个扔进去，抱着下楼，放在布草筐里。

我推着布草筐，和小柳坐电梯上了四楼，从会计室推出布草车。车挺沉的，轱辘有问题，一会儿往左偏一会儿往右偏，小柳帮我一起推。

布草车上一共有四个格子，有大有小。旁边放着一个小圆闹钟，还有一个空地儿，放着夹房表的长方板和笔。我像张丽那样，把东西整整齐齐放在一个个格子里。绑好垃圾袋，摆好布草。

小柳站在旁边看着。

我把车推到房表上第一间脏房402，把房表夹在长方板上，用拴在上面的笔在402后面写上了开始时间——9:05。

我用挂在脖子上的房卡开了门，站在门口想程序，小柳说：“冯姐，我干什么？”

我说：“你都学什么了？”

她说：“铺床和卫生间都学了。”

我说：“你明天也要单独分房了，你就练习一下做整个房间吧。”

她说：“我明天就要分房了吗？我都还不太会呢。”

我说：“那你上午就先练习一下铺床，再做几个卫生间，下午再做整间房吧。”

她说：“谢谢冯姐。”

对讲机响了，周经理说：“为了欢迎新主管，今天下午宾馆全体工作人员4:30到四楼会议室开会。大家都不要迟到啊。”

听到一个个回答：“收到。”“收到。”

我也摁住对讲机上的按钮说：“收到。”

402是两个单人床，都动过，都得换。屋里也挺乱，桌上有很多烟盒、橘子皮，地上有废纸。

小柳去拆床单被罩，我进了卫生间。我擦玻璃的时候，小柳过来说：“冯姐，我老是铺不好床单，你来示范一下吧。”

我说：“我也铺不好。”不过我还是去做了示范。我铺得也不平，我和她一起用手抻平。她说她也不会包床垫，我又帮她包住床垫。

一会儿她又来问：“冯姐，我怎么也套不好被罩，你来告诉我一下吧。”

我出去给她做了示范，拿被芯塞进去，抖开，铺好。

我做完卫生间出来一看，小柳刚开始铺第二张床。她慢慢地拿起床单，慢慢地抖开，慢慢地铺。

我吸完了地，小柳还没铺完第二张床，才刚刚包好床垫。我又去帮她套被子，她套了枕套。

最后我站在屋里到处看了一圈，满意地关上门。

我站在布草车旁，在房表上402后面挨着“VD”填上“VC”，并且详细地写了出来的时间9:46；还有后面的项目：洗发水2，浴液2，润肤露1，香皂1，床单2，被罩2，枕套2，浴巾2，面巾2，地巾1，垃圾袋2。

我把布草车、布草筐、吸尘器一个个拉到412，写上时间：9:50。

小柳说：“冯姐，我不会铺床，我还是做卫生间吧。”

我说：“正因为不会，你才应该多练习啊。”

小柳说：“我先练习卫生间也是一样的。”

于是她进了卫生间，我去屋里铺床。

我正在甩单，小柳叫我："冯姐，你来一下。"

我走过去，她说："我忘了应该先做什么后做什么了，你再跟我说一下吧。"

我跟她说了一遍，小柳说："好了，我知道了，谢谢冯姐，你真好。"

我回去继续铺床，小柳又叫我："冯姐，你再来一下吧。"

我过去，她说："冯姐，这玻璃怎么就是擦不干净啊？"

我跟她说了一下擦玻璃的流程，她说："我就是这么擦的，可就是擦不干净。你再给我示范一下吧。"

我拿起棉滚子和刮刀，先沾湿后刮，边擦边解说，擦了一面玻璃墙，给她示范了一遍。

小柳说："谢谢冯姐。"

我擦桌子的时候，小柳又叫我过去，她说："我不会摆小红筐，你教我一下吧。"

我给她摆了一下，她说："谢谢冯姐，你真好。"

新来的杨主管进了屋，说："你们好！"

我和小柳都说："杨主管好。"

她笑笑说："我说过了，我比你们大一些，就叫我杨姐好了。"

她很和气地问了我们很多问题：叫什么名字，老家是哪里，有几个孩子，老公是干什么的，来了多久了，工作累不累。

我回答完问题，走开去铺床了，杨主管跟小柳聊天。

小柳说："我刚来两天，什么都不会做，明天就要单独做房了，不知道行不行，我好担心啊。"

杨主管说："你放心，你是新人，我会少给你分房的。你们的工作挺不容易的。外人都以为客房服务员就是打扫卫生。其实我知道，拿铺床来说，每天分到那么多房，不仅要铺好，还要铺得快，这是需要技术，还需要力气的。我看到我那些服务员每天都很辛苦，我很心疼她们的。"

小柳说："谢谢杨姐，您真好。"

她说："我今天刚来，宾馆的事什么都不知道，还要向你们学习。要是有什么跟我有关的事，希望你们能告诉我。我有什么地方做得不对的，也一定向我指出。时间长了你就知道，我这个人很直爽，不会当面一套背后一套，永远都是表里如一。人家待我一个好，我待人家十个好。我以前工作的宾馆那些服务员，跟我就像姐妹一样，都不愿意让我走，使劲留我。听说我来了这里，有几个还想一起过来呢。"

小柳说："杨姐一看就是好脾气。您当主管是我们的福气。"

杨主管说："哪里哪里，我们能在一起工作也是缘分。"

小柳开始刷马桶，杨主管突然说："啊呀，这马桶怎么这么脏呢？"

小柳说："不知道啊，怎么刷不掉呢？"

杨主管说："小冯，你来一下。"

我过去看了看，马桶里有几片黑迹。我刷了几下，也没变化。

杨主管说："小冯，别的马桶都这样吗？"

我说："不知道。"我跟着小沈和李霞的时候没做卫生间，跟着张丽只做了二楼几个卫生间，我也是第一次看见这样的马桶。

杨主管说："太脏了！你们知道吗，这里最低的标间 488，豪华标间要 588，套房要一千多，马桶怎么能这么脏？客人花这么多钱，太对不起客人了！你再好好刷一刷。"

小柳用刷子使劲刷，还是老样子，杨主管说："我来。"

她又倒了些洁厕灵，刷了几下，没什么变化。她站着想了一会儿，问："有五洁粉吗？"

我说："没有。"

她用我对讲机呼叫小沈，问有没有五洁粉。小沈一会儿送上来一罐，她亲自撒了一些，又刷了一会儿，浅了一点，还是很明显。

她问小沈："宾馆有多少这样的马桶？"

小沈说："没数过，不过每层都有，二楼最少，三楼最多。"

她说："这可不是个小问题，我看着都恶心，客人用了这样的马桶就不想再来了。一定要想办法解决。今天中午饭后我们就开个会，商量商量办法。”

她和小沈一起走了。

下一间是418，屋里有两张床。我在房表上填了开始时间——10:20。

小柳说：“冯姐，卫生间太难做了，这次我还是去铺床吧。”

我说：“你还是多练习练习吧。你明天可就要单独做房了。”

她说：“没事儿，杨姐说了，一开始会少分几间，我慢慢练吧。”

我拿着清洁筐进了卫生间，小柳去撤床单。

小柳说：“对了，今天怎么没听见小沈让礼宾来帮忙撤单子呢？要是他们撤了单子，咱们就省事多了。”

我说：“是啊。是不是王经理不在，出去了？”

小柳说：“我早上来的时候看见王经理了。”

我说：“不明白。”

我在卫生间忙碌，看见小柳还是慢悠悠地铺床。我又擦又洗，做完浴室和厕所出来，她才铺完一张床。

我做完了屋里，吸完了地，她才开始套第二张床的被罩。

我去帮她装枕头，她说：“哎呀，铺床可真累呀，我胳膊都抬不动了。”

我在房表上写上时间：11:05。

下一间是420，做完关上门是11:58。我把布草车推到隔壁一个脏房，小柳挽住我胳膊一起下楼吃饭。

到了食堂一看，今天吃的是土豆炖肉，可都是肥肉块，我不爱吃肥肉，只好少盛了一点，多盛了点咸菜丝来就米饭。

杨主管也跟我们坐一起，一边吃一边问大家：“怎么样？饭好吃吗？上午做房累不累啊？有没有遇到什么特殊的情况？你们觉得客房工作有什么可以改进的吗？你们千万不要跟我客气，有什么意见直接跟我说，咱们一起把客房工作做好。”

回答完杨主管的提问，齐建华和吕月红问了杨主管好多问题：“杨主管今年多大了？你老公是干什么的？你有孩子吗？孩子今年多大了？你家住哪里啊？是租的房还是买的房？你以前在哪个宾馆当主管啊？因为什么不干了呢？”

杨主管说，她四十九岁，有个儿子，已经大学毕业，上班了。她家在德胜门那边，老公买的房，三居室，九十多平方米。她以前在顺义一个快捷酒店当主管，因为那个酒店离家太远，经常回家很晚，她认为家庭非常重要，所以才换了这个工作。

齐建华说：“德胜门我知道，离这里也很远啊。”

杨主管说：“我今天上午发现了一个问题，希望大家和我一起来想想办法。大家赶紧吃饭，吃完去四楼一下，我们开个小现场会。”

吃完饭后到四楼，杨主管想让周经理也来参加，小沈打了电话，说周经理不在，出去了。

杨主管让小沈再找一间有脏马桶的房间，小沈想了想，让我打开422。

杨主管走进卫生间，把马桶盖打开，说：“大家一个个进来，看一下马桶。”

我们一个一个进去低头看，马桶里有几片污迹，看完又一个个出来，挤着站在卫生间门口。

杨主管站在马桶边说：“听小沈说，咱们宾馆还有很多这样的马桶。我不知道这是怎么造成的，但是周经理对我说过，之所以换掉前任主管，就是因为前任主管太不负责任。我想这个马桶就是最好的证明。”

大家默默听着。

她说：“所以我经常说，客房服务员这个工作非常重要，可以说是宾馆的核心。宾馆生意好不好，全在卫生质量上。房间再漂亮，前台服务再好，房间不干净，客人是不会住的。而马桶又是房间卫生的重点。就算屋里很干净，一个脏兮兮的马桶一下子就会让客人觉得恶心，下次再也不想来了。大家说是不是这样？”

大家说："是。"

她说："我一直相信集体的力量，让大家来，就是希望你们开动脑筋，想出更好的办法来，把这个问题给它解决掉。"

吕月红说："试试洁厕灵，洁厕灵是专门洗马桶的。"

杨主管说："我试过了，没效果。"

小柳说："电视上说过，牙膏可以让瓷器变白。"

杨主管立刻让小沈从我的布草车上拿了一盒牙具给她，她拆开包装，拿出牙刷和牙膏，蹲下来开始刷马桶。

过了一会儿她站起来说："不行，没有什么明显变化。"

齐建华说："我以前做家政的时候，用过一种外国的产品，叫'万能清'，什么污渍都能去掉。"

杨主管问小沈："咱们宾馆有这个吗？"

小沈说："没有。"

杨主管说："我认识一家清洁剂公司，我给他们打个电话问问。"

她立刻打了电话，对方说有，一桶二百多元。杨主管让他们明天先送点样品来试试。

杨主管说："好了，你们回去做房吧，我也要去整理材料了。小沈，你把每层有多少这样的脏马桶登记一下，下班前给我。"

小沈说："好的。"

她们走了以后，我跟小柳说："现在还不到两点，不能做在住。我还有两间脏房，411 和 422，我给你一间，你练习练习，怎么样？"

小柳说："好啊，谢谢冯姐。"

我说："411 是大床，422 是两张单人床，你想做哪一间？"

她说："我做 422 吧，单人床我比较熟悉。"

我打开 422 的门，小柳拿了布草进去，我去做 411。

做完 411，我填好房表上的项目，关上门，去看小柳。

我进了屋，小柳正在卫生间里洗地垫。

她一见我，带着哭腔说：“冯姐，你快来帮帮我吧，我都要疯了！”

我吓一跳：“怎么了？”

她说：“我好不容易做完了卫生间，进屋铺床，看见茶杯里还有茶水，烟灰缸里有烟头，才想起它们忘了洗。可是洗脸池我都擦干了，洗完它们，我又得把洗脸池再擦一遍。我回屋继续铺床，忽然隔着玻璃看见浴室地垫还铺在地上，我又回来洗地垫。一会儿我还得再擦一遍洗脸池。我还以为客房服务员挺容易才来的，你说怎么这么麻烦啊？我可干不了这活儿。明天我就要分房了，我不想来了。”

我说：“没关系。我一开始也是这样的，丢三落四，老要返工，烦得很。时间长了就好了。我比你早来一天，就比你好一点。”

她说：“真的吗？你也这样？可是我看李霞做得就很快，我感觉她一会儿就收拾完一间屋，轻松得很。我什么时候像她那样就好了。”

我说：“你将来肯定能，但是现在你才刚来几天，不要着急。做之前想想先做什么后做什么，慢慢就好了。”

小柳说：“听你这么说我好受多了。那我明天还来吧。冯姐你真好，有你帮忙我一定能学会。”

我去帮她铺床，她去刷地垫。

最后关上门，我看了看时间：2:35。我问她浴巾拖鞋卷纸用了多少，教她把房表上422的那些项目一个个填好。

6间脏房都做完了，也过了两点了，我俩一起去做在住。

我把布草车推到416门口，问小柳：“她们教你做在住了吗？”

小柳说：“教了，说要先敲门，敲三遍。”

我说：“好的，那你来敲门吧。”

小柳先敲三下门，说：“您好，服务员。”

没人回应，她再敲三下，说：“您好，服务员。”

还没回应，她又敲三下，又说了一遍。

屋里仍然没有声音，我说：“看来没人，我开门了。”

我刷卡开了门，屋里果然没人。我们很快就收拾好了416，关门出来，又去敲对面415的门。

这次刚敲了一遍，就听见客人说："请进。"

我刷卡开了门，客人是个中年男人，正坐在床上打电话。

他跟我们挥挥手说："什么也不用换，把垃圾倒一下就行了。"

我到卫生间看了一下，挺干净的。我和小柳把垃圾桶拿出去倒了，换上新的垃圾袋，再放回原处，然后轻轻地把门关上出去了。

最后一间是407，我敲了一遍门，说："您好，服务员。"

客人在里面说："不用打扫了。"

我和小柳互相看看，笑了。

我看看表才3点半，就说："咱们数布草去！"

我和小柳把布草筐推到后楼梯拐弯的空地上，把布草拿出来，分类堆成好几堆。

对讲机响了，小沈说："有做完房的吗？我和杨主管要查房。"

我说："我做完了。"

小沈说："好的，那我们就先去四楼。"

我和小柳正在数布草，对讲机里小沈说："呼叫冯姐，来一下402。"

我跑到402，门开着，杨主管手里拿着笔和本，小沈拿着个抹布。

杨主管说："我第一天查房，都还不熟悉。小沈，你来说吧。"

小沈说："好的。冯姐，你自己先看看卫生间有什么问题。"

这是我做的第一个卫生间，我可是认认真真做的。我进去四处看了看，玻璃挺干净的，马桶也是白白的。

看了一会儿，我说："不知道。"

小沈说："第一，浴巾叠得不整齐。"她从架子上拿下两个浴巾，重新对折，然后放上去。

"第二，地巾宾馆名应该朝外。"她把地巾换了一个面重新挂上。

"第三，口杯有水渍。第四，花洒不亮。第五，镜子不干净。第六，洗脸池没擦干，还有水滴。”

杨主管说：“小冯刚来，还不会，小沈，你来给她示范一下吧。”

小沈拿着抹布进去，把这些地方都擦了一遍。

出了卫生间，进了屋，小沈说：“冯姐，你再看看屋里有什么问题。”

我看了看，还是说：“不知道。”

小沈指给我看，被子铺得不平，她扯起来重新铺了一下。

枕头套得不好，一个鼓，一个瘪。她把枕芯掏出来重新装了一下。窗帘绑得不对。她把窗帘解开，向我示范一点一点折，最后折得整齐得像折扇一样再绑起来。托盘里水壶和茶杯放得不对，两个茶叶包要立起来靠在托盘沿儿上。床头电话线要这么绕……地没吸干净，还有毛絮……垃圾袋换得不认真，皱了……桌子擦得不干净，床头柜没擦……

小沈说：“卫生间还凑合，但是这屋子可差太多了。冯姐，虽然你是第一天分房，但是你这房做得太差了啊，我只能给你写不合格。你今天房少，要是超过12间，不合格的房间是不给房提的。”

这间屋子是小柳收拾的。不过我什么也没说。

杨主管拿着本子站在旁边，微笑着说：“没关系，刚做房都是这样的，不能跟老员工一样要求。今天就算了，小冯别的房也不查了，我给小冯都写成合格，以后注意就行了。”

我说：“谢谢杨主管。”

杨主管说：“又忘了？叫我杨姐。”

我说：“谢谢杨姐。”

我回去继续数布草，小柳问：“什么事？”

我说：“检查不合格。”

小柳说：“怎么还要检查啊？我来这几天都没检查啊。那……不合格会怎么样？”

我说：“小沈说分房超过12间，多的房会给房提，但是不合格就不给房提。”

小柳说：“那我肯定通不过。我看明天我还是别来了。”

我说："新来的杨主管挺好的。小沈说不合格，杨主管说我是刚来的，都算合格了。"

小柳说："那还行。我明天还来吧。"

我和小柳到楼下倒完垃圾，退了布草，到财务室的水池子洗抹布。

对讲机里小沈说："呼叫各楼层，收车后去四楼大会议室，四点半准时开会。"

我和小柳放好布草车，出了门，遇到礼宾小雨拎着一大串钥匙上楼来。他在前面走，我们在后面跟着，顺着后楼梯旁边楼道一直往前走，走到头，楼道中间有个防火门，他停下找出一个钥匙打开门，是一个会议室。

小柳说："我还不知道四楼藏着一个会议室呢。"

小雨说："藏着两个呢。这是大会议室，电梯那边楼道还有一个，是小会议室。"

大会议室前面有个高台，上面有一张桌子，背后有投影仪和屏幕。下面就是几排绿布椅子。屋里那边还有一个门，门关着。我走过去从门缝里看了看，门那边也是一个楼道，楼道两边是一个个办公室。

我和小柳找了中间的位置刚坐下，张丽、齐建华、吕月红也进来了，走到我们后面一排坐下。接着小沈和杨主管进来，走到我们前面一排坐下。

别人都还没来，大家聊天，互相看手机里家人的照片。小沈给我们看她手机里的照片："我家是二室一厅，这是主卧，次卧，客厅，阳台……这是我老公，这是我儿子……"

大家都说："你家真漂亮。你儿子好可爱。"

吕月红说："王经理不是你老公啊？"

小沈说："当然不是。"

杨主管也拿出手机让我们看照片："我家也是二室一厅，这是主卧，次卧，餐厅，客厅……这是我儿子……"

大家也说："你家也好漂亮，你儿子好帅。"

王经理拿着笔记本电脑进来，放在主席台上调试。几个礼宾安话筒，几个礼宾挪椅子。前台姑娘们进来后，拿了个本子让人互相传递签到。

周经理最后进来，她坐到主席台上去，宣布开会。她先用投影仪放了一段PPT，里面有以前的客房服务员的照片。她们一起去旅游、开运动会、帮忙装修、进行铺床比赛，一个个都很漂亮，都在笑。我认出了小沈、李霞、张丽，别的人不认识。

片子放完，周经理开始讲话。她说："大家都知道，我本来是集团的财务总监，因为各种原因，春节后刚刚接受王总的重托，来宾馆当经理。我是第一次当经理，王总给我的利润指标又很高，实话实说，困难很大，我的担子很重，非常需要大家支持。大家也都知道，年前附近开了两家快捷酒店，咱们宾馆的入住率大幅下滑。好多人建议我降低价格来争夺客源，但是我认为，为了吸引客人，留住客人，我们需要的不是降价，而是提高硬件水平和软件水平。我们还是有竞争力的。我们宾馆当年是按四星级酒店来配置的，硬件好，上档次。只不过地毯有点脏，需要更换，床和床垫也不行了，也都要换成新的。因此，我的第一个计划就是提升宾馆硬件，更换地毯和床。王总已经批准我的申请，我相信更换之后，我们宾馆的竞争力会大大增加。

"关于提高软件水平，也就是提高服务水平和卫生质量，我认为，人是所有因素中最重要的因素。我为此亲自招聘了更有责任心的新员工，还从别的酒店挖来有八年经验的客房部主管。我相信在新主管的带领下，我们宾馆的软件水平一定会大幅提升，我们的入住率也会越来越好。

"最后，我希望，在这个温暖的大家庭中，大家团结一心，共同努力，争取胜利完成王总的任务，到年底大家都有红包拿！"

大家一起鼓掌。

周经理说："下面我给大家介绍一下，我新招聘的客房部主管，杨主管。"

杨主管从椅子上站起来，转过脸，向大家微笑点头。

周经理说："请杨主管给我们讲几句话。"

杨主管站着，说："我初来乍到，还要向大家学习，请大家多多指教。"

周经理说："杨主管太谦虚了，她有八年当客房部主管的经验，我们宾馆很多工作都还没有理顺，还请杨主管多提意见，指导一下我们的工作，帮助我们提高。"

杨主管说："哪里哪里，谈不上指导。不过说到意见，我虽然刚来不到一天，但也看到一些问题，还真有点想法。我听说咱们宾馆开业才四年，但是刚才听周经理说已经要换新地毯了，而且我今天到处看了一下，房间的情况很糟糕，不仅地毯脏，很多马桶也因为清洁不当，产生了黑斑。我可以告诉大家，我以前当主管的宾馆开业已经六年了，一切还都跟新的一样。我认为，这些跟主管关系很大，或者可以说，这都是前任主管对工作不负责任的后果。过去的事我没有办法，但是今天既然来到这里，我敢负责任地说一句，我会尽我最大努力，解决这些存在的问题，使客房的工作早日走上正轨。让客人满意，让领导满意。"

周经理说："谢谢杨主管。大家都要向杨主管学习，学习她这种为大局着想的精神。有一句话说得很好：不要总想着回报，要先想着付出，因为只有你付出了才会有回报。宾馆搞好了，每个人都会从中受益。反之，任务完不成，对大家都没有好处！杨主管就是我们的榜样！"

周经理说完带头鼓掌，大家跟着鼓掌。

5

早上我在村口等公共汽车，忽然听见有人叫我："冯姐，冯姐！"

我扭头看，张丽骑着电动车停在我旁边。

"你也住小沙河啊？"我说。

"是啊，冯姐，你上来，我带你。"她说。

我坐到后座上，她说："冯姐，我昨天下班回来，正好看见你从昌 26 上下来，今天早上我过来就想着看看你在不在，还真看见你了！"

路上我问她家是河北哪里，她告诉我是张家口的。她那个村子有山有河，可漂亮了，那里的小米很好，还能做黄米酒。她有个儿子，今年八岁了，在老家上小学，跟着爷爷奶奶。她和老公来北京五年了，老公开黑出租，她当客房服务员。她在这个宾馆干了五年了。

我说："我一直有个事儿不明白，你知道小沈为什么叫王经理'老公'吗？"

她说："王经理对服务员挺好的，她们都喜欢跟他开玩笑，经常叫他'老公'。小沈叫得最多。"

进了宾馆，前面是小柳，我跟她打了招呼，三个人一起上楼。我一边走一边跟小柳说话，张丽一句话也没说。

我们到了客房部，杨主管在对着电脑填房表。我们说："杨主管好。"

杨主管说："我说过了，叫我杨姐！"

我们说："杨姐好。"

张丽烧了水，用微波炉热了馒头，她们都倒了水，拿了馒头坐下吃。

一会儿李霞进来，看了杨姐一眼，出去倒了水，拿了个馒头进来坐下吃。

杨姐问我："小冯，这是……"

我说："这是李霞。她昨天休息。"

杨姐说："李霞你好。"

李霞说："你好。"

杨姐看了看她们说："你们要干一天活呢，光吃馒头怎么行呢？还是去食堂吃早餐吧。"

李霞说："以前食堂有早餐，现在没了。"

杨姐说："招聘启事上不是说包食宿吗？"

李霞说："没骗你啊，食堂让你晚饭时拿馒头早上吃，也可以算有早餐啊。"

杨姐分完房，说："今天小沈家里有点事，请了假，由我带领大家一起做房。在开始工作以前，我跟大家说几句话。"

她停了一会儿，等我们安静下来，她看着我们，一字一句诚恳地说：

"我刚来，还不熟悉，但既然我当了主管，就要尽到主管的责任。我知道你们做房辛苦，但是我也会对你们严格要求。因为只有做出成绩，我才有底气向领导要求为你们增加福利。这就是我的工作方针。要是在工作中，有什么地方你们觉得不合适，可以跟我说。我这个人性格直爽，也喜欢直爽的人，时间长了你们就知道了。总之，我的想法只有一个，就是我们一起把工作搞好，把大家的福利涨上去。"

齐建华马上说："杨主管刚来到一个陌生环境，一切都要从头开始，会有很多困难，我们一定会支持你的。"

杨姐说："谢谢你，你叫什么来着？"

齐建华说："我叫齐建华。"

杨姐说："听你这么说，我太高兴了。希望你们大家都能这么理解我。"

齐建华说："我们彼此理解吧。大家出门在外，不管是主管还是服务员，来到新环境，面对新的人际关系，都有一个相互适应的过程，都需要彼此的理解和支持。”

杨姐说：“听你说话很有水平啊。”

齐建华说：“没什么，我就是喜欢换位思考。”

杨姐把房表发给我们，我看看我的房表，还在四楼，房表上写着我和吕月红。房子也不多，一共9间，6个脏房，3个在住。这下我放心了。

小柳说：“杨姐，今天我第一天自己做房，我还不太会，我担心做不好怎么办？”

杨姐说：“没关系，你慢慢来，做不完的让大家帮你做，我不会一下子就要求很高的。”

小柳说：“谢谢杨姐。”

李霞说：“杨主管，我一直做三楼的，你怎么把我分到二楼了？张丽本来是二楼的，你给她分三楼了。你给我俩换过来吧。”

杨姐说：“我不知道谁原来做哪层，你们就分到哪层做哪层吧，都一样的。”

李霞说：“小沈一直是按人分层的。我习惯了做三楼，二楼我不习惯。你还是给我们换一下吧。”

杨姐说：“我有我自己分房的原则和方法，大家适应一下吧。好，不早了，现在领布草去。”

杨姐拿起桌上的钥匙往外走，大家跟着她。

领布草的时候，杨姐拿了本子站在门口，问我们计划要领的布草数。

李霞说：“哎呀，干吗让我们先报数？这样站在这儿多耽误时间呀。小沈一直是先领布草，谁领完谁报个数，那样快多了。”

杨姐说：“小沈怎么做的我不管，现在我是主管，我有我的安排。”

吕月红和我领了布草，一起坐电梯上了四楼。摆布草车的时候，她帮我一起摆，比我快多了。

对讲机里李霞说：“呼叫杨姐，212你写的是脏房，我开门一看是净房。”

杨姐说：“不好意思，你改过来吧。我刚来，对这儿的电脑不熟悉。”

一会儿李霞又说：“呼叫杨姐，223 我房表上有，小柳房表上也有，到底谁做啊？”

杨姐说：“那就你来做吧。”

摆完布草车，吕月红说：“冯姐，我明天就要一个人做房了，你给我几间房让我练练吧。”

我说：“那铺床、做卫生间你都学过吗？”

她说：“都会了。”

我说：“今天房不多，你先跟着我一起做，练练铺床和做卫生间，最后我给你一间脏房你自己慢慢做。”

她说：“好的。”

第一间是 405，窗户朝南，有两张单人床。进去后我让吕月红去铺床，我去做卫生间。

我擦玻璃的时候，看见胖胖的吕月红在使劲甩单，床单飞得很高，落下来很平整。包好床单后，她又使大劲抖被罩，被罩也扔得很高。

我做完浴室去做厕所的时候，隔着玻璃看了她一眼，她已经铺完床，开始从布草车上拿东西进进出出补耗品了。

我说：“你做得可真快！”

她说：“不就是铺个床嘛。”

等我做完卫生间，她已经擦完灰，在绑窗帘了。就剩下吸地毯了，我出门去拎了吸尘器进来，她过来从我手里抢过去，说：“冯姐，你休息，我来吧。”

她吸地的时候，我到处检查了一下，床铺得很平整，桌子也擦得很干净，东西摆的位置也很对。她吸完地后我看看手机，这间才用了 30 分钟。

我写表格的时候，她问我那些字母是什么意思，那些项目怎么填。我教了教她。

她走过去接着换被罩。这间很快又做完了，我们推车去第三间：412。

这次她做卫生间，我去铺床。一会儿听见卫生间“啪嗒”一声，吕月红叫我：“冯姐快过来！”

我进去一看，挂浴帘的杆掉在地上，浴帘也掉了下来。

“我就这么一拉，它就掉下来了。现在怎么办？”她说。

我想了想，从口袋里拿出对讲机：“呼叫前台，412卫生间挂浴帘的杆子掉了，请报修！”

前台回答：“收到，我让礼宾去装一下。”

一会儿胖礼宾来了，他从屋里拿了个凳子踩上去，把浴帘环一个个穿到杆上，把杆子一头先摁到一面墙上去，再拿另一头卡到玻璃上，他松了手，浴帘杆就安好了。

他说：“这个很容易！下次有什么事直接呼我就行！”

吕月红说：“怎么呼你？”

他指指肩上的装饰肩章说：“你说‘呼叫上将’，我就来了。”我们都笑了。

胖礼宾走了，我回去铺床，吕月红又叫我：“冯姐！”

我过去一看，浴帘杆又掉地上了。她说：“我真的没使劲，它太不结实了。再呼叫一次吧。”

我说：“我看他刚才安得挺容易的，我先来试试吧。”

我到屋里去拿个凳子踩上去，把浴帘穿好，举起来往两边墙上一卡，它就固定住了。

吕月红说：“冯姐你真聪明。”

我说：“你这次可真的要少使点劲啊。”

最后我俩做完了所有的房，才十一点多。我俩打开电视，坐在沙发上看。

吕月红问我是哪儿的人，老公干什么的，几个孩子，几岁了，谁带。

听我说完，她说："啊？你只有一个闺女？那你婆婆不让你再生个小子吗？我第一个生的是闺女，第二个怀上了做B超一看也是闺女，我婆婆就让我做了，后来又生了一个小子。"

她说她老公一直在北京打工，儿子满一岁后，她也出来打工。她老公是卖菜的，早起晚睡，夏天热死冬天冻死，挣了钱给她买了一条金项链。

她从脖子上拉出那条很粗的金项链给我看。我说："真好看。"

后来她老公改行当包工头了，前几天去建筑工地住了，只有她一个人住在租的房子里。她很害怕，就想换一个包食宿的工作，也省了租房的钱。

杨姐在对讲机里说："呼叫各位客房服务员，万能清来了，请告诉我有脏马桶的房间号，我好去试验。"

吕月红跟我说："她那天不是和小沈挨着房间检查登记了吗？"

没有人回答，杨姐又呼叫了一遍，齐建华说："好像205是脏马桶。"

杨姐说："好的，我马上就来。"

一会儿又说："呼叫二层的服务员，请帮我打开205的门，我要去刷马桶。"

李霞说："客房抽屉里有个全楼层的房卡，小沈就用那个，你自己去拿吧，我忙着做房呢。"

杨姐说："我对这里不熟，找不到。"

小柳说："我来帮你开吧。"

杨姐说："谢谢。"

过了一会儿，杨姐又说："呼叫二楼的服务员，谁有多余的百洁布，给我送一个来，我刷马桶要用。"

没人回答，杨姐又呼叫一遍，李霞说："百洁布我们每人只有一个，没有多余的，你自己去客房部找一个吧，就在抽屉里。"

杨姐说："呼叫各位服务员，马桶盖开合的地方，缝里也很脏，我试了一下，用牙刷可以刷干净，大家注意一下。”

过了一会儿杨姐又说：“呼叫各位客房服务员，经过试验，万能清效果很好，我马上到各个房间去清洁马桶，大家专心做房，脏马桶由我负责。”

没人说话。

杨姐说：“呼叫小柳，帮我开一下208的门。我205的马桶已清洁完，要清洁208的了。”

小柳说：“好的，马上来。”

一会儿杨姐说：“我现在开始清洁三楼的马桶，我念一下三楼有脏马桶的房间号，请三楼的服务员帮我开一下门。”

张丽说：“好的。”

杨姐在对讲机里念：“302,305,311……”

吕月红跟我说：“这个杨姐，一张嘴不停说，要让全世界都知道她刷了马桶。”

最后杨姐呼叫四楼：“我到四楼了，四楼有脏马桶的房间有405,409,410……请四楼的服务员帮我开一下门。”

我说：“好的。”

我赶紧关了电视，跑去开房门。

杨姐拎着清洁筐进来，坐在茶几旁边的沙发上说：“真是累死我了，休息一下再去刷马桶。你们怎么样？做几间了？”

我说：“脏房做完了，还有几个在住。”

她说：“你们今天轻松啊，我可是要累死了，腰都直不起来了，脚都肿了。我真想不到，这宾馆会有这么多脏马桶！我可是亲手一下一下刷干净的。我长这么大，没干过这么脏的活儿。没办法，你们都要做房，还要兼做保洁，我不能再给你们增加工作了。”

吕月红说：“杨姐辛苦了。”

杨姐说：“没办法，为了提高宾馆的卫生质量，我当主管的只好辛苦。”

她进了卫生间，打开马桶盖，说：“这马桶脏得……啧啧，客人怎么敢用？小冯，小吕，你们过来看看。”

我和吕月红走过去，看见马桶里有一片颜色深一点的污渍。杨姐又给我们演示怎么清洁，她在污渍上洒了万能清，用手拿起百洁布刷几下，颜色浅了些。她刷完后冲了水，那块污渍不那么明显了。

她说：“怎么样？我刷过是不是好多了？”

吕月红说：“好多了。”

杨姐掀起马桶盖，说：“我知道你们每次都把马桶盖拉出来刷后面，但是我还是发现了问题，你们来看……”

她蹲下，从清洁筐里拿出废牙刷，刷马桶盖和马桶连接的地方，从缝里刷出黑水来，说：“啧啧！看见了吧，多恶心啊。你们以后记得刷这里啊，我以后会检查的。不能留下一点死角。”

中午我们坐在桌子前吃饭的时候，杨姐一直在讲她上午是怎么刷马桶的，多么辛苦。最后她说：“我留了几个脏马桶，吃完饭大家到四楼集合，我给大家培训一下如何清洁马桶。以后你们要作为马桶的日常清洁项目来做。”

饭后大家都到了四楼，杨姐给周经理打了个电话，让她也来看一下。

周经理来了，杨姐打开 426 的门，让大家看马桶，大家挤在门口往里看。

杨姐跟上午一样，倒了万能清，拿百洁布刷，冲了水，让我们看。然后又拿牙刷去刷马桶盖的缝隙，黑水又出来。

杨姐说：“这是我经过多次反复实验才得到的最佳方法，大家以后可以按照这个来操作。大家看清楚了吗？”

大家说：“看清楚了。”

杨姐说：“周经理，这个万能清真的很好用，咱们买几桶吧。”

周经理问：“一桶多少钱？”

杨姐说：“200 元。”

周经理说：“太贵了。”

杨姐说："我试过好多种清洁剂，都不行，就它能刷干净。咱们的马桶已经有问题了，如果不好好刷，也许很快就不得不换了。"

周经理说："我考虑考虑吧。"

齐建华说："这个万能清腐蚀性很强，用的时候一定要戴塑胶手套，否则会伤手。"

李霞说："现在我们每个人只有一块百洁布，是用来刷口杯的。如果要刷马桶，还要再给我们每人一块百洁布。"

周经理说："这些都是钱啊。让我考虑考虑。"

她们走后，还不到两点，不能做在住，我和吕月红还去 421 看电视。

一会儿对讲机响了："呼叫四楼服务员，马上就两点了，410 客人没退房也没续住，应该是出去了，请去 410 看一下是否有行李。"

我摁住对讲机说："收到。"

我和吕月红走到 410，我刷了卡，开了门，看见一个男人正躺在床上睡觉。他露着光光的胳膊和腿，身上只盖着一角被子。

我吓了一跳，说了句"对不起！"就赶紧关上门。

吕月红吐着舌头，说："吓死了。"

我听着里面没动静，松了口气，心还咚咚跳了半天。

回到 421，我摁住对讲机回答："呼叫前台，410 客人在屋里睡觉呢。"

前台说："你把他叫醒，问他今天退房还是续住？告诉他会员最迟两点退房，再不退就要多收半天房价了。"

我生气地说："要叫你自己去叫吧，我们不去了。"

吕月红在旁边大声说："我们可不敢再去了，我们可不想挨骂。"

前台停了一会儿说："那你们帮我留意一下，别让他走了，他还欠着房费。"

我们俩打开 421 的门，一边看电视一边用余光瞄着楼道。

两点了，我和吕月红敲另外两间房的门，这次我们敲了很久，确定里面没有声音才开门。客人都不在，我们很快就做完了。

然后我们俩在楼道靠着布草车站着，等着410的客人。

一个胖姑娘从电梯那边走过来，穿着漂亮的衣服和高跟鞋。我还以为是住店的客人，她走到我们身边的时候说：“你们是新来的吧？”

我愣了一下说：“是。”

她说：“站在这儿干吗？做完房了？”

我说：“没有，等着客人退房呢。”

她说：“你们告诉一下别的新来的，去办个银行卡，把卡号告诉我，好给你们发工资。”

我说：“好的。”

她走过去后，吕月红问我她是谁，我说：“我也不知道，不过那头有个财务室，她可能是里面的会计。”

胖姑娘一直走过楼道，上了通往宿舍的楼梯。一会儿响起厕所冲水的声音。然后她又从我们身边走过去了。

410门终于开了，客人走出来，吕月红捅我：“冯姐，快问！”

我说：“您好，请问您还续住吗？”

他说：“住，我这就下去交钱。你们帮我打扫一下吧。”

我和吕月红开了门进去，行李箱、电脑都在屋里。

我收拾屋子，吕月红收拾卫生间。

我俩正忙着，听见甜美的声音说：“小冯，小吕，你们辛苦了。”

杨姐进来，手里拿着一个大本子和笔。

她坐到茶几旁边沙发上，说：“啊呀，我得坐一下，歇口气。今天小沈不在，我刷了一上午马桶，现在还要查房。真要累死了。你们怎么样？还有几间没做？”

我说：“这是最后一间了。”

她说：“我刚才检查了你们做的房，都做得很好。你们两个工作认真，有责任心。我虽然刚来，也看在眼里，记在心里，我一定会向周经理建议，争取给你们评个优秀奖，那样就可以发奖金了。你们觉得怎么样？”

杨姐说完停下来，等着我们回答。

吕月红说："太好了。谢谢杨姐。"

我不喜欢她说话的语气，就没吭声。

杨姐说："这是我应该做的。我这个人跟别人不一样，我既然来到宾馆，做了主管，就要负起责任，不仅要对你们负责任，也要对宾馆负责任。我可不能像前任主管那样，他不仅是不负责任，简直是糟蹋宾馆的东西。你看这地毯，才几年，就脏成这样。我本来想补救一下，用万能清试了试，不管用。看来没办法，只能换新的了。"

吕月红说："换就换吧，又不是花我们的钱，宾馆有钱。"

杨姐说："不光是换地毯，还有坏的床架子。宾馆这么多房间，要花多少钱啊。周经理说因为宾馆马上要换家具，经费有限，200 元一桶的万能清她都舍不得买。我劝了她半天，她才同意先买一桶。我真没想到买个清洁剂还这么难，看来在这里当主管不像我想得那么容易啊。"

吕月红说："周经理是经理，咋还这么小气？"

杨姐说："周经理说王总管得严，买东西都要王总签字。你们知道王总是谁吗？周经理经常说她也刚来宾馆，那她以前是干什么的？是从哪儿来的？"

吕月红说："我来宾馆才几天，我也跟您一样，什么都不知道。"

杨姐看我，我赶忙说："我只比她早来两天，我也不知道。"

杨姐说："哦，我忘了，你们也是新来的。我应该去问小沈。好，我得去查房了，二楼三楼还没查呢。"

我们做完 410，去楼梯口数布草，又去退了布草，然后回来倒垃圾。

吕月红抢着拎，她说："冯姐你太瘦了，我有劲，让我来！"

她一手拎起一个大黑垃圾袋下楼去了。

我收完车，洗了抹布，大家一起下楼去打扫了大厅，然后回到客房部等着下班。周经理来了，拎着一袋东西放桌上，打开口，里面是百洁布和塑胶手套。

周经理说："大家来领东西吧。百洁布一人一个，你们自己收好，别丢了。塑胶手套也是一人一只。"

李霞说："一只手套让我们怎么用啊？"

周经理说："你擦马桶肯定是一只手擦，不会两只手一起擦，所以一只就行了，两个浪费。这个很贵的。"

李霞说："手套分左右，分到左手的怎么办？"

周经理说："这手套这么大，左右手都能用。大家拿到后在手套上写上自己的名字，以免拿错。你们自己收好，谁丢了自己想办法，反正我是不会再给你们买了。"

大家走过去，一人拿一块百洁布和一个塑胶手套。轮到我的时候，手套只剩左手的了，我就拿了个左手的。

周经理说："我让他们明天先送一桶万能清过来。万能清很贵的，杨主管已经刷过一遍，马桶不那么脏了，不需要用那么浓的。明天早上我来给大家分，每人半矿泉水瓶，再兑上水用。大家注意，不要直接往马桶里倒，要先倒在百洁布上再刷。"

李霞说："那样太麻烦了。倒到马桶里用刷子一刷就可以，省时间。尤其房间多的时候，哪有时间用百洁布一点点擦。"

周经理说："要是那样你就少倒点万能清，多兑点水。大家看情况，如果马桶很干净，能不用万能清就不用。"

周经理走后，李霞说："杨姐，下班吧。我们还要上去洗澡呢。"

杨姐说："等一下，我还有句话说。我看大家工作一天很辛苦，每天早上却只啃馒头，这样下去，营养怎么够呢？我心里很不好受。我打算明天给大家买早餐，问问你们的意见，是买包子还是油条呢？"

有人说油条，有人说包子，杨姐说："那我就包子、油条一起买吧。"

6

早上在村口又遇到张丽，坐她的电动车去宾馆。进了大厅，看见杨姐在拖地。

我和张丽都走过去说：“杨姐，我们来拖吧。”

杨姐说：“不用了，我已经倒了垃圾、擦了桌子，马上就做完了。在周经理找到保洁之前，我来做保洁，你们专心做房就行了。你们赶紧上去换衣服吧。”

小沈来了，过去抢拖把，杨姐抓着不给。杨姐说：“你上去替我分房就行了，我拖完地去给她们买早餐。”

我们只好走了，刚上楼梯，听见周经理说：“杨姐你怎么一个人拖地？我去叫她们下来和你一起做。”

杨姐说：“别叫了，她们白天做房辛苦，我想着早来一点，把保洁做了，让她们专心做房，房间的卫生更重要。”

周经理说：“杨姐你太好了，要是大家都像你这样就好了。”

我们换好工作服，到了客房部，她们都在，杨姐也上来了。

杨姐说：“架子上有早餐，大家快吃啊。这是我做完保洁跑出去为你们买的，有油条，有包子，有豆浆，还热乎着呢。”

大家说：“谢谢杨主管。”

她说：“我都说了嘛，不要叫主管，叫我杨姐。我不是你们的领导，咱们是姐妹。”

大家说：“好的，杨姐。”

我们各自拿了油条或包子，坐下吃。

杨姐说：“哎，我昨天晚上刚打的签到表，你们先签一下到。”

她拿出一张表格，上面有“姓名，上班时间，下班时间”等几项。她告诉我们在第一栏写上自己的名字，在第二栏写上现在的时间。

我们签完字，她又指给我们看墙上新贴的一张表：“本月宿舍值日安排”。

她说：“我不是说过为了工作要住宿舍嘛，我昨天就去宿舍转了转，结果看到宿舍又脏又乱，真不像女生宿舍。我问了问，竟然也没有值日表，我马上做了一张表，给大家都排了值日。不光是住宿舍的，像你们每天也要去宿舍换衣服、上厕所、洗澡，也有责任保持宿舍卫生。等会儿我就贴到宿舍去。你们大家记住自己是哪天值日。”

我们都凑上去看。

周经理来了，杨姐说：“现在晨会开始，大家起立。”

我们都从椅子上站起来。

杨姐说：“我说一下我下一步的工作思路。虽然我来了才两天，但是已经发现了很多管理上的漏洞，上一任主管不仅人品差，不负责任，而且不懂管理，没有方法。我们客房部的工作很乱，很不规范。管理的核心就是制度化，要用制度来管人，而不是用人来管人。接下来我会制定各种制度，一点点理顺，把我们客房部的工作一步步走上正轨。这两天我已经初步建立了一些表格，比如上下班的签到表，领东西的表，查房记录表。但是还有很多制度要建立，这个工作是很繁重的。为了早日让宾馆卫生工作上正轨，我打算暂时搬到宿舍去住。”

杨姐说完，周经理说：“杨主管不仅说得好，做得更好。为了减轻你们的负担，她主动担任保洁，还自己出钱给你们买早餐，刚才还说要暂时住宿舍。这样的主管我真是第一次见到。这是你们的福气，也是宾馆的福气。别的我就不多说了，我会全力支持杨主管的工作，你们也一定要无条件地服从杨主管的管理，我们一起把客房工作做好，把宾馆搞好。”

杨姐说："请周经理放心，在我的带领下，客房部一定会干出成绩，一定让客人住得满意，提高入住率。"

周经理说："那就太好了，我在这里先谢谢你。"

今天我一个人在四楼，房表上有11间房，6个脏房，3个在住，2个预离。

我领完布草，上了四楼，从耗品间推出布草车，看了看小闹钟，8:35。

四楼没有一点声音，我一个人一间一间地做房。快十二点的时候，小沈在对讲机里呼叫："呼叫各楼层，收车吃饭了。"

食堂的桌子上放着油饼和油条，还有一盆玉米粥，一盆凉拌菠菜。听见他们说："食堂是不是搞错了？现在是中午，怎么做起早餐了？"

我也很失望，可是肚子很饿，只好拿了两张油饼，盛了粥和菠菜去吃。

她们都坐在一张长桌子周围，我也过去坐。

吕月红问我做了几间，我说："我使劲做，做了4间，下午还有7间。"我问她，她也分了11间房，也做了4间。

齐建华也做了4间。

李霞说："你们可真笨。我一上午做了7间了，下午还有7间，超过12间才有房提，今天我已经有2间房提，多挣12元了。看你们这样子，要想挣房提，还要很久啊。"

杨姐说："她们是新手嘛，等做熟练了会快起来的。"

小柳说："我比她们还慢，我已经很努力了，才做了3间，下午还有8间呢。我真是太笨了，我看我能做完12间就不错，根本不敢想房提了。"

杨姐说："别着急，你也刚来了几天嘛。我和小沈下午去帮你。"

小柳说："谢谢杨姐。"

杨姐说："没事儿。大家都是姐妹，我们客房部就是一个大家庭。以后谁先做完了就去帮别人，大家要互相帮助。"

吕月红说："对，互相帮助。哎，小沈，今天你怎么没叫礼宾来帮忙呢？"

小沈说："我看他们今天忙，就没叫。"

杨姐说："他们有空也不要叫他们。客房是重要场所，不要轻易让无关人员进进出出，丢了东西，出了什么事，谁来负这个责？"

李霞说："不会的。这些礼宾都来了好几年了，我们都很熟悉的，没有问题。"

杨姐说："我在别的宾馆当主管时出过事，所以我对这个很注意。现在晚上是他们值班，我已经很不放心了。每天早上交接的时候，我都仔细看交接本，担心他们晚上捣鬼。"

李霞没再说话，低头吃饭。

我吃完两个油饼，又去拿了一个油条，盛了菠菜，一直吃到感觉饱才停。

吃完饭，我没去客房部，直接回四楼。

下一间是套房588。我把布草车、布草筐、吸尘器一个个拉到套房楼梯口，拿了一套布草上了楼梯。这个楼梯很漂亮，全是用棕色的木头做的，踩上去咯吱咯吱响。

上到头，是一个短短的楼道，楼梯口左右各有一间套房。左边是598，右边是588。

我刷卡开了588门，一进门是一个客厅，摆着一大一小两个欧式的沙发，沙发布和靠垫上都绣着花。沙发前有一个长长的玻璃茶几，对面是超大液晶电视，靠墙有一个博古架，上面摆着几排仿古瓷花瓶。这屋的冰箱也更大。

穿过客厅是卧室，卧室的床也是欧式的，床头和床尾又高又宽，都雕着图案。被子上盖着一个绣花的罩布。床头有梳妆台，床边有两个单人沙发和小茶几，也是欧式的造型和花纹。还有台灯，衣架，桌子，全都是欧式古典风格。墙上还有一张巨大的风景油画。

我把大床上的绣花布拿下来，把被罩和床单拆了，要铺床时，发现这张床两头都有高高的木头栏杆，站在床尾不能甩单，也不能扔被子。

我拿出对讲机，说：“呼叫小沈，我在做588，请问这个床怎么铺？”

小沈说：“你等一下，我来教你。”

一会儿楼梯传来“咚咚”的脚步声，小沈上来了。

小沈给我做示范，她站在床一侧，没有甩床单，直接铺上去，用手抻展，包住床垫。她又站在一侧把被子套好，铺展，不折回来，而是盖住两个枕头。最后把那个绣花的大布蒙住整个被子。

她铺好床，告诉我，厅里的茶几要擦，地板要擦，电视柜、冰箱，都要擦。浴缸要把水擦干，水龙头也擦亮。其他的都跟普通客房一样。

我谢了她，拿了抹布开始擦客厅的地板。

小沈没有走，她在沙发上坐了一会儿，说：“你做你的，我抽支烟。”

她进了卫生间，打开换气扇。

对讲机响了，杨姐说：“小沈，我在打扫大厅，没有时间查房，你帮我去查房吧。”

小沈说：“好的。”下楼走了。

做完套房，两个预离退房了，我一看表，3:40了，赶紧加快速度做。

我正铺床，杨姐进来了。

她说：“小冯，你做了几间了？还有几间呀？”

我告诉了她，继续铺床。

她说：“累不累啊？记得休息一下啊，别把自己累坏了，身体最重要。”

我“嗯”了一声，接着铺床。

杨姐坐在茶几旁的沙发上，说：“我知道你们辛苦，所以为了减轻你们的负担，我才主动要求做保洁。我本来一直是当领导，指挥别人干，我自己从来没干过这些事的，但是为了你们，我也豁出去了。你不知道，我打扫大厅有多辛苦，大厅的公用厕所有多脏多恶心……”

我忙着做房，她说完，问我：“小冯，你觉得我这个主管怎么样？”

我一边做一边说：“挺好。”

她说：“你对我的工作有没有意见和建议？有的话尽管提。”

我说：“没有。”

她说：“你不要有什么顾虑，我这人很直爽的，时间长了你就知道了。我也喜欢别人直爽，有什么话当面说，有意见当面提……”

这时对讲机响了：“410 退房，请查房。”

我说：“我的房表上没有 410 啊。”

杨姐说：“可能是小时房吧。”

我跑去查了房，果然是小时房，桌上一盒开过口的避孕套，一地手纸，浴室也用过。

我看看表，已经四点了，做完房还要数布草、倒垃圾、退布草……时间很紧。

我急急地跑回 422，提起清洁筐进了卫生间，开始擦玻璃。

杨姐也跟着站到卫生间门口，继续说：“我这人看人很准的，虽然我才来了两天，但是我看出来了，小冯你不仅人好，工作也认真。我会跟周经理说，给你试用期加工资。她们 1200，我建议给你加到 1400。”

我只好说：“谢谢杨姐。”

她说：“这是应该的。好员工就应该有好的待遇，这是我一向的做法。你忙吧，我去看看小柳。”

杨姐终于走了，我松了口气，可以专心做房了。

我做小时房 410 的时候，对讲机响了，小沈说：“冯姐，到 402 来一下。”

我跑去 402，小沈打开卫生间门，指着玻璃门后的毛巾架给我看：“你没放地巾。”我赶紧跑回布草车拿了一个地巾跑过去放好。

一会儿，小沈又呼叫：“冯姐，来一下 412。”

我跑过去一看，浴室架子上是空的，我忘了放浴巾，又去布草车上拿来放好。

小沈说：“冯姐，你今天怎么丢三落四的，下次注意啊。”

一会儿小沈又呼我，套房忘了放拖鞋。

补好东西，做完小时房，四点半了，我急急忙忙推着布草筐去数布草。

我推到后楼梯口的空地，把脏布草一件件拎出来分类放成几堆。

听见楼下李霞说：“小沈，你呼叫小雨他们来帮忙吧。这儿又不是客房，这是楼道，没事的。”

小沈说：“呼叫礼宾，谁有空，来帮姐数布草！”

对讲机里回答：“收到，马上来。”

对讲机里杨姐马上说：“小沈，不要麻烦礼宾了，我正在帮小柳做房，我马上来支援你们。”

杨姐又在楼下说：“我跟你们说一下，只要是客房部的事，都不可以让外人插手，否则出了乱子，责任谁也负不起。”

她们说：“好。”

小沈在对讲机里说：“呼叫礼宾，不用来了。”

杨姐说：“小沈，你去帮小冯数。李霞，你去把张丽的布草筐推过来数一下。吕月红齐建华，你们一个人去帮小柳做房，一个人数小柳的布草。”

数完布草，小沈跟收布草的小伙子对数，我们又去退布草，在布草间门口又排上了队。

杨姐站在门里小桌旁拿着本子记，小沈帮着数，数过的人自己把布草一个个放回架子上。其他人推着布草筐在楼梯口等着。

杨姐说：“这样不行，光数布草和退布草就要一个小时，太耽误时间了。别的宾馆都有个中班，专门管数布草和退布草，咱宾馆没有吗？”

小沈说：“没有。”

杨姐说：“看来前任主管的管理水平还真不行。我要跟周经理说一下这件事，中班很重要，从下午两点到晚上十点，负责收布草退布草，节省别的服务员的时间，晚上还可以查房和做房。而且还有一个好处，可以减少礼宾插手客房事务的时间。”

我们到了客房部坐着，杨姐呼叫周经理过来，跟她说了中班的事。周经理听完马上同意了，说：“杨主管有经验，你想怎么安排就怎么安排，我相信你。”

杨姐很高兴，说：“谢谢周经理的信任。那大家说一下，谁想上中班？”

李霞说：“我晚上要给我老公做饭，我上不了。”

齐建华说：“我也是。”

我说：“我也要给女儿做饭。”

杨姐说：“其他人呢？你们不要误解了，上中班可是个好事儿啊。白天不用做房，只收个布草。五点以后做的房都算房提，一间房提 6 元钱，做几间就挣几十元。”

吕月红说：“那我做中班吧。”

杨姐说：“好啊，那就定了，你明天上午就可以睡大觉，下午两点上班就可以了。今天不早了，我下午收拾过大厅了，大家下班吧。”

周经理说：“等一下。我今天到后门看了看，那里垃圾袋摆得乱七八糟，大家去整理一下再走吧。”

我们跟着周经理从后楼梯下到一楼。在后门旁边堆着很多装满垃圾的黑色塑料袋，靠门一堆，靠墙一堆，楼梯拐角下面放着一堆，还有几个单独放在路中间。

周经理说：“你们看见了吧？这样多乱啊。这些垃圾袋到底哪些是有用的，哪些是要扔的，一定要好好分类摆放。要不然把能卖钱的当垃圾扔了，多可惜啊。”

小沈说：“我告诉过她们，要扔的放门右边，可以回收的放门左边。新来的老记不住。”

周经理说：“现在你们赶紧整理好吧。以后我会经常检查的，要是再这么乱放，不管是谁放的，每个人罚 40 元。”

小沈带头，我们把黑垃圾袋打开一个口，看看里面是什么，是废品放门左边，垃圾放门右边。

周经理也跟我们一起放。她打开一个垃圾袋，里面是各种废纸果皮和洗发水瓶、牙刷，她拿起一管洗发水，说："这个洗发水还有这么多呢，怎么就扔了！"

接着她打开了几袋垃圾袋翻看，又找出好多还剩一半的洗发水和沐浴液。

周经理说："还剩这么多就扔掉，你们也太浪费了！真是一群败家娘们儿！以后要让我再发现了，罚。"

李霞说："这是宾馆规定，洗浴用品跟床单被罩一样，都是一客一换，只要客人用过，不管剩多少都要扔掉换新的。"

周经理说："这个规定不合理，这跟床单被罩怎么能一样呢？床单被罩是应该一客一换，洗发水和沐浴液剩下的又不脏。我做账我知道，这一管要两毛钱呢。每个屋 2 管洗发水、2 管浴液，要是用了就扔，就是 8 毛。咱们有 104 间房，一天就要扔掉几十块钱，一个月就扔几百块，一年扔几千块！你们算算，这是不是太浪费了？"

我们都站着不说话。

周经理说："杨主管，你看着她们，现在就去把扔掉的都给我捡回来，再把两个半管挤到一个里，明天继续用。以后我要每天检查垃圾袋，半管以下可以扔，半管和半管以上不许扔。如果发现乱扔的，我就不客气了，发现一个罚 10 元，发现 10 个罚 100。我找不到是谁丢的，那就一块罚，大家平摊。"

杨姐说："小沈，你去拿几个垃圾袋，带着她们去捡吧。"

小沈上楼去拿了透明的小垃圾袋，分给我们一人一个。

周经理说："我有事先走了，杨姐，你可要好好监督她们啊，一是要捡干净，还有拿回去一定要挤啊。"

杨姐说："好的。"

大家一个个解开黑垃圾袋，把洗发水和沐浴液一个个找出来，对着光看看有多少，多的放进小垃圾袋里。

捡完回到客房部，墙上的表已六点。

李霞说：“这么晚了，我老公还等着我做饭呢。”

杨姐说：“是啊，今天太晚了，不挤了，你们下班吧，明天再说。”

她们说：“谢谢杨姐。”“杨姐真好。”

7

早上出门时，我拿个口袋装了好多零食，准备饿了吃。在村口等车时又遇见张丽，于是坐她电动车一起去上班。

进了大厅，杨姐拿着拖把，站在大厅中间，正在说前台："我说你们这些小姑娘，年纪轻轻的，怎么这么懒？整天把自己打扮得漂漂亮亮，看看你们前台脏成什么样了？简直跟垃圾场似的。前台是宾馆的形象，是非常重要的，要是因为你们让客人入住率下降，这个责任你们负得起吗？赶快收拾收拾，一会儿我来检查。"

前台坐着几个姑娘，其中一个说："杨主管，您好像是客房部主管吧，我们前台的主管是王经理，好像不是您吧？"

杨姐说："周经理说了，有关宾馆卫生的事都归我管。你们赶紧去找抹布簸箕吧。"

那个姑娘不说话了，但她们还是坐着，没人动地方。

杨姐说："你们再不收拾，我就要告诉周经理了。"

张丽拉着我快步走过去，上楼梯去了。

我们换完衣服到客房部时，她们几个都来了。小沈在分房。

周经理来了，说："你们现在有空，正好可以挤那些洗发液沐浴液啊。"

我们从座位底下拿出装洗发水的垃圾袋，放在腿上，拿出两管对着挤。周经理也坐下，和我们一起挤。

周经理说："怎么没见杨主管呢？"

小沈说："在大厅做保洁。"

周经理说："杨主管真是负责任。"

我们挤得很慢，有时候快挤满了又流出来，赶紧找手纸擦。

李霞说："这样太费事儿了，半天都弄不好一个。这东西每天都会收一堆，要是天天挤，那要挤到什么时候？"

周经理说："熟能生巧，时间长了就快了。"

一会儿齐建华说："看，我找出好办法了，很快。"

她给我们示范，把两个半管拧开盖，一手拿一个，左手先挤扁一个管，然后和右手的管口对住，左手慢慢松开，就把右手管里的液体吸过去了。然后把右手的管扔掉，左手的拧好盖。

周经理说："看，只要用心，什么事都不麻烦嘛。还有，今天你们要记得把半管的收好，不要扔了。我可不是开玩笑啊，要是发现一个扔的就扣所有人钱啊。"

小沈分完房，呼叫杨姐来开晨会，杨姐说："我正在擦电梯，等一下，马上来。"

杨姐来了，小沈让大家站起来。

周经理先讲话，她说："我很佩服杨主管的责任心和工作能力，我会继续无条件地支持杨主管的工作，希望你们大家也要好好配合杨主管，把我们宾馆的卫生质量提高到一个新水平。"

杨姐说："谢谢周经理的支持。我说一下关于客房工作的新措施。我来了两天了，发现这里没有计划卫生。在正规的宾馆，客房服务员除了常规做房以外，每天还要专门清洁一个项目。从今天开始，我们要加一项计划卫生。我到各屋查看了一下，很多东西因为长期没清洁，都非常脏。比如电话的听筒有很多污垢，小冰箱打开门味儿很恶心，我们一项一项来。今天的计划卫生就先清洁电话，具体做法是用湿布擦干净，再用酒精消毒一遍。"

小沈说："我们没有酒精。"

杨姐说："我可以打电话让他们送，那个很便宜的。"

周经理说："那就先让他们送两瓶来试试。"

杨姐说："一个人得拿一瓶，我们六七个人呢，送十瓶吧。用不完下次还可以用，不浪费。"

周经理说："先送两瓶试试，你找几个空瓶给她们每人分点。你不是有电话吗？好用再让他们送。"

杨姐说："好吧。那大家先做别的，一会儿酒精来了再擦电话。"

我看了房表，又是我一个人在四楼。还好今天只有 8 间房，没有预离，还有 2 个是在住，也就是只有 6 个脏房。我算了算，上午做 4 间脏房，下午做 2 间脏房，2 个在住，完全没问题。

到了四楼，楼道仍然又黑又安静。我摆好布草车，把带的饼干和糖放到布草车上挂的纸口袋里。看看表 8:40，开始做第一间房。

这间房很快做完，9:25 就出了门。做房对我来说越来越容易了。

第二间是 406，一进门地上都是水。可是明明浴室没用过，因为玻璃是干的，两个浴巾整齐地放在架子上，地垫也卷得好好的，靠在墙角。

我想起昨天这间房也是一地水，应该是出问题了。

我拿出对讲机说："呼叫前台，406 厕所漏水，请报修。"

前台说："收到，马上通知王师傅。"

我在对讲机里问杨主管怎么办，她说："你别管了，我会锁房，修好后再卖。你先去做别的房间吧。"

我关了门，推车去下一间。这时电梯门开了，走出好多人，穿着一样的灰西服，打着一样的蓝领带，拉着行李箱，拿着房卡找房间号。

有几个人问我："422 在哪里？""418 怎么走？"

我告诉他们，他们一个接一个找到房间，刷卡开门进去。

电梯门又打开，又出来好多人，仍然穿灰西服，找房间。

一会儿他们先后一个个从房间出来，关了门，互相叫着："老李，快点！""小王，楼下等你啊。"

电梯门开了，他们一拨一拨坐电梯下去了。四楼又安静下来。

楼道里脚步声响，吕月红进来了。她穿着一个粉色的呢子衣服，紧紧包着身体。

她说："冯姐，我这个衣服怎么样？好看吗？"

我说："好看。"

她说："我姐给我的。我姐当保姆，那家人对她可好了，老给她衣服。我姐比我还胖，好多穿不了，就给我。我姐说这件还是新的，可贵了，那女人刚穿了几次就不喜欢了。"

她又说："你房做完了吗？我帮你做吧。"

我说："不用，我今天房少。"

她坐下和我一块看电视。

她说："冯姐，我现在做中班，上午就有时间，可以再做一份工。我刚才去家政所登了记，以后上午有活儿就给我打电话。"

我说："你做两份工，不会累着吗？"

她说："累不怕。出来不就是为挣钱嘛。我以前还同时做过三份工呢。我小孩放了暑假会来北京住，我们得租房子，买菜做饭，带孩子玩，我要把这个钱另外挣出来。"

她给我看手机里的照片，有一张是她和老公、女儿、儿子在天安门的合影。她老公又矮又瘦，女儿也瘦，十岁左右，穿着花连衣裙。儿子四五岁的样子，胖乎乎的。吕月红说那是去年夏天孩子们暑假过来时照的。

到午饭时间了，我和吕月红一块去食堂，厨房的窗口排成一溜长队，打到饭的人拿着饭盒从我身边过，我看了一眼，里面竟然是——排骨！

我和吕月红赶紧拿了饭盒去排队。队很长，排了很久。

窗户那边是厨房，有很大的锅，大煤气炉，大蒸笼，地上放着好几口袋土豆、白菜、洋葱。屋子中间也有两张桌子，四周摆着凳子。

轮到我了，我把饭盒伸到窗户那边，一个妇女拿着长把勺子从大盆里捞了两块放到我盒里，是腔骨。

食堂桌子上的菜盆里是凉拌苦菊。我和吕月红盛了菜和米饭，齐建华在桌子那儿叫："小红，过来！"我和吕月红过去坐。

我一坐下，齐建华就往我饭盒放了一块排骨，又往吕月红碗里放了一块，说："给你。"

吕月红说："谢谢齐姐。"

我给齐建华夹回去，说："好不容易吃一次肉，你自己吃吧。"

她又给我夹回来，说："这排骨做得不好，腥气，我不爱吃，你们吃吧。我做肉就一点不腥气，我每次都先用冷水泡一晚上，把血水泡出来。他们都说我做的比饭店的都好吃。"

吕月红说："是的，齐姐做饭很好吃。"

我一吃，的确很腥，还很咸。

杨姐和小柳、小沈来了，也领了排骨，坐旁边吃。

对讲机响了，前台说："呼叫客房，326 查房。"

以前接着就是礼宾说："收到。"可是过了一会儿没人回答。

前台又呼叫一遍，还是没人回答。

前台说："呼叫客房部，有没有收到的，收到请回答，客人还等着退房呢。"

小沈说："收到了，我们在吃饭，请礼宾帮个忙吧。"

前台说："礼宾很忙，326 是谁的房间，谁自己过来查吧。"

小柳说："326 是我的房，我吃点饭，马上就去。"

前台说："不行，客人在楼下等着呢。"

小柳眼泪要掉出来了，盖上饭盒盖子，站起来准备走。

杨姐拉她坐下说："你先吃饭。"

杨姐拿过对讲机说："前台小妹，麻烦你帮我们查一下吧。"

前台说："杨主管，这是你们的工作，不是我们的工作，出了错这个责任我们负不起。”

小柳都要掉泪了，杨主管说：“小柳你吃，我今天不饿，我去。”

小柳推辞了一下，杨姐坚持让她吃饭，自己端着饭盒走了。

杨姐走后，李霞说：“我来多少年了，中午都是值班礼宾查房啊，今天是怎么了？”

小沈说：“是啊，奇怪。”

齐建华挤眉弄眼地说：“我知道为什么。杨姐今天上午训前台，还训过礼宾，让他们不要吊儿郎当到处串，尤其不要去客房，出了什么事他们负不起责任。可能他们都生气了。”

小沈说：“齐姐你可别乱说。”

齐建华说：“我亲眼看见的。不信你们问问张丽，她和我一个楼层。”

张丽说：“我忙着做房，不知道。”

我没去客房部，直接回到四楼做脏房。才一点多，我的脏房就全部做完了，做在住还要等会儿。我也不累，决定先去二楼帮张丽。

二楼楼道更黑，我绕楼道转了半圈，看见一个房间门口停着一个布草车，进去看了看，见是齐建华。我继续往前走，拐了一个弯，又看见一个布草车，这个房间里是张丽。

我说：“我来帮你了。”

她说：“谢谢你啊，冯姐，那你还有几间房？别到时候你做不完了。”

我说：“我今天轻松，只有两间在住了。放心吧。”

我向她要了房卡，看看她的房表，还有三个脏房，我从她布草车上拿了床单被罩枕套去铺床。

铺完床，我把房卡还给张丽，她说：“谢谢啊冯姐，太谢谢你了。”

我说：“别客气。”

我回到四楼，还不到两点，没地方去，只好站在布草车旁。

两个妇女从楼道那头走过来，我认出来其中的胖姑娘，就是那天让我们办银行卡的人，和她一起的是个中年妇女。

走过我身边时，胖姑娘说："等在住呢？"

我说："是啊。"

中年妇女说："你是新来的吧？"

我说："是。"

中年妇女说："你叫什么名字？"

我说："冯丽丽。"

她俩走过去，高跟鞋响着上了宿舍的楼梯，一会儿又下楼梯走回来。

一会儿吕月红穿着工作服从宿舍下来，问我："冯姐，你的房都做完了吗？我可以数布草了吗？"

我说还有 2 个在住没做呢。

她拿起对讲机问："呼叫客房服务员，谁做完房了告诉我，我要去数布草。"

没人回答。她说："是不是她们没听见？"

我说："我对讲机里不是响了吗？听得见。"

她又大声呼叫一次，还没人回答。

她说："是不是她们的对讲机有问题了？"

她开始一个一个问："李霞，你做完房了没有？请回答我一下！"

李霞说："早着呢！"

"张丽，你做完房了没有？请回答！"

张丽说："没有。"

"小柳……"

415 门开了，一个妇女伸出头说："请小声点，现在是中午休息时间！"

吕月红缩着脖子说："好的，好的。"

我说："对不起，对不起。"

吕月红走到楼道那头，放低声音说："谁做完房了告诉我啊，我要收布草。"

一会儿前台呼叫："呼叫各楼层的客房服务员，有客人投诉对讲机声音太大，影响客人休息，请注意。"

杨姐马上说："各楼层注意，影响客人休息是不对的，绝对不能再出现这样的事。请各位服务员把对讲机声音调小。"

我把对讲机上的钮调了一下，吕月红跑过来让我帮她调。

杨姐又说："还有，讲话的时候要把对讲机从口袋里拿出来，靠近嘴边讲话，这样可以声音小一点。还有一个办法是，把门关上在屋里讲。总之，要为客人着想，千万不要打扰客人。大家一定要牢牢树立为客人服务的意识。因为归根结底，我们所做的一切都是为了客人住得舒服、满意。如果客人住得不舒服，那我们的房子做得再干净再漂亮又有什么用呢？所以……"

前台说："客人又投诉了，说对讲机还是不停地说话。请你们讲话使用耳机。"

杨姐说："我们没有耳机。"

前台说："你们有。"

杨姐说："小沈，我们有耳机吗？"

小沈说："以前有，都坏了。"

前台说："总之你们有。"

杨姐说："你没听到都坏了吗？坏了怎么用？"

前台说："那是你们的事，是客人投诉你们吵，跟我们没关系。"

对讲机里吵起来，我和吕月红站在楼道里互相撇撇嘴。

两点过了，我敲门去做在住。第一个就是415，那个妇女又向我抱怨，说："我给前台打了好几次电话，前台说会让你们用耳机，你们怎么不用，对讲机还是老响呢？你们这样太影响客人休息了。难道你们宾馆没有规定吗？"

我向她解释说耳机坏了，她说："不是我说你们，你们都是从农村来的吧？说话声音那么大，素质还是差一点。"

我很生气，没有再理她，把屋里收拾完，换了东西就出来了。

第二间在住没有人，我做完出来，把车推到楼道一头，拿出对讲机小声问："呼叫前台，406 修好了吗？"

前台说："王师傅今天有事，明天才能来。"

我又小声说："呼叫吕月红，我做完了，你来数布草吧。"

吕月红说："收到！"

一会儿她来了，我们一起把布草筐拉到后楼梯平台，分了类，一会儿就数完了。

吕月红把数记在一个小本上，拿出对讲机又大声呼叫："还有谁做完房了没有？我要收布草！"

我忙提醒她："小点儿声！"

她缩了一下脖子，然后说："不对，现在不是过了两点了嘛，还不让人好好说话！"

李霞说："我又加了一个小时房，床单被罩不够了，吕月红你帮我拿 2 床 2 被 2 枕来吧。"

吕月红说："收到！马上去！"说完跑下楼了。

对讲机又响，小柳洗发水和拖鞋不够了，让吕月红帮忙拿点过去。吕月红说："收到！马上去！"

我收完车后，拎着一口袋半管的洗发液沐浴液去客房部。

客房部没有人，我就坐下休息，看墙上的表也四点半了，再过一会儿就可以下班了。

周经理和杨姐一起进来，拎着个塑料袋放桌上，从里面拿出一个耳机给我，告诉我一头插在对讲机上，另一头塞在耳朵里。电线上还有个夹子夹在衣服上，还有个小麦克风，说话时摁住。

杨姐说："小冯，你去给她们送去，教教她们用，现在就用，免得客人再投诉。"

我拎着口袋去了，她们正在退布草，我发给她们，教她们用。

回到客房部，周经理说："小冯，还不到下班时间，你去把各层的楼道地毯吸一下吧。"

我只好回到四楼，从小黑屋拎了吸尘器去吸。楼道墙上隔不远就有个插座，线不够长时，就拎着吸尘器换一个插座。吸完了四楼拎下楼去吸三楼。吸三楼的时候经过布草间，看见她们在数布草，退布草。

李霞说："冯姐你干吗吸楼道？"

我说："周经理让吸的。"

李霞笑着说："活该，看你以后还早去客房部不了。"

我没理她，带着一肚子气继续吸。

到了二楼，墙上的插座有问题，吸尘器插头插进去很松，吸着吸着就不响了，又得回去摁一下再吸。

有一次吸尘器又不响了，正好礼宾小雨从楼梯上下来，我说："麻烦你帮我摁一下插头吧，接触不良。"

他说："没空。"脚步停也没停，继续下楼梯走了。

我吸完地，先去三楼布草间，布草间门口没有人，我才去客房部。

进了客房部，周经理还在，她们正坐着挤那些半管洗发液沐浴液。

周经理说："小冯来了，给你一袋，一块挤吧。"

回到宿舍，她们又抢着洗澡，李霞和张丽先去了。

我们几个坐沙发上等着。齐建华抱住小柳说："亲爱的小柳妹妹，你怎么这么漂亮呀，有什么秘诀，告诉姐姐啊。"

小柳说："没有啊。"

一会儿齐建华又搂住我，把我摇来摇去，亲热地说："亲爱的冯姐姐呀，你怎么这么瘦呀，你可要注意营养啊。平时要多吃些高脂肪的食物，像肉啊，干果啊。对了，最好是炖汤，吸收才好。"

我努力挣脱她，岔开话题说："怎么没见吕月红呢？"

齐建华说："她不是上中班吗？十点才下班。她现在客房部坐着跟杨姐聊天呢。"

小柳说："杨姐中午替我查房，我好感动。"

我说："是啊，她查房也不太挑错，都让我们通过。"

齐建华挤眉弄眼地说："你们不知道吧，今天她根本就没查房。"

小沈说："齐建华你别瞎说，杨姐可跟我说她去查房，让我帮她收拾大厅和厕所。"

齐建华推一下小柳，说："我可是听见她一直在帮小柳做房，跟小柳聊天，对吧，小柳？"

小柳有点尴尬，说："对。"

小沈说："小柳，杨姐对你挺好的啊，可比对别人好多了。"

小柳说："是，杨姐人其实挺好的。"

齐建华说："她就是对你好而已，她可不是什么人好。她早上当着周经理面，说什么计划卫生，还说一会儿送酒精，结果她一天也没送酒精，查房都没查，更别说检查什么计划卫生。"

我说："我都忘了，我用抹布擦了电话，还没有消毒。"

齐建华说："还是我聪明，我就知道她只是说给周经理听听，她不会检查的，我就没擦电话。"

小沈说："齐建华你可别说了，杨姐还是挺不错的，她这几天做保洁，给你们省了多少事，你们还不领情。"

齐建华说："说起保洁，你们知道吗？她就早上人多的时候做一做。今天上午她让我打开一间脏房门，她进去看电视、睡觉，吃午饭时才出来。下午又让小沈帮她做。小柳你也看到的，是不是？"

小柳说："齐姐，你不好好做房，尽注意杨姐了。"

齐建华得意地说："我眼观六路，耳听八方。"

三

加　码

8

早上换了衣服到客房，杨姐在分房，早来的几个人拿着垃圾袋在挤半管洗发液沐浴液，我也坐下和她们一起挤。

李霞来了，左右看了看问：“小沈怎么还没来？”

杨姐说：“哦，我要分房，小沈替我做保洁去了。”

李霞说：“今天是三八妇女节，宾馆每年都发过节费100元，我是想问小沈什么时候发。”

大家都说：“是吗？那可太好了。”

杨姐说：“好啊，要是发了，我那份钱给你们买早餐。”

齐建华说：“杨姐对我们真好。”

杨姐说：“应该的，你们也很乖。”

一会儿大家站起来开晨会，杨姐今天又布置了计划卫生，是擦电水壶，要求壶里面用百洁布刷，要把水垢刷掉，壶外面也要擦亮。

杨姐正说着，胖礼宾进来了，把交接本给杨姐。

杨姐接过本子，问：“有什么要交代的吗？”

礼宾说：“没有。”

杨姐说：“昨天白天我们做房的时候，205少了一个被子，你们怎么都没查出来，你们也太粗心了。”

礼宾说：“客人怎么会拿被子呢？可能是有一起住的朋友，拿到别的房间了。”

杨姐严厉地说：“这我还想不到吗？我找过了，没找到。以后认真点，否则我告诉周经理，谁少了谁负责啊。我可告诉过你们了。”

礼宾没说话，转身走了。

杨姐继续跟我们讲话：“我之所以加中班，就是想减少礼宾进客房的机会。我干的时间长我知道，礼宾都跟二流子差不多，偷宾馆的东西是常事。大家以后都跟他们保持距离，多长个心眼儿。知道了吗？”

大家说：“知道了。”

杨姐分了房表，我接过来看，还是在四楼，不过虽然有 14 间，但其中 10 间都写着团队在住，只有 2 间脏房，2 间预离。今天真是太舒服了。

李霞拿到房表，说：“我今天 14 间房，在住才 2 间。怎么小柳 12 间房，就有 5 间在住啊？这也太不公平了，杨姐，你到底怎么分的？”

杨姐说：“这是凑巧了。谁跟谁也不能一模一样啊。你看小冯今天还有 10 间团队在住呢。做人不要太计较，谁都有吃肉的时候，也有喝汤的时候。”

我领了布草，摆好布草车，把耳机插好，小夹子别在衣服上，然后才慢慢地开了 412 门，开始做房。

正做着，耳机传来前台呼叫 ：“呼叫四楼，410 查房。”

我捏住耳机线上讲话的按钮，回答：“收到。”这耳机真方便，不用从口袋里掏对讲机了。

我走到 410，仔细查房，被子也掀开看了，烟灰缸、茶杯、遥控器也看见了。厕所里也一切正常，什么都好好的。

进了浴室，两个皱巴巴的浴巾放在架子上，地巾也在，只是没看见面巾。

我回卧室翻开被子抖了抖，没有。桌子底下看了看，衣柜里看了看，没有。我又去浴室把两个浴巾拿下来抖了抖，也没有。

前台问：“410 查完房了吗？客人等着呢。”

我只好回答：“查完了，410 少了两个面巾。”

前台说：“你再找找。”

我说："到处找了，没有。"

杨姐说："小冯，不要慌，慢慢找。"

前台说："客人说他住进去就没用过面巾，应该是你们弄错了。你们自己看着办吧。"

我没办法，又到处乱翻，抽屉里也打开看了，床头柜和床的缝隙里也看了，都没有。

过了一会儿，杨姐又问我："小冯，找到了吗？"

我说："没有。"

杨姐说："没关系，这种情况让客人赔钱就行了。呼叫前台，请按规矩办。"

前台说："客人已经走了。"

杨姐说："你们怎么能让客人走呢？太不负责任了。"

前台说："咱们那面巾那么旧，客人是不会拿的。"

杨姐说："不管怎样，少了就得赔，这是规矩。除非说好，出了差错由你们来承担责任，不要连累我们客房，那你们想怎么讨好客人就怎么讨好。"

前台没说话。

杨姐口气缓和点，说："这次就算了，下次这种情况，记住一定要让客人赔。小冯你继续做房吧。"

我回到412做房，心里一直想着410少面巾的事，这个屋子做得格外慢。

我到卫生间撤布草的时候，注意了一下，发现缺了地巾。两个面巾倒都在。面巾的确很旧，边也破了，拉着长短不齐的布丝。客人的确不可能偷这么旧的面巾。

我知道地巾更破旧，颜色都发黄了，而且它是铺在地上让客人洗完澡出来踩的，客人更不可能偷它了。两个房间同时都缺了东西，一定有什么原因。

做完这间，到下一间，425，这个屋面巾地巾浴巾都在。我想不明白这到底是怎么回事。

一会儿前台又呼叫420查房，我先去卫生间看，面巾和地巾都在，我很高兴。但是进了浴室，发现架子上空空的，没有浴巾。我到屋里又抓起被子一通抖，桌上地下一通找，没找到。

浴巾虽然比面巾和地巾新，客人也不可能把两个大浴巾都装上拿走啊。这屋子一天房价就四百多，客人怎么会看上这些写着宾馆名字的公用毛巾呢？

前台又呼叫："420查完了吗？客人急着退房呢。"

我说："再等一下。"

我突然明白了：一定是我昨天忘了放，而杨姐昨天又没有查房，所以没发现我漏放了东西。

我摁住钮说："呼叫前台，420查房正常。"

前台说："收到。"

我回到425，没有先做房，先想改进办法。想了一会儿想出来了，我把要放的东西编成一句话："浴面地筐纸茶拖"，也就是"浴巾面巾地巾小红筐手纸茶叶包拖鞋"，以后做完房念着这个检查一遍，看有没有忘的。

前台呼叫张丽查房，一会儿又说："不好意思，客人忘带房卡了，麻烦张姐把客人的房卡送下来。"

张丽说："好。"

杨姐说："你让客人自己上来拿，或者你们前台上来拿，我们服务员要做房，不能老为你们服务。"

前台停了会儿说："那张姐，你先收着，下来吃饭的时候顺便给我就行。"

杨姐又说："这好像是你们的工作吧。张丽是客房服务员，她的工作是做房，这可不是她的工作。"

前台没说话。

我在做410的时候，前台呼叫：“王总通知所有中层干部到小会议室开会。”

一会儿礼宾小雨拿着一串钥匙叮叮当当从我门口走过，开了门，又叮叮当当走了。

我做房也不着急，就出去看看。楼道那头401旁边的防火门开着，里面是一张棕色的大椭圆桌子，四周放着一圈沙发。这就是小会议室了。小会议室那边也有一个门，门也开着，那边是集团公司的楼道。

我回去继续做房。

一会儿周经理、杨姐、小沈、王经理还有一个前台的姑娘都从我门口走过去，进了会议室，然后关上了门。一会儿听见一个女人抑扬顿挫地讲话。原来王总也是个女的。

我正在铺床，忽然听见有人问：“是哪个屋漏水？”

我扭头一看，王师傅站在布草车旁，我说：“406。”

他说：“给我开下门。”

我走到406刷卡打开门后，没有马上走。今天反正不忙，我想看看修东西。

王师傅把洗脸池从大理石桌子上撬出来，放在旁边，往窟窿里看，里面是一堆水管子。他看了一会儿，从口袋里拿出扳手弯腰去拧东西。

我问：“哪里坏了？是水管子裂了吗？”

他不吭声。

我以为他没听清，又用更大声问一遍：“是水管子裂了吗？”

他还是继续拧，跟没听见一样。

我很生气，掉头出门，回去做房。

4间脏房都做完了，才十一点多，我坐在沙发上看电视，看到十二点，下去吃饭。

午饭是黄豆芽焖面，和老一套玉米粥加咸菜。我盛了饭坐下，四周看看，她们还没下来。今天我是最早下来的。我尝了尝焖面，还挺好吃的。

一会儿齐建华、张丽、李霞先后打了饭，坐到我对面。

小柳进来了，从架子上拿两个饭盒，盛了焖面。

李霞说："小柳，来这儿坐。"

小柳说："杨姐在开会，我给杨姐带回去吃。"

小柳打了饭，把两个饭盒摞起来，端着出去了。

李霞说："那我也给小沈打点饭。"她去拿了小沈的饭盒，盛了焖面，端到桌子上。

齐建华挤眉弄眼地说："你们看，杨姐给小柳分好房，还老去小柳屋聊天，现在小柳又帮杨姐打饭……"

李霞说："小柳真会拍马屁。"

对讲机里杨姐说："呼叫服务员。吃完饭到客房部集合，开会。"

大家都摁耳机上的钮，一个一个说："收到。""收到。"

我们边吃边聊，后来我注意到吕月红没来吃饭，就问齐建华。她小声说："她今天去做小时工了，回不来。你们可别说出去，别让杨姐和周经理知道了。"

李霞说："多好啊，还能挣两份钱。早知道我也上中班好了。"

吃完饭，李霞拿上小沈饭盒，我们一起来到客房部。

在门外就听见杨姐的笑声，我们进去，杨姐和小柳正在吃饭，李霞把饭盒给小沈，小沈也打开吃起来。

杨姐说："你们先坐一会儿，等我吃完了再给你们传达啊。"

她们吃完，小柳拿着两个饭盒去外面水池洗了，放在架子上。

杨姐笑着说："上午王总召集我们中层干部开了个会。王总讲话水平很高，我非常佩服。这个会主要就是讨论怎么搞好宾馆工作。王总重点让我介绍一下经验，也为宾馆提点建议。我就说了一下我多年来管理宾馆的经验方法，我在咱们宾馆发现的问题，以及我的管理思路。王总非常认可。"

说着杨姐又笑起来，说："王总还夸我是管理专家，说宾馆就需要我这样的人才！小沈，王总是这么说的吧？我没夸张吧？"

小沈说："对，杨姐说得可好了，真是有管理经验，我学到好多东西。"

杨姐高兴地说："那是因为你还年轻嘛，你比我小二十岁呢。王总还问我对宾馆其他工作的意见和建议，我也说了。我说我观察到宾馆的确存在很多问题，包括前台和礼宾，我发现他们的工作都有很多漏洞。礼宾吊儿郎当，不认真值班，到处乱逛。前台工作不严谨，客人忘带卡也给客人办退房手续，我们服务员查出缺了东西，也不让客人赔，照样办手续。前台桌子和地上又脏又乱，非常影响宾馆形象。根据我多年的宾馆服务经验，这都是管理中的隐患，跟宾馆的入住率关系很大，而且很容易出问题，希望前台和礼宾加以改进。"

小沈说："王总很认真地听，还说杨姐说得好，还谢谢杨姐呢。王总平时很严肃，很少夸奖人。看来王总对杨姐是真心认可。"

杨姐又笑起来："我这一段时间的努力没有白费，总算得到了王总的肯定。以后我会更加努力地工作，做出成绩，让领导满意。我也没有忘了你们。我最后说，我会带领客房部的员工一起努力，把我们客房部的工作搞上去，我也希望领导能给我的员工相应的待遇和奖励。王总也答应了。怎么样？我这个主管够不够义气？"

大家齐声说："够。"

我回到四楼，先过去看看406。卫生间地上一堆乱七八糟的罐子和纸，我拿了垃圾袋、清洁筐和抹布来，把卫生间收拾好，把406写在我的房表上，标清楚它现在是净房了。

我回宿舍去上个厕所，从厕所出来，碰见吕月红刚上楼。她穿着那件紧绷绷的粉色呢子大衣，挎着个小包，叫我："冯姐，先别走，进来坐一会儿。"

她的宿舍是楼梯旁边第一个。她开了宿舍门，让我在床上坐下，她脱了衣服，换上工作服，又出去洗脸梳头。

这个宿舍屋子小，房顶很低，窗户也很小。屋里有三张床，一进门左右两边靠墙各一张，对面靠窗户横着放了一张。两张床上面有床单被子，门右边一张床空着，我就在那张空床上坐下。

两张床上的床单被子和客房里的一样，都是白色的。房间中间有一个横梁，吕月红住在靠窗户那张床上，她进来出去都要先蹲下，然后低着头钻过去。

我问她："这里不是还有一张床吗？你干吗住那里？进出又不方便，冬天还冷。"

她说："可是这里有窗户，空气好，还能看风景。"

我说："窗户这么小，能看见什么风景？"

她说："这里够好的了，你看屋里还有空调，冬天暖和，夏天凉快，还能洗澡。比我以前住的宿舍好多了。"

我看了看，天花板上还真有一个中央空调的出风口。

她洗完脸回来，一边往脸上抹粉，一边高兴地跟我讲她今天去做小时工的事。

上午家政给她打电话，有一家人需要做午饭，她就去了。那家有两个老人和一个孩子，她炒了两个菜，做了一个红烧鱼，挣了 60 块钱。

她收拾完，换好工作服，看看表 2 点了，我们一起下楼。

吕月红摁着耳机上的钮小声说："呼叫各位服务员，有人做完房了没有？"

对讲机里纷纷说："没有。""早着呢。""这才几点啊？"

她跟我说："那我帮你做在住吧。"

今天的在住全是团队房，屋里烟盒、啤酒瓶、饮料、鸭脖、花生米、瓜子、扑克……吕月红帮我一起收拾，光收拾这些垃圾就花了很多时间。

耳机里传来前台的呼叫："呼叫客房，大厅卫生间没手纸了，请及时补充。"

杨姐说：“手纸就在一楼小黑屋里，帮忙拿一下了。我现在很忙。”

前台说：“对不起，我们也很忙。”

杨姐说：“你们离那么近，又不费什么事儿。”

前台说：“那是你们的工作，不是我们的工作。”

杨姐只好说：“我一会儿就去。”

前台说：“请快点，影响宾馆形象，影响了入住率，这个责任谁来负？”

杨姐没说话。

一会前台又呼叫：“呼叫客房，客人洒到大厅饮料，请拿抹布和拖把来收拾一下。”

杨姐说：“稍等一下，我正在整理资料。”

前台说：“请马上来，客人等着呢。”

杨姐说：“好吧，我就去。”

吕月红说：“说话的这个姑娘叫张子然，是前台领班，也住宿舍，嘴可厉害了。”

我说：“完了，等着听吵架吧。”

接下来前台不停地呼叫杨姐去打扫，一会儿是电梯有垃圾，过了一会儿又说厕所堵了，又一会儿说大厅桌子上烟灰缸满了。

有一次前台说大门外有垃圾，杨姐说：“我现在忙，小沈你帮我去收拾一下吧。”

小沈说：“好的。”

后来前台就不说了。耳机里总算安静了。

三点以后，听见杨姐在对讲机里说：“我今天有好多资料要整理，小沈你去帮我查房吧。我们客房部的工作是最重要的，宾馆离了别的部门都可以，就是离不开我们客房部。我们新员工比较多，但是质量第一，你要对她们严格要求。不要学某些部门，自己的工作不好好做，还好意思批评别人。”

小沈说：“好的。”

过一会儿小沈说："呼叫齐建华，212 床铺得不合格，要返工。"

一会儿又呼叫小柳，说她那间卫生间不行，要重做。

我听着，她没说李霞和张丽。

我心想我今天房少，做得又很认真，她再挑也挑不出我的毛病。

后来我听见小沈在楼道里说话："我刚才找出的问题，大家要好好改正啊，一会儿我还要再检查的，做得不好再做一遍。杨姐说得对，一定要保证质量。"

小沈到了四楼，叫我："冯姐，到 412 来一下！"

我到了 412，她指着电水壶说："水壶可不行啊，计划卫生你是不是没做？"

我看着亮晶晶的水壶，心里很不高兴，说："我做了。"

她说："那就是没擦干净，你再擦一下。"

我忍住气，只好回去拿抹布来擦。

我擦完又去做在住，小沈走到门口，说："冯姐，你的布草车摆的位置不对啊，杨姐可跟我说了，让我严格要求，下次你再这样我可就记下来罚钱了啊。"

我说："那你说怎么摆？"

小沈说："我不是跟你们说过吗？布草车应该紧靠着门。你放得离门这么远，要是有人趁你在屋里做房时溜进去，拿走东西你也不知道。"

我说："好吧。"我把布草车往屋门这边拉了拉。

我继续做在住，她在对讲机里呼叫我："冯姐，425 的水壶不干净，再洗洗。"

我来到 425，小沈已经走了。我看着那个电水壶，也是里面干净外面发亮，我很生气，摁住对讲机的钮说："呼叫小沈，你在哪里？"

她说："302。"

我拿了水壶跑下楼梯，去 302。

我一进屋，小沈和李霞正头挨着头说悄悄话，见我进来赶紧站好。

小沈拉长声音说："有什么事啊，冯姐？"

李霞也冷冷地说：“看你脸红气喘的，有什么要紧事啊？”

她们两个都看着我，我停了一下，决定再忍一次。

我吸口气，说：“我来问问，这水壶到底怎么才能擦干净？”

小沈说：“你拿百洁布擦一遍，再拿抹布擦干不就行了。”

李霞说：“这么简单的事儿还来问？”

我没说话，转身回去了。

退完布草，我和她们一起，每人拎着一袋半管的洗发液和沐浴液去客房部。进了门，杨姐和周经理都在，我们坐下就从口袋里拿出来挤。

周经理说：“不错嘛，你们记得收，还记得挤。”

李霞问：“周经理，今天是三八妇女节，过节费还没发呢。”

周经理说：“不知道啊，公司没给我，我也不知道。公司今年有困难，可能不发了。”

李霞说：“再困难也不在乎这几个钱。我来了好几年，可是年年都发的。”

周经理说：“今年不一样，王总好多地方都在节约。你们也知道，现在连食堂每人每天的饭费标准只有四元了。去年还是七元呢。大家要多体谅一下公司，等效益好了，自然一切都会跟上的。”

杨姐说：“放心吧周经理，我们理解公司的难处，我们会和公司共进退的。”

周经理说：“谢谢杨姐的理解。大家先别挤了，咱们先开个会。”

小沈说：“大家起立。”

大家都放下垃圾袋站起来。

周经理说：“我有件事跟大家说一下，由于最近没招到合适的保洁，保洁工作一直由大家一起分担。尤其最近几天，是由杨主管承担。杨主管最近工作很忙，又做保洁，很辛苦。为了减轻杨主管的负担，我现在重新安排一下，大家轮流做保洁，一人一天。其实并不难，只要早上早来半个小时，午饭时路过大厅顺便打扫一下，下班晚走半个小时就行。

保洁的工作也不累，就是拖拖大厅的地，倒倒卫生间的垃圾，擦擦电梯，很轻松。大家克服一下，不会做太久的。我会尽快招聘专职保洁。好了，这事就由杨主管来具体安排。”

李霞说：“杨姐，我打死不做保洁，太丢人了。”

小柳说：“我也不愿意做保洁。我找工作的时候，我们家旁边就有单位要保洁，工资比这里还高，我也没去。还是我们大家一起去做吧。”

张丽也说话了：“我也是。我愿意多分几间房，让做保洁的人少做房。”

周经理说：“那可不行。你们既然是宾馆的员工，就要服从宾馆的工作安排。杨姐，你来安排吧，必须人人有份，谁也不能偷懒啊。”

杨姐说：“没问题。我会安排好的。”

周经理走后，杨姐说：“我现在就做一个表，大家按表来执行。大家先说说，明天谁做？”

李霞她们还是说不想做，嫌丢人。

杨姐说：“你们没听周经理说吗？这是暂时的，等招到保洁就不用做了，又不是永远做。而且我身为主管，我做保洁都不嫌丢人，你们还嫌什么丢人？说吧，谁愿意排第一个？”

齐建华说：“是啊，杨姐说得对，我也没觉得保洁有什么丢人的。”

杨姐说：“小齐，那就你当第一个吧。”

齐建华说：“我姐今天打电话，让我明天去她家，我正想请个假。”

杨姐说：“你刚才不请假，现在就不让请了。别推来推去了，就你吧。”

齐建华说：“我姐找我真的有事，我得去一趟。”

杨姐说：“就这样吧，你明天 7:30 到，好好做，带个好头啊。”

9

早上又遇到张丽，坐她的电动车去宾馆。进了大厅，齐建华正推着宽头的大拖把在大厅拖地。

我们换完衣服到了客房部，杨姐不在，李霞她们又煮了开水热了馒头，坐下就着开水啃馒头。

杨姐来了，拎着一个口袋，她把口袋放桌子上，从里面拿出几包榨菜、海带丝和一罐辣椒酱放在架子上，说："这是我刚才专门去超市给你们买的咸菜。看你们这些家伙天天早上啃干馒头，我这个当姐姐的心疼。来，别光啃馒头了，夹上咸菜吃吧，想吃什么咸菜自己打开。"

她们都说："杨姐真好！""谢谢杨姐！"

杨姐很高兴，说："你们不要跟我客气，我们是姐妹嘛。"

她们拿着馒头来打开包装，有的夹咸菜，有的往馒头上抹辣椒酱。

杨姐看着她们吃，笑眯眯地说："多吃点，这样干活不容易饿。"

大家吃完，杨姐指给我们看墙上的"保洁值班表"，我一看，明天是吕月红，后天是我，每人都有，也有小沈和杨姐。

李霞说："杨姐，我真的打死不要做保洁！"

张丽也说："我也是。"

杨姐说："我知道，我把你俩排在最后，到时说不定就招到保洁了。实在招不到，到时候咱们再说。"

李霞与张丽说："谢谢杨姐。"

杨姐说："我知道你们都不愿意做保洁，这张表是给周经理看的，所以人人都要有。但是咱们客房部都是姐妹，自己人。以后像这种事，当着周经理面，什么也不要说，做表也照样做，但是下来咱们自己想办法。你们放心，有我在，不会让你们吃亏的。”

大家都说：“杨姐真好。”

一会儿齐建华上来了，也拿了一个馒头坐下吃。我提醒她有咸菜，她也去夹了吃。

杨姐问她：“地拖了吗？”

齐建华说：“拖了。”

“卫生间收拾了吗？”

“收拾了。”

“电梯呢？”

“都擦了，电梯口垃圾箱也倒了。”

杨姐说：“好，小齐很细心。”

我和小柳领了布草，坐电梯上四楼，摆好了布草车，各自去做房。

我分的房在电梯附近这一半，小柳的房在后楼梯附近那一半。小柳推车走后，楼道又一片安静。

我做 412 的时候，床单铺不平，我最后把床垫翻了个儿，床垫倒下来的时候，听见一声响，我抬起床垫一看，床架子裂开了一条大口子。

我马上拿出对讲机说：“呼叫前台，412 的床架子裂了。”

前台说：“收到。正好王师傅今天来了，一会儿我让他上去。”

王师傅进来，看也不看我，把床垫挪开，把床架子翻过来，从口袋里拿出工具，在裂缝的部位钉了一个木条。

我倒了洁厕灵把马桶泡上，斜眼看见床架底下已经有好几个木条了，看来它本来就不结实。

小柳进来说：“冯姐，我忘领大床单了，先借你几个，一会儿还你啊。”

我说：“你还是去领一趟吧，我领的也不多，一会儿不够用了。”

她说：“好，我一会儿就去领。”还是从我布草车上拿了几个床单走了。

王师傅停下修理，一直看着小柳。小柳走后，他问我：“这是新来的服务员吗？长得真漂亮。”

我说：“是。”

对讲机里前台说：“呼叫客房部，客人咖啡洒桌子上了，请来收拾一下。”

杨姐说：“小齐，你去擦一下吧。”

齐建华说：“收到。”

一会儿前台说：“请客房部快点。”

杨姐说：“小齐你去了吗？”

齐建华说：“这就去。”

一会儿前台又说：“请问客房部能不能快一点？非常影响宾馆形象。”

杨姐说：“小齐，你怎么还没去？”

齐建华说：“我马上去。”

一会儿，前台说：“请杨主管来一下吧。”

杨姐拉长声说：“什么事？”

前台说：“您下来就知道了。”

一会儿杨姐在对讲机里大声说：“齐建华！你到底有没有来擦？”

齐建华说：“我真的擦了呀，我还是用手纸擦的。是不是客人又洒了？”

杨姐说：“你马上下来。”

齐建华说：“好的。”

中午吃的是炒小白菜和炒黄豆芽，米饭馒头。小柳也过来坐下一起吃。

李霞问：“你今天不给杨姐打饭吗？”

小柳说：“我今天太饿了，先吃了再给杨姐带回去。”

我们吃着，李霞说：“齐建华怎么回事啊？擦个桌子那么费劲，一上午就听见前台叫她。”

小沈说："齐建华也可怜，她下去后，杨姐又训她。要我就气死了。"

吕月红突然小声说："齐姐来了，大家别说了。"

齐建华端着饭过来坐下，绷着个脸，光吃饭，不说话。

停了一会，吕月红说："齐姐你今天房多不多？做了几间了？还有几间啊？"

齐建华长长地出口气，说："杨姐给我这么多房，还让我兼保洁，我哪能都顾得过来。就这么一点事，杨姐干吗当那么多人面训我？就算我没去擦咖啡，大厅有那么多桌子呢，也不碍事啊。而且前台动动手就擦了，还老呼我，明明就是故意的，对杨姐有意见，干吗拿我出气？我本来就是来当客房服务员的，又不是来当保洁的。"说着掉了泪。

吕月红说："齐姐你别难过，吃完饭我帮你做房去。"

李霞说："看你委屈的。大家都要当保洁，又不是只让你一个人当。"

小沈说："没办法，我都帮杨姐做了好几天了。谁让周经理招不到保洁。"

齐建华说："不是招不到，来了好多人，有一个五十岁的，周经理嫌她年纪大。我听见周经理跟杨姐说了，她想招个年轻的，还要会做房，房多的时候还能帮忙做房，加点房提就行。"

李霞说："怪不得招不到。唉，看来丢人是逃不了了。"

小沈说："没关系，杨姐不也要做吗？要丢人大家一起丢。"

齐建华说："你们看吧，到时候她才不做呢，她又会找个借口让人帮她做。她是又想要好名声，又不想出力。"

小沈说："杨姐说你几句，你就这么多意见。"

李霞说："就是。本来就是你偷懒，还说人家不好。"

齐建华又说："她真的就是那样。她自己说要减轻我们负担，做保洁，结果没做两天就改成大家轮流了。她说她太忙，我去客房找东西，看见她就在客房上网看衣服，什么也不干。"

小沈说："你还知道什么，再跟我们大家说点。"

李霞说："我也想听故事，快说。"

小柳只吃饭，没说话。

齐建华又要张嘴："那次前台……"

吕月红碰碰她胳膊说："齐姐，你快吃吧，你不是房多吗，快吃完咱们一起去做房。"

齐建华说："好吧。"

小柳拿上给杨姐打的饭，和小沈、李霞一起走了。只剩下吕月红、齐建华、张丽和我的时候，吕月红说："齐姐，你以后不要在背后说杨姐坏话，万一让杨姐知道了就不好了。"

齐建华说："我也没说什么呀。"

我回到四楼，在屋里看电视，一会儿小柳来了，说："冯姐，我要做套房了，你陪我去吧。"

我们上了小楼梯，打开588的门，我向小柳示范了铺床的方法，她进了卫生间，我说："我下去了，有事再叫我吧。"

小柳在卫生间叫我："冯姐，你过来！"

我进了卫生间，小柳指指浴缸沿，一个手表放在那儿。

我说："这个应该呼叫谁呢？"

小柳说："呼叫前台吧。"

小柳呼叫了前台，前台说跟客人联系一下，一会儿说："客人说一会儿回来取，请拿到前台。"

小柳拿着表下去了。

小柳回来，高兴地说："前台说，谢谢你啊美女。"

看表还不到两点，还不能做在住，我俩打开一个房间看电视。一会儿吕月红也来了，跟我们一起看电视。

她说："我昨天晚上做了5间房，又挣了60块！就是晚上楼道吓人，我叫上那个胖礼宾陪着我。要是有客人让送东西，我也叫上胖子。我可不敢一个人去。"

我们聊天的时候，听见前台呼叫保洁，说大厅地很脏，卫生间纸篓也满了，让赶紧下去收拾。杨姐呼叫齐建华，问她中午拖地了吗？齐建华还是回答拖了。

杨姐又生气地说："你拖过地怎么还那么脏？马上去拖！"

齐建华说："我还有好几间房没做呢。"

杨姐说："拖个地会花很多时间吗？"

齐建华说："那等一会儿，我正在铺床，铺完床就去。"

吕月红说："我去帮帮齐姐吧，要不一会儿她又要挨骂了。"

我和小柳做完在住，预离还没退房，我们只好靠着布草车，站在楼道里。

楼道里很安静，我们站了一会儿，开始小声聊天。小柳给我看她手机里存的儿子的相片，一个可爱的男孩，2 岁。小柳说，她每天都给儿子打电话，每次打完都会哭。她丈夫是开黑出租的，晚上比白天活多，经常是夜里十二点以后才收车回家。她每天下了班就是一个人吃饭，看电视，很没意思。

年轻的女会计从楼道那头走过来，路过我们身边时跟我们打招呼："做完了？"

我说："没有，等着退房呢。"

她说："现在都过两点了，退房要多收半天房费，应该不会退了。"

我说："改成在住最好了。"

女会计走过去，上楼梯去上厕所，楼道里又安静下来。

"叮"的一声，电梯门开了，几个穿灰色西服的人出了电梯，走过楼道，进了各个房间。一会儿电梯又开了，又出来几个穿灰西服的，进了各个房间。

这时候听见前台说："呼叫二楼，206、208、211……查房。"

张丽回答："收到。"

接着前台又说："呼叫三楼，311、312、315……查房。"

齐建华和李霞回答："收到。"

小柳说："怎么一下子这么多退房？"

我说："不知道啊。"

穿灰西服的人从各个房间出来，拉着大大小小行李箱。走过我们身边时，一个个说："服务员，408退房，你们去查一下吧。""415退房。""417退房。"……

他们说完，坐电梯下去了。

我拿着房卡，先去408查房。正查着，前台开始呼叫："呼叫四楼，408、415、417，418……查房。"

各个楼层都在报："201查房正常！""312查房正常！"

我也报："408查房正常！""415查房正常！""417……"

小柳也在报："421查房正常！""422查房正常！""425……"

房终于查完了，客人走光了，楼道又安静了。小柳去做她退出来的4间，而我退出来8间脏房！

看看表，三点半了，我今天肯定是做不完，我摁了对讲机，说："呼叫杨姐，四楼团队房退了8间，我做不完，能不能留几间？"

杨主管说："好的，你尽量做，实在做不完的就留下。"

周经理在对讲机里说："不行，今天必须做完，可不能耽误卖房。礼宾和前台，你们有空的话就去四楼帮忙啊。"

前台和礼宾说："收到。"

杨姐说："我和小沈一会儿也去帮小冯。"

我只好先做408。团队房里垃圾真多，各种吃的、烟盒、酒瓶、扑克，桌子上、茶几上、地上都是。我光收垃圾就收了很长时间。

杨姐和小沈上来了。小沈说："我负责铺床，冯姐你就做卫生间吧。"

我进了卫生间，快快地擦玻璃、刷马桶。小沈利索地铺床，杨姐收拾垃圾，擦桌子，放拖鞋。

做完看看表，4:10，还有7间。

周经理来了，说：“礼宾和前台没来吗？”

我说：“没有。”

周经理说：“呼叫前台和礼宾，时间紧迫，请马上来四楼支援一下。”

前台回答：“前台现在客人多，走不开。”

礼宾小雨说：“我一个人在值班，也走不开。”

周经理听了，想了想，说：“会计还没下班，我去叫她俩。”

她出去了，一会儿带着两个女会计进来，让她们去撤单子、倒垃圾。

周经理说：“呼叫各位服务员，今天特殊情况，我们做完房再下班，否则影响客人入住。大家辛苦一下。还有，谁先做完上四楼帮一下忙。”

吕月红来问：“收布草的来了。”

周经理说：“告诉他今天没时间，今天不收布草了，明天再收。你也别数布草了，来帮忙做房吧。”

吕月红说：“好，给我房卡，我去铺床。”

又说：“冯姐，你车上没布草了，我先去帮你拿布草。”

吕月红拿来一摞布草，放在布草车上，然后拿了几套去铺床了。

李霞来了，她也从布草车上拿了布草，去别的屋铺床。

最后小柳也来了，拿了清洁筐，去别的屋做卫生间。

杨姐想起来没看见齐建华，说：“呼叫齐建华，来四楼帮忙做房。”

齐建华说：“我正在大厅保洁呢。”

杨姐对我们说：“齐建华一天都不下去，现在倒想起来了。我看她就是偷懒，不想来帮忙。”

六点多，大家在最后一间会合，一块做，十分钟就做完了。

周经理说：“正好是食堂晚饭时间，大家去食堂吃完饭再回去吧。”

我们一起下楼，走到三楼看见楼道的布草车，我想起来：“张丽还没做完呢，怎么忘了她了。”

大家走过去，张丽正在铺床，她说只剩这一间房了。大家挤进去，一起动手，几分钟就搞定，又帮张丽收了车，一起下楼。到大厅看见齐建华正在擦桌子，叫上她一起去食堂。

走到食堂门口，张丽说："我头好晕……"说着就往地上倒，吕月红赶紧扶住她，我们一起把她扶进了餐厅，让她坐在椅子上。

她闭着眼睛坐着，脸色灰白。

吕月红说："她累坏了，休息一会儿就好了。"

齐建华说："不对，应该是低血糖，最好给她吃点糖。"

周经理说："我去跟厨房要点糖水。"

张丽睁开眼睛说："我没事儿了。"

杨姐说："真是不好意思，我们都把你忘了。你为什么不吭声呢？"

张丽说："我听见你们都去四楼忙了，心想四楼房多，就别给你们添麻烦了。"

周经理说："我们人多，可以分几个人去帮你啊。下次这种事一定说话，要不然你一个人出点什么事，不仅你自己受罪，我作为经理也没法交代。"

厨房的妇女端着一杯糖水过来，张丽喝了，我们又给她打了饭放在桌上。

食堂里只有几个人在吃饭。晚饭还是中午的剩菜，又热了一遍，小白菜叶子更黄更烂了。但是大家忙了一下午，都很饿，都吃得很香。

10

早上到大厅，看见一个高个子妇女在拖地。她穿着和我们一样的工作服，应该是新来的保洁。

我到了更衣室，已经来了好几个人，我问她们有没有看见大厅那个人。齐建华说：“她是新来的保洁。昨天下午我见过她，周经理带她来三楼看房。她本来应聘客房服务员，周经理问她会不会保洁，她说也干过。周经理让她又当保洁又当客房服务员，她答应了。”

我说：“那好啊，我们就不用再做保洁了。”

小柳说：“可是周经理干吗招个这么丑的人来，以后还得天天看她。”

李霞说：“而且看起来有点傻。”

吕月红穿着粉呢子大衣过来，和我们一起去客房部。进了门，杨姐在分房，大家陆续来到，热了馒头吃。吕月红也吃馒头。

周经理来了，后面跟着那个妇女。周经理说：“给大家介绍一下，这是我新招聘的保洁，叫刘全敬，以后大家就不用再做保洁了。她当过保洁，也当过客房服务员。我跟她说了，平时做保洁，房多的时候也做房，做几间就给几间房提。杨主管，你今天给她安排几间房，让她先熟悉熟悉咱们宾馆。”

杨姐说：“好，没问题。”

吕月红给新来的妇女让了个座，让她坐下。离这么近看，她留着短发，脸上有很多小坑，嘴是地包天，长得是挺难看的。

周经理走后，杨姐说：“我已经分好房了，新来的你就跟着小柳吧。”

小柳说："不用了，我今天房不多，让她跟别人吧。"

杨姐说："那就跟李霞吧。"

李霞说："还是跟冯姐或者齐建华吧。"

杨姐说："奇怪了，有人帮忙还推来推去的。那就跟小冯吧。"

我说："好的。"

杨姐给大家分完房表，说："好，我们现在开晨会。"

大家都站起来，刘全敬也跟着站起来。

杨姐说："我昨天晚上写日记的时候哭了。因为能遇到你们这么好的员工，我真是太幸运了。昨天小柳捡到名表毫不犹豫地交到前台，下午团队退了房大家一起加班，任劳任怨。我为有你们这样优秀的员工感到骄傲。今天又有新员工加入我们这个大家庭，相信我们在一起工作一定会非常愉快的。大家说对不对？"

我们说："对。"

杨姐说："我太高兴了。为了庆祝我们姐妹在一起的缘分，我准备请你们吃饭。怎么样？"

大家都很高兴，问什么时候吃，在哪里吃，吃什么。

杨姐说："就这几天，我看一楼饭店的菜还行，到时候我去订个包间，你们点菜。别太狠就行。"

吕月红说："我们人太多了，就别点肉了，点几个素菜就行了。"

李霞说："光素菜没意思，少点几个肉的就可以了。"

杨姐说："不用，请你们吃就吃好的。"

刘全敬跟着我，领布草，上电梯，一路上她面无表情，也不说话。

我摆布草车的时候，她也帮我一起摆。她叠床单和浴巾又快又好，看来她真的当过客房服务员。

我们俩都不说话，我觉得很别扭，后来我主动问她："你以前做过客房服务员是吗？"

她说："对。"

我问："那你为什么不干了？"

她说："那个宾馆太小，房也少，工资太低。我就想找个大宾馆，多挣钱。谁知道还让我当保洁。谁让我长得丑，真倒霉。"

我把布草车推到门口，打开门，问她："你喜欢铺床还是做卫生间？"

她说："做卫生间。我特别喜欢擦玻璃，我昨天来，一看这里卫生间的墙都是玻璃的，我就喜欢。"

我说："你可真怪，我们都讨厌擦玻璃，太麻烦了。"

她说："我能把玻璃擦得透亮，跟没玻璃一样，擦完我可高兴了。"

她拎了清洁筐去做卫生间，我去铺床。

我铺完床，收拾完屋里，刘全敬也做完卫生间了。玻璃墙干干净净，清清亮亮，从外面看，卫生间的东西清清楚楚，真像没玻璃一样。

"你擦的玻璃真漂亮！"我说。

她到处看了看，说："不行，还有点脏。"

她出去拿了抹布进来，擦了半天，左右看了看，说："这回好了。"

齐建华在对讲机里说："呼叫前台，请报一下三楼的房态。"

前台说："以后这种事请呼叫杨主管，客房部也有电脑，一看就知道。"

杨姐说："我很忙，我要查房，要写计划，我没空像你们一样整天在电脑前面坐着。"

前台说："我们也很忙，要接待客人，给客人办手续，你们老打断我们，客人生气再不来了，影响了入住率，谁来负责？"

杨姐没回答，但也没报房态。

齐建华问杨姐："呼叫杨姐，请报一下三楼的房态。"

杨姐说："我现在不在客房部，你问前台吧。"

齐建华说："呼叫前台，请报一下三楼的房态。"

前台说："我们现在很忙，请等一下。"

齐建华说："我的房表上都是预离，不报一下最新的房态，我没法做房啊。"

杨姐说："你等一下吧，我回客房部才能看。"

我和刘全敬配合得很好，上午很轻松地做了6间脏房，然后我们一起下去吃饭。

打好了饭，我和刘全敬坐下吃。李霞和小沈来了，打了饭坐在另一张桌子上。小柳来了，打了两份饭端着去坐在李霞旁边。

齐建华和吕月红来了，坐在我旁边。张丽最后来，也坐在我们这桌。

吕月红热情地问刘全敬："你是哪里人啊？"

刘全敬说："我是保定人。"

吕月红说："那你离家近啊。"

刘全敬说："是的，我老公开车就两个小时，我一个月回一次家。"

吕月红说："真羡慕你，我们只有过年才能回家。"

她们问刘全敬家里的情况。刘全敬有个儿子，上小学，在老家跟着爷爷奶奶。她老公是货车司机，经常跑长途不在家。

吕月红说："你一个人在家害怕吗？那你老公不在家你就到宿舍来住吧，咱们做个伴。"

下午我们做完房，才三点多。我说："现在太早，不能去客房部，要不然周经理会让我们干活的。我们找个屋子看电视吧。"

我和刘全敬打开一间屋子，坐在沙发上看电视。

周经理在对讲机里说："耗品送来了，请礼宾来帮忙搬一下。"

小雨说："他们都下班了，就我一个人值班，我在帮客人运行李。"

周经理说："那他们是不是在宿舍？"

小雨说："不知道。"

周经理说："呼叫四楼服务员，请去男宿舍叫礼宾下来，帮忙搬一下东西。"

我说："收到。"

我对刘全敬说："我们俩一块儿去吧！"

男宿舍在电梯旁边的阁楼上。我走到楼梯下面，大声叫：“礼宾在吗？周经理让你们下楼去搬东西。”

没人吭声。我明明听见厕所在冲水，还有人穿着拖鞋走路。

我又叫了一声，还是没人回答。

我叫第三声，一个人说：“叫什么叫！礼宾不在！”

我只好用对讲机回周经理：“礼宾不在。”

周经理停了一会儿说：“呼叫杨主管，来帮忙搬一下东西。”

杨姐说：“我正在查房，走不开。”

周经理说：“呼叫保洁，下来一趟搬东西。”

刘全敬说：“好的。”

我去财务室洗了抹布出来，电梯门开了，周经理和刘全敬两人下来，里面是几个巨大的编织包，封口处露出白色的一次性拖鞋。

周经理说：“小冯，正好，来帮个忙。”

我们把编织包都拉出来，然后三个人一起抬。刘全敬在前面，我在后面，周经理托着中间，说着：“快点。”“慢点。”“看台阶。”

周经理还穿着高跟鞋，走起来一扭一扭，“嗒嗒”响。

三个人抬着大编织包走过楼道，抬上了女宿舍，抬进更衣室。

一进更衣室，我就松了手，把大包扔在地上。我出了一头汗，手也勒出一道一道红印子。

周经理拿出钥匙，打开更衣室里面的小门，我们一起把大包抬进去放在最里面的墙边。原来这里跟四楼的耗品间和三楼的布草间一样，也是一个拐弯的房间。外面的过道当成更衣室，里面当成库房。不过这里是个阁楼，房顶很低，还有几道斜的房梁，堆着好多包手纸卷、便笺纸、洗发液、沐浴液、香皂等。

我们三个又下去，抬上来第二个大包，进了库房，又使劲举起来，摞在第一个大包上面。

一共四个大包，好不容易抬完了最后一个，周经理说：“小冯，下面还有，一起下去吧。”

坐电梯到了一层，大门口还有几个大编织包。我们三个人把它们一个个抬到电梯旁，塞进电梯，到四楼再搬出来，再抬到小阁楼库房。

又抬了两包，我胳膊没劲了，手也抓不牢了，大编织包老往下掉。

周经理说：“呼叫服务员，有没有做完房的，来四楼帮忙搬一下东西。”

她们都说：“没做完呢。”

周经理手机响了，有人找她，她说：“我下去一下，你俩先慢慢搬吧。”

我和刘全敬两个人抬，胳膊更累了，感觉要抽筋。我走上一段就说：“抓不住了，放下歇会儿。”

一路放了三次，终于到了宿舍楼梯下面了，刘全敬说：“冯姐你别管了，我一个人搬吧。”

她抱起一个大包上了楼梯，我赶紧追上去，说：“你别这样，当心闪了腰！”

她说：“没事儿，我在家经常搬粮食，都是几十斤的口袋，五月八月忙的时候，一天要搬几十袋，搬好几天。”

只剩最后一包了，她还要一个人抱，我坚持要跟她一起抬。等把那个大包放到库房，我出来一下子坐到更衣室沙发上，像刚跑完五千米一样。

我在沙发上坐了很久，等她们都洗完澡，我才去洗。等我穿好衣服下楼，她们都走了。只听见远处对讲机响，前台呼叫：“呼叫服务员。”

吕月红大声说：“收到！”

11

早上到宾馆，刘全敬正在大厅拖地。我跟她打了招呼上楼。到了更衣室，小柳来了，穿着紧身皮衣和短裙子。

李霞说：“好漂亮啊！从哪买的？”

小柳说：“动物园服装市场，那儿的衣服可漂亮了。”

吕月红穿着睡衣从宿舍跑来，说：“谁买新衣服了？让我看看。”

她一边摸小柳的衣服一边说：“好漂亮！多少钱？”

小柳说：“这一身一百五。”

我们几个人一起下去，进了客房部，小沈坐在电脑前分房。

齐建华问：“小沈，怎么是你分房？杨姐今天迟到了？”

小沈说：“杨姐今天休息。”

小沈写好了房表，递给大家，说：“今天房多，我给自己也分了8间房，大家都可以轻松点。”

齐建华说：“小沈真好。”

李霞说：“小沈永远是最好的领导。”

我看我的房表上有11间房，4个在住，7间脏房。我上午做4间，下午做3间就行。

小沈说：“刘全敬，我没给你分房，你有空还去四楼帮冯姐。”

刘全敬说：“好的。”

我领完布草上四楼，摆好布草车，开始做房。

小沈在对讲机里说："前台各位妹妹，今天杨主管休息，我们客房部有什么需要，辛苦一下啊。我先谢谢各位妹妹了。"

张子然说："没问题，沈姐，请我吃个饭就行了。"

小沈说："真不客气，小张，今天晚上就请你。"

张子然说："好啊，不要小气，我要吃好的啊。"

小沈说："你不是在减肥吗？"

张子然说："吃完再减。"

小沈说："各位服务员，先把脏房门打开，我叫礼宾去帮忙。"

李霞第一个说："好啊。我要让小雨来帮我。"

小沈说："不行，小雨要来我这儿呢。"

李霞说："你不是已经有'老公'了嘛，不要跟我抢，小雨是我的！"

一会儿胖礼宾上来，问我脏房门开了没有，我说开了，他就去撤单子了。

我做第二间房的时候，刘全敬来了，说："冯姐，我帮你吧。"

我说："我今天房不多，你就别上来了。我一个人没问题。"

刘全敬说："我不累。我一个人在下面也没意思，前台和礼宾他们说说笑笑，也没人理我。我上来还可以聊天。"

她还是去做卫生间，我铺床，我俩隔着卫生间的玻璃一边做一边聊天。刘全敬挺爱说话的。她说她 15 岁就来北京打工，干过好多工作。第一个工作是在酱菜厂做酱菜，后来当过饭店服务员、单位食堂杂工、家具厂打磨工，还有传达室看门人。

她说最熬人的是饭店服务员，晚上十点才下班。吃的最好的是单位食堂，都是好菜，上班的人吃什么，她们就吃什么，只不过等人家走了才能吃饭。最好的老板是酱菜厂老板，冬天给买煤球生炉子，夏天还给买西瓜。最辛苦的是家具厂，她干了两年打磨，右胳膊落下了病，阴雨天就痛。最轻松的是在传达室看门，白天坐着，晚上睡大觉就行。

我说："你是一个女的，晚上你一个人看门不害怕吗？"

她说："不害怕，那个地方很安全的，还有好多摄像头。"

吃午饭的时候，小沈说：“吃完饭都上客房部，有好东西！”

到了客房部，桌子上放着好几罐啤酒。小沈说是上午做房的时候，在冰箱里发现的。她们都拿了一罐打开喝，说真好喝。

小沈拿一罐放我手里说：“冯姐，你拿回去给你老公喝吧。这可是好啤酒，德国的。”

我只好接过来拿在手里。刘全敬做完保洁也上来了，小沈也给她一罐，她也喝。

小沈呼叫王经理，王经理来了，小沈说：“我看见周姐出去了，赶紧叫你来。”

王经理喝完啤酒，给小沈一支烟，又拿出打火机给小沈点着，自己也点了一支，两个人开始抽烟。

小沈说：“你们没来以前，我们每个中午都这么过。你们可别跟周经理和杨姐告状啊。要不然姐姐我以后有好吃的也不给你们了，有好事儿也不叫你们了。”

李霞说：“就是，你们可别打小报告啊。”

大家说：“不会。不会。”

他们说以前的事儿。他们以前全宾馆的人，不管前台还是礼宾，还有王经理，每天都一起做房，三点就做完，大家一起坐在客房部，分吃从客房收来的东西。有时候没东西，就拿卖废品的钱出去买。

当时的几个客房服务员都很漂亮，很疯。有一个服务员有老公了，还找了个情人，每天找借口不回家，去跟情人约会。后来怀上了情人的孩子，两个人私奔了。

还有一个很可怜，明明没有情人，老公整天怀疑她有情人。老公每天下班来宾馆门口接她，动不动就打她，而且打得很狠。后来她想逃走，大家一起帮她。王经理跟她老公在门口找话说，其他人护送她从后门出去，打车去了火车站。

还有一个服务员，老公整天打麻将，不干活，还经常输钱，把她挣的钱都要去。她想离婚，可是老家还有个三岁的儿子，要是离了，儿子肯定归男方，男方就不会让她见孩子。她经常掉眼泪，她们就劝她忍，等孩子长大了再说。

下午三点，我的房就全部做完了，和刘全敬又在屋里看电视，一个古装爱情剧。

吕月红来了，说："这电视真好看，现在还早，我先看一会儿再去数布草。"

我们三个一起看电视，一起议论里面的人物和故事。

小沈来查房，说："反正杨姐也不在，我今天不查房了，跟你们一起看。这个电视剧我看过两遍了，还想看。"

我们就问小沈后来怎么样了，小沈告诉我们男女主角最后没成，我们都叹气。

李霞呼叫吕月红去收布草，吕月红依依不舍地走了。

电视剧终于结束了，小沈走了，我去退布草，刘全敬去做保洁。

我到了客房部，大家也先后进来了。张丽拿出沙发下面的一袋半管洗发液沐浴液，开始挤。我也拿起来一袋，准备挤。

小沈说："别挤了，周经理又不在，大家下班吧。"

我看看墙上的表才四点，李霞说："小沈当领导就是好。走吧，洗澡去。"

小沈和李霞先去洗，洗完两个人穿好衣服，化好妆，唱着"你的良心狗叼走，我恨你恨你恨你恨到心如血滴"下楼了。

洗完澡，我和小柳下楼到路边等昌26，傍晚风大，小柳跺着脚说："冻死我了。"

我说："谁让你穿这么少，我还穿着棉衣呢。"

她说："可是穿裙子好看啊。"

12

第二天早上我进了客房部，杨姐正在分房。

杨姐发型变了，烫成大波浪卷儿。衣服也变了，虽然还穿着宾馆的黑西服，但是里面不是白衬衣了，换了一件碎花的衬衣。

她们都说："杨姐的头发真漂亮。"

杨姐说："我昨天休息了一天，做了做头发。"

小柳说："杨姐虽然年纪比我们大，但是比我们漂亮多了。"

杨姐笑着说："你真会拍马屁，你才是美女，我哪有你漂亮啊。"

张丽去坐了开水，问吕月红："吕月红，馒头放哪儿了？"

吕月红说："哦，昨天晚上我忘拿馒头了。"

李霞说："吕月红，没你这么办事的，你可坑死我了。这下我要饿着肚子上班了。"

小沈说："我去食堂看看还有没有剩的。"

李霞说："食堂早上不开门。他们不做早饭了，九十点才来。"

杨姐说："那我出钱，出去买早点吧。过马路就有一个小摊，我在那儿买过。"

小沈说："不用，还是用卖废品的钱吧。你们谁去？"

李霞说："让吕月红去，谁让她忘了拿。"

吕月红说："好的，我去。"

小沈从抽屉里拿出钱给吕月红，吕月红走了。

杨姐说："我昨天搬到宿舍住了，以后拿馒头的事就交给我吧，我年纪大，比你们细心，保证不会忘。”

一会儿吕月红回来，拎了一袋包子和一袋油条放到架子上，还冒着热气。大家都去拿了吃。

杨姐说：“今天咱们客房部人最齐，我打算今天晚上就请客，到楼下餐厅吃一顿，咱姐妹们好好聊聊。本来也想请周经理一起去，谁知道她今天休息。可是等到明天，你们又有人休息。我想了想，今天我请你们，改天再专门请周经理吧。”

李霞说：“太好了，我最喜欢下馆子。”

齐建华说：“杨姐真好，那么重视我们，把我们看得比周经理还重要。”

杨姐说：“那当然了，你们是我的姐妹嘛。”

吕月红说：“楼下饭馆太高级了，杨姐，要不咱们到对面市场里找个饭馆，那就便宜多了。不要浪费你的钱。”

杨姐说：“不用，我请你们吃就吃好的。”

吕月红说：“那点菜的时候咱们找便宜的点，不要点贵的。”

小沈说：“餐厅老板跟我很熟，我让他给我们打折。”

李霞说：“咱们今天快点做房啊，早点下班去吃好的。”

吕月红说：“好啊，我今天上午没事，我帮你们一起做。”

杨姐说：“我有空也去帮你们。”

大家说说笑笑，出门去领布草，小柳挽着杨姐的胳膊。

今天房很少，我的房表上才 9 间房，3 个在住，只有 6 间脏房。杨姐让刘全敬今天还是只做保洁，不用做房。

我到了四楼，刚摆好布草车，刘全敬来了，和我一起摆布草。

我说：“杨姐不是说你今天不用做房吗？我今天才 6 间脏房，你休息休息吧。”

她说：“保洁我干完了，一个人待着也没意思，干点活还有意思。”

打开一间房，我去铺床，她就去做卫生间了。

李霞说：“呼叫杨姐，312 我房表上有，小柳房表上也有，到底谁做？”

杨姐没回答，李霞又呼叫了一遍，还是没回答。后来小沈说："那你就做吧。"

李霞说："凭什么呀，不公平，小柳的房比我还少两间呢。"

小沈说："那就小柳做。"

一次前台呼叫 315 退房，小柳去查房，回答说："呼叫前台，少一个电视遥控器。"

前台说："你再找找吧。我给客人办手续了。"

我想着杨姐一定要跟前台争论了，可是杨姐没说话。

小柳着急的声音说："呼叫杨姐，怎么办呢？"

呼叫了两遍，杨姐也没回答。

小沈说："呼叫前台，315 有没有关联房？"

前台说："有，336。"

小沈说："小柳，你去 336 找找。"

一会儿小柳说："遥控器找到了，在 336。"

午饭是凉拌菠菜和炒油菜，主食还是米饭和馒头。有人说："都是菜叶子，这是喂兔子呢。"

没办法，我们盛了饭坐在一起吃，互相问做了几间房，都说下午要加油做，早做完早去吃饭。

我说："杨姐上午是不是出去了？怎么不说话呢？"

齐建华又挤眼睛，小声说："没有，这事可就我知道，她在三楼房间里睡大觉呢。"

小沈说："齐建华你又在这儿瞎说，大白天的杨姐干吗睡觉？杨姐跟我说了，她是去找个安静的屋子写材料。"

吕月红说："她昨天倒是真的没睡好。她晚上九点才来，拉了一个大行李箱，还拎了个大包。收拾了半天，又去洗澡。睡下已经十二点了，前台换班，下班的人又洗澡又说话，杨姐穿着睡衣出去说人家，张子然又跟她吵了一架。"

齐建华说："我就说杨姐在睡觉嘛，我路过几次，屋里一点声都没有，她做事总要有点声音的。"

小沈说："杨姐住宿舍也是为了宾馆，晚上睡不好，白天正好周经理不在，补补觉也没什么。"

齐建华说："你们不觉得杨姐有家不住来住宿舍，这中间有问题吗？"

李霞说："有什么问题？"

齐建华说："我觉得说不定也是她老公打她，她没办法才住宿舍的。"

吕月红说："不对，她老公挺好的，昨天晚上还是她老公开车送她过来的。我听见杨姐接电话，她老公在楼下，想上来帮她一起收拾，杨姐都不让他进宾馆，让他赶紧走，别给她添乱。"

齐建华说："那……可能是杨姐有外遇了，住宿舍方便约会。"

大家都笑起来，李霞说："齐建华你还真会想啊。"

吕月红忽然大声说："小柳，过来坐啊。"

齐建华立刻说："今天的饭真素，适合减肥。"

小柳说："不了，我还要给杨姐打饭呢。"

杨姐说："呼叫各位客房服务员，我现在就去饭店做准备。你们好好做房啊。"

小沈拿着大本来查房，进来说："今天要吃饭，杨姐都没心思工作了，我也不会为难你们的，让你们全过。"

我说："谢谢小沈。"

杨姐说："呼叫各位服务员，我已经为你们点好菜了，鸡鸭鱼肉都有，大家快做啊，早做完早吃饭。"

吕月红也早早地呼叫："呼叫各楼层，谁做完了赶紧告诉我收布草。"

我做完所有的房间，和刘全敬到了客房部，杨姐说："现在才四点，你们先去洗个澡，换好衣服再下来，吃完饭就可以直接回家了。我在一楼大厅等着你们。"

我们说："好的，谢谢杨姐。"

大家很快洗完，换了漂亮的衣服一起下去。

在楼道里遇到一个穿灰西服的前台姑娘，小沈跟她打招呼："张子然！"

她说："还没到下班时间呢，你们怎么就换好衣服了？"

小沈说："杨姐请我们吃饭。"

这时两个客人从电梯出来，张子然停下说："您好。"

客人说："你好。"

大家往边上站了站，给客人让了路，他们走过去了。

我们下楼梯到了大厅，杨姐说："人齐了吧？走吧。"

我们说说笑笑往餐厅走，张子然在一旁冷冷地说："你们都去办大事了，客人退房怎么办？"

吕月红说："那我不去了，我是中班。你们去吃吧。"

小沈说："不用，你们先去，我跟她们好好说说。"

大厅东边有一个门，进去就是餐厅。餐厅很大，一进去有好多桌子。

服务员带我们到杨姐订的一个包间，里面一张很大的圆桌子，铺着黄色的台布，上面是能转动的圆玻璃，摆着一圈消毒餐具。

我们过去，先让杨姐坐。然后小柳挨着杨姐坐下，齐建华坐在杨姐另一边，吕月红挨着齐建华，然后是张丽、我和刘全敬，李霞给小沈留了一个椅子。

小沈来了，说："前台答应帮忙查房，大家安心吃吧。"

杨姐说："谢谢小沈。"

服务员先端来一壶饮料，说是枣茶。

杨姐说："枣茶对我们女人很好的，还可以免费续杯，大家多喝点。"

杨姐拿起壶要给大家倒，齐建华抢过来，说："我来。在老家的时候，每次吃饭我都帮客人夹菜，他们都说我照顾得好。"

她拿着壶，先给杨姐倒满杯，然后走到每个人身边给大家倒满，一边倒一边说："大家多喝点，别客气。"

我喝了，很甜。大家都说好喝。

杨姐举起杯说："感谢大家对我工作的支持，我们好好工作，做出成绩给上头看。来，我们干一杯。"

大家都站起来，举起杯跟杨姐干了杯，说："谢谢杨姐。"

齐建华拿起杯，站起来说："现在，我代表所有客房服务员，敬杨姐一杯，感谢杨姐对我们的照顾，有这么好的主管是我们的荣幸。"

大家又互相碰杯。

杨姐说："我们能在一起工作也是缘分。"

齐建华又举着杯说："是啊，我就觉得我们和杨姐特别有缘分。让我们为了这份缘分再干一杯。来，大家举杯！"

大家又拿起杯子碰杯。

服务员端菜来了。四个凉菜刚放下，齐建华就说："我来给你们夹菜。"

齐建华用自己的筷子夹了菜要给杨姐，杨姐用一只手挡着盘子不让放，说："不用，我自己来。"

齐建华说："没事儿，你们光吃就行了。每次吃饭我都最后一个吃，经常都吃不饱，那我也高兴。"

李霞说："那你就自己吃吧，我们又不是不会夹菜。"

齐建华夹了两片牛肉放我盘子里，我说："我自己来吧。我不爱吃牛肉。"

齐建华说："冯姐你不知道，牛肉有营养，吃吧，多吃点。"

她又夹了一筷子放李霞盘子里，李霞说："齐建华我说过了我自己来。"

齐建华说："不用，我帮你。"

吕月红说："齐姐，这不是在老家，你自己吃吧，让大家都自己吃。"

齐建华说："没事儿，来来，尝尝这个，再尝尝这个。大家千万别客气啊，多吃点啊。"

齐建华分了几圈菜，我盘子里放了好多东西，我只好吃。

我旁边的张丽没动盘子里的菜，自己又用筷子去桌上盘子里夹了吃。

服务员上热菜了，第一个就是一大盆热气腾腾的水煮鱼。大家都欢呼："这么大的盆，这么多辣椒。"

杨姐笑着说："大家吃好，不够我再点。"

我们刚要动筷子，齐建华站起来说："大家坐着吧，我来给大家分。"

我们都说："不用，我们自己捞。"

她说："你们不用动手，让我来，让我来。"

她第一个又往杨姐的盘子里放，杨姐一再推辞，齐建华还是放了。接着又挨个儿往别人的盘子里放。

在齐建华给别人盛的时候，小柳和张丽自己从盆里捞到盘子里了。

杨姐说："我虽然来宾馆才一个星期，但是已经被你们感动了……"

齐建华打断说："我们也是，杨姐是我遇过最好的领导。我十六岁出来打工，干过很多工作，我的经历可丰富了。我第一个工作是饭店服务员，老板可抠门了，舍不得让我们吃一点肉，整天给我们吃酱油炒白菜。第二个工作是保姆，女主人可小气了……"

齐建华说了很久。她好不容易说完，杨姐又说："现在咱们大家相互也了解了，我的为人你们也知道了，将来我们一起，同心协力……"

齐建华又打断说："这个杨姐放心，做人啊重要就是将心比心，你对我们好，我们一定会对你好，这叫两好成一好……"

吕月红说："齐姐，你别说了，听杨姐说话。"

齐建华说："好啊，杨姐你说。"

但是杨姐一开口，齐建华就抢话。她一说就说很多，高兴得脸红红的，像喝醉酒似的，还经常说："大家别光坐着，吃好喝好啊，别客气啊，就像在自己家一样啊。"

小沈也说她："齐建华，这是杨姐请客，你这是想干什么呀？别说了，好好听杨姐说话。"

齐建华说："我在听啊，我最喜欢听杨姐说话了，杨姐人真好，对我们真好，让我们再为有杨姐这么好的领导干一杯。"

没有人举杯，大家都埋头吃自己的饭。

齐建华说："怎么你们都不说话了？今天多高兴啊。我来给大家唱首歌，活跃一下气氛吧。"

大家都说："不要。"

齐建华又提议大家玩游戏，输家以枣茶代酒。大家也拒绝了。

吕月红说了好几遍："齐姐，你别说了，快吃饭吧。"

齐建华说："没事儿，我就喜欢大家在一起，少吃点我也高兴。"

杨姐脸色越来越难看，一会儿叫服务员："还有两个菜呢，怎么还不上？这里上菜也太慢了！"

服务员来上菜时，她说："跟厨师说一下，这个菜味道不对。别以为我是傻子，别想糊弄我。"

齐建华说："是啊，我也觉得这个菜做得不行，我在别的饭店吃的时候，不是这个味儿。"

杨姐说："那个鸡翅也太少了，这么大盘子，就这么几个鸡翅，都不够一人一个的。我们是来吃饭的，不是来看样子的。"

齐建华说："就是，现在做生意的，都想偷工减料。我在饭店当服务员的时候，我们老板就说……"

杨姐站起来说："你们吃吧，我先去结账。"

我们都停了筷子，齐建华说："快吃，快吃。这么好的菜别剩下，浪费。"

我们都说吃饱了。齐建华说："服务员，来一下，把这些菜给我打包，我要带回去吃。今天晚上我光为你们服务了，自己都没吃饱。不过我今天晚上好高兴。"

杨姐回来的时候，盘子里已经干干净净了。大家感谢了杨姐的招待，齐建华提着打包的菜，我们拿好了各自的东西走了。

13

我们到了客房部，杨姐正在分房，黑西服里面又换了新的花衬衣。杨姐问：“昨晚的饭好吃不好吃呀？”

我们都说好吃，说枣茶好甜，水煮鱼好辣，又感谢了杨姐一遍。

杨姐说：“将来我会多请大家吃饭。不过我可不要等人齐了才请，下次我一定等有些人休息的时候再请。”

我拿到房表，今天房不少，有 15 间房。但是我并不担心，刘全敬肯定会来帮我。我摆完布草，刘全敬果然上来了，她还去做卫生间。

对讲机里前台说：“呼叫各位中层领导，王总通知十点小会议室开会。”

周经理、王经理、张子然和杨姐、小沈先后回答：“收到。”一会儿听见钥匙叮叮当当响，礼宾小雨从门口走了过去。

我和刘全敬做完一个房间，推车去另一个房间，周经理、杨姐和小沈走过来，后面跟着王经理和张子然。他们进了小会议室，关了门，听见里面说说笑笑。

对讲机里杨姐说：“呼叫各位服务员，到客房部开会。”

我们说说笑笑进了屋，杨姐绷着脸站在那里，说：“大家安静！小沈，你来说吧。”

小沈说：“好的，你们别说话了啊。刚才开会，王总批评了我们客房部，说昨天周经理休息了一天，客房就乱了一天。服务员不好好做房，不好好服务，在楼道里见了客人也不问好。上班时间嘻嘻哈哈，不到下班时间就去请客吃饭，整个宾馆都没人值班。说客房部人员责任心不够，缺少自律，要求加强管理。”

小沈讲完，杨姐一字一句地说：“事情明摆着，是张子然她们打的小报告！我来到这里才几天，为了工作和前台有过一点小小的矛盾，没想到她们心胸如此狭隘，竟然背后告我的黑状！我四十八岁了，我吃过的盐比她们吃过的米还多，我走过的桥比她们走过的路还多。想黑我，没那么容易！我的工作大家有目共睹，那些马桶都是我……”接下来杨姐从刷马桶说到买咸菜，还有为了工作牺牲自己去住宿舍，昨天晚上还自掏腰包请服务员吃饭，花了五百元。

杨姐说：“我做这些都是为了什么？还不是为了宾馆？”

大家都低头听着，她说着说着突然坐下，捂着肚子说：“哎呀，我胃疼又犯了。”

小沈出去给杨姐倒了杯热水进来，说：“杨姐您也别太在意，王总也只是说说，您的成绩在那儿呢，谁也否认不了。”

杨姐说：“谢谢你啊，小沈。我从来没受过这种窝囊气，当时要不是看在我们姐妹情深的分上，真想一抬腿走人算了。可是为了你们，这次我就忍了。但是你们一定要为我争口气啊。”

大家都说：“好的。”“一定。”“没问题。”

齐建华说：“杨姐放心吧，我们一定不会辜负你对我们的关心和爱护。”

回到四楼，我们继续做房。对讲机里杨姐不停地说话：“呼叫各位客房服务员，大家要认真做房，注意质量。”“见了客人一定要打招呼，对客人一定要热情。”“做房质量要保证，服务意识也要保证。”“我查房很严格，不合格的一定扣工资，绝不手软。”……

对讲机里一个个回答：“收到。”“好的。”“放心。”

杨姐说：“张丽，我刚检查了你做的房203，屋子做得很好，只是卫生间玻璃还差一点，要去重做一下。”

张丽说："好的。"

杨姐说："大家也注意这个问题，我一会儿会重点检查玻璃。"

刘全敬跟我说："咱们的玻璃没问题，肯定过关。"

过一会儿杨姐呼叫齐建华："齐建华，你的卫生间做得不行，玻璃不干净，杯子也不干净，地垫也要再刷一下，你马上去返工，我一会儿检查。"

齐建华说："可是我真的洗了杯子，也刷了地垫。"

杨姐说："你做的不合格，就得重做。"

齐建华说："可是我今天房很多，我没有时间啊。"

杨姐说："质量第一是我的一贯要求，不要跟我找什么理由。"

齐建华说："好吧。"

接着杨姐又呼叫了小柳，说玻璃还要再擦一下；也呼叫了李霞。

刘全敬下楼去做保洁了。我做完房，站在门口填房表，杨姐和小沈两个人上来了。

杨姐手里拿着本和笔，进了一间屋。

最后杨姐在对讲机里说："小冯的玻璃擦得最干净。大家要向小冯学习。"

我做完房，退完布草，和她们一起去客房部。杨姐看了看表，说："才四点，还不能下班。"

张丽从椅子下面拿出口袋，开始挤沐浴液洗发液。大家也都挤起来。

杨姐说："不用挤了，挤不挤周经理也不知道。这样吧，你们去把楼道地毯吸一下，楼道踢脚线和墙裙擦一下。这个谁都能看得见。"

我们只好出去，各自去小黑屋拿出吸尘器，把楼道地毯吸了，又弯着腰擦了墙裙和踢脚线。

14

我们到了客房部，分完房表，大家站起来开晨会，周经理进来了，手里拿着一摞白布。

周经理说："我打断一下，说件事。昨天晚上电视台 3 · 15 晚会曝光了一家宾馆，记者去暗访，偷拍到客房服务员用客人的毛巾擦马桶、擦地，最后还擦口杯！咱们宾馆绝不允许这样。我今天早上马上去买了专用的白布，以后擦口杯必须用这种布。我今天在这里提出要求：第一，擦东西只能用抹布，不能用客人毛巾，我会随时检查，抓住一次罚一百；第二，擦马桶的抹布要和别的抹布分开；第三，擦口杯必须用我买的专用的白布。"

周经理每人分了一块，我拿到手里打开一看，是一张正方形的白色棉布，边沿都开着线。大概是周经理买了一大块布，让人裁成一小块一小块的。

周经理找来圆珠笔，说："给，你们每个人在边上写上名字。这一块布合五元钱呢，谁丢了罚二十。"

周经理看着我们在白布边上写上名字才走。

杨姐说："用客人毛巾擦了马桶擦口杯可真够恶心的，你们跟我说实话，你们没有吧？"

李霞说："没有，我们擦马桶和擦口杯从来不用一块布，那也太不像话了。不过我们擦口杯和玻璃也用客人的面巾。以前我们也不用的，因为以前都是拿报废毛巾当抹布，大家都有好多干净抹布。现在周经理要节省，面巾地巾破得拉丝了也不让报废。我们就只有那几块抹布，越来越脏，不用客人毛巾擦不干净啊。”

杨姐说：“现在不是有白布了吗？以后一定要用白布擦口杯啊。我好说话，周经理可不好说话。要是被周经理逮到，真的会扣你们的钱。记住啊。”

大家说：“记住了。”

杨姐在对讲机里说：“呼叫各位客房服务员，请严格遵守做房规程，绝不能马虎。质量是宾馆的生命。大家责任重大，一定要用心做房。”

大家说：“好的。”“收到。”

杨姐又说：“还有，我们既然叫服务员，说明我们的工作除了做房，还有为客人服务。大家一定要提高服务意识和服务水平，对客人要热情、礼貌、周到，让客人感受到温暖。”

大家说：“收到。”“好的。”

我用周经理发的白布擦了口杯，还挺好用的，擦得很干净。

我擦玻璃的时候，上面老有碎毛絮。我用抹布擦了几次还是不行，我想起李霞的话，也想用客人毛巾试试。可是周经理刚说了这个问题，我可不想被抓住。

我走到门口，往楼道两边看了看，楼道黑黑的，没有人。又听了听，也没有脚步声。我快速从布草车里拿了一块干净面巾，进卫生间去，用它擦了几下，玻璃上的毛絮就没了。我走出来，左右看看没人，迅速把面巾扔到布草筐里。

对讲机里周经理说：“我刚才到三楼转了一下，看见个别服务员还在用客人的毛巾擦东西，这次我就算了，下次要让我看见一次，你下月工资就会少一百元，看见两次，就少二百元。到时候你别来问我工资为什么比别人少。”

杨姐立刻说：“我早上怎么跟你们说的？质量高于一切，看来有些人的质量意识还是不过关，接下来我会制订计划，加强这方面的教育。”

中午吃饭的时候，对讲机里杨姐说：“大家吃完饭来客房部一下。”

李霞看看齐建华，说：“哈哈，一定又是要批评你了。”

齐建华说：“那也不能怪我啊。”

李霞说：“怎么不怪你？今天刚说了不让用毛巾，你还用，而且还让周经理逮住了。”

齐建华说：“可是用抹布实在擦不干净啊。”

李霞说：“没见过你这么笨的。我也用了，就没让抓住。周经理走路那高跟鞋声那么大，你听不见吗？”

齐建华说：“我哪知道她会来我屋？”

我们到了客房部，杨姐果然批评了齐建华一通，又叹气说：“我的妹妹们呀，前台刚告了我们的状，你们就这么不听话。对讲机里的话，前台可都听得清清楚楚啊，你们这么做，就不怕她们再去告状吗？”

齐建华说：“可是那些抹布都掉毛，实在擦不干净啊。”

杨姐说：“那为什么别人不用，就你用啊？”

齐建华说：“你问问李霞，她说她也用毛巾了。”

李霞说：“我什么时候说了？别瞎说，我可没用。”

杨姐说：“别说了，我知道你们有难处，总之这几天大家都要长点眼色儿，多点心眼儿，别给前台留话把儿，别给我添乱。”

下午杨姐和小沈两个人来查房，到处看了看，没说什么就走了。

我分完了布草，扔了垃圾，收了车，看看表四点半，正犹豫要不要去客房，杨姐在对讲机里说：“各位客房服务员，马上来客房部，周经理有事要说。”

我们到了客房部，杨姐让大家站起来，周经理说：“今天下午王总又找我谈话，说旺季快要到了，到时候房会很多，听说新招的服务员做房质量不行，她想下个星期亲自抽查一下，看看到底怎么样，让我先给你们打个招呼。”

杨姐说："我们的服务员都很认真，做房质量很好。我知道，这又是有人在背后说我们坏话。我一定会向王总解释清楚的。"

周经理说："王总说了，如果到时候检查不合格，新人就不给转正，工资还按试用期算，房提也不给。为了大家检查能过关，从现在开始，我要对大家严格要求。从今天开始，我先抽查，给大家打打分，摸摸底，好让大家知道差距，再提高提高。"

杨姐说："周经理你不用抽查，我的服务员我知道，她们的做房质量我敢打保票，一定会过关的。"

周经理说："这个我相信，但是王总这人我了解，她说到做到。要是不过关，她真会扣房提的。比如上个月好多服务员说走就走，给我们宾馆的工作造成很多困难，这个月发工资的时候，王总就说了，她们的房提全扣，一分不给。"

李霞说："啊？那我和张丽没扣吧？"

周经理说："哦，王总要求都得扣。"

李霞说："她们走了，我和张丽又没走，为什么连我们的也扣？"

周经理说："王总是这么说的，不光是因为她们走了，上个月做房的质量也不过关，所以才扣。这是王总的决定，我也不是很明白。"

李霞说："什么质量不过关？她又没有检查，她说不过关就不过关吗？要这样我也不干了，我明天就不来了。"

周经理说："李霞，你别说气话。王总很忙，可能有些事不太清楚，我去跟王总解释解释，看能不能给你们俩补上。"

周经理向杨姐要了房表，翻了翻，从小柳的房表上挑了一间：208。

我们跟着她到了二楼，小沈用房卡开了门，周经理走进去，我们挤着站在门里面。周经理从口袋里拿出一双白手套戴上，我们互相看了看，都撇嘴。周经理进了卫生间，歪着头看卫生间镜子，拿起玻璃口杯对着灯光照，说："口杯不干净，扣5分。"

她又摸了摸洗脸池下面的柜子，摸完看看白手套，手套上有一道脏灰。她说："柜子不干净，扣5分。"

她进了浴室，这儿看那儿看，还蹲下站起来看玻璃墙，说："玻璃上有水渍，扣5分。"

她回到屋里，四下看了看，说："床铺得还可以。两个枕头没有放齐，扣5分。"

然后，窗帘绑得不好，扣5分。床头不干净，扣5分……

最后，小柳得了50分。周经理说："小柳，这可不行，你可要加油啊。"

小柳说："好，我加油。"

第二间是张丽的，一进去就感觉比小柳的房间干净很多。但是周经理戴着白手套，还是找到了好多地方：卫生间玻璃上有抹布的纤维，扣5分。墙上画框有灰，扣5分。窗台上有灰，扣5分……最后她还摸了摸墙上的插座，向我们展示白手套上的灰，又扣5分。

张丽最后得了55分，她眼泪在眼眶里转。我说："没关系，你比小柳还高5分呢。"

一群人从楼梯上到三楼，第一间是齐建华的房。门开了，我们一进去感觉就不好，玻璃很明显没好好擦，我们站在门口都看得见上面的水渍。马桶旁边的手纸根本就没叠小三角，就那么耷拉着。床也铺得不够平整。

这次周经理不用到处摸，直接眼睛看到的一项项扣下去，齐建华最后得了45分。

周经理说："齐建华，你的做房质量差太多了，你要再这样下去，当心转不了正。"

齐建华说："不是的，我平时做得很好的。今天因为房太多了，我没时间好好做。"

杨姐说："你总有理由，别人房比你少吗？为什么别人就能比你做得好呢？"

齐建华说："真的是不一样的。我跟小柳房间一样多，可是她有好多在住，我比她多好几间脏房呢。"

杨姐说："我分房都是很公平的，谁都有在住多的时候，不要找借口。"

下一个是李霞的房间，很明显地毯都没吸，地上还有饼干渣。玻璃也不干净。周经理挑了几个明显的地方，没有到处摸，最后给了她60分。

李霞说："我及格了。姜还是老的辣嘛。"

最后大家上到四楼，周经理从房表上挑了410。

我紧张地等待着，玻璃是刘全敬擦的，亮亮的。地毯我也每间都吸。不过床头、窗台，还有墙上的画框、插座等，我也从来没擦过。

周经理进去后，一会儿低头看地，一会儿歪头看玻璃，还到处摸。摸了床头、窗台和画框、插座等地方，一个一个扣分，我最后得了55分。

检查完，周经理说："刚才大家也看到了，质量明显不行。除了李霞，别人连及格都达不到。这要是王总来检查，肯定通不过。这两天再努力提高吧，我帮你们多检查几次，争取在抽查之前把质量提上去。"

杨姐说："平时我查房的时候，大家都做得很好的。今天脏房的确比平时多，可能没有仔细做。相信大家只要用心做，一定会过关的。"

15

早上杨姐晨会说："今天周经理说了，她还会抽查，大家做房一定要仔细。下午我和小沈也会仔细检查。现在是特殊情况，大家都辛苦一下，最近几天大家先不要休息了，等王总检查合格了大家再补休。"

领了房表，我看了看，我今天有 13 间房，9 间脏房，还行。

今天刘全敬很早就上来了，说："冯姐，卫生间我包了，你就专心铺床吧。今天一定让你及格。"

我说："谢谢啊。"

我铺完床，放完耗品，拿了一个干净的抹布仔细地擦灰，尤其记得擦昨天周经理摸过的几个地方：卫生间柜子，窗台，床头，画框，插座。做完一间房，我还用手到处摸了摸，哪儿都很干净，摸完手上一点灰也没有。

刘全敬说："我看这次能得 80 分。"

吃完午饭，刘全敬去做保洁，我回到四楼做房。刚做了一间，就听见杨姐说："呼叫齐建华，来一下 322。"我看看表才一点。

齐建华没回答，杨姐又呼叫了一次，齐建华还没回答。

杨姐生气地说："呼叫齐建华，听到请回答！"

齐建华说："收到。我刚才在铺床，对讲机放在布草车上，没听见。"

杨姐说："来一下 322，把卫生间柜子擦一下，床重新铺一下。"

齐建华说："好，我擦完玻璃马上就去。"

杨姐说："还有325的床和窗台，331的玻璃和画框，你都再做一下。"

齐建华说："好的，马上去。"

接下来杨姐说了李霞几个房间，让李霞再做一下。

过了好一会儿，杨姐又生气地呼叫："齐建华，都半个小时了，322为什么还没收拾？你还没擦完玻璃吗？"

齐建华说："刚擦完，我马上就去。"

杨姐说："呼叫各位服务员，我指出的问题，你们一定要重做，不要想混过去，我会再来检查的。"

大家说："收到。"

小沈在对讲机里说："呼叫冯姐，来一下402。"

我去了，小沈说窗台擦得不干净，窗帘绑得不好，茶杯没洗干净。我回去拿了抹布和白口布过来，又把窗台和茶杯擦了一下，重新绑了绑窗帘。

过一会儿她又呼叫："冯姐，来406。"

我去了，她说："地毯不干净，马桶不干净。重新做。"

地毯和马桶都很干净，我心里生气，很想说："你给我指一指，到底哪里脏？"但是想了想还是忍住了，回去拿了吸尘器和抹布过来，当着小沈的面又做了一遍。

小沈说："冯姐，不是我要这么认真，我也是没办法。杨姐说通不过要扣分，扣了分就不给房提了，我总不能扣你们的分吧。你们也挺不容易的。"

四点杨姐说："呼叫各位服务员，先不要退布草，大家先到客房部集合。"

我们到了客房部，周经理在，她说："小沈，今天由你挑房间，我来抽查。"

小沈拿笔在每人房表上圈了一个房间号，递给周经理，大家跟着周经理往外走。

出了门，周经理说："这次我要从四楼开始。"

我们一起从楼梯上到四楼，周经理拿出我的房表看，上面圈的是412。

我刷卡开了门，周经理站在门口，从口袋里拿出白手套戴上。

她站在门口，伸手摸了一下门，白手套上一道灰："扣5分。"

然后她又踮起脚，伸手去摸门上面横边框，摸完给我们看，白手套上又一道灰："扣5分。"

杨姐在本子上记下来。

接着周经理靠墙根蹲下，摸木头墙裙，又有灰："扣5分。"

周经理站起来，摸墙，扣5分。她走到床旁边，停下来想了想，弯腰摸床架子，扣5分。

那我还有75分呢，我心想。看看我铺得展展的床，刘全敬擦得亮亮的玻璃，今天怎么也会及格的。

周经理站在屋里，左看右看，寻找可以摸的地方。最后她走过去摸了床头柜后面，扣了5分。只剩70分了。

她想了想，去摸了台灯罩，扣5分。

她打开抽屉摸了一下里面，扣5分。

她还摸了一下拖鞋筐，扣5分。

最后我得了55分，还是没及格。

周经理说："还是不行啊，摸哪儿都一手灰。你们的提高空间还很大，还要加倍认真仔细，一定要做到无论什么地方都干干净净，摸不出灰来才行啊。"

李霞说："可是这要求也太高了。我们平时每人十几间房，不可能做到处处都那么干净。"

周经理说："可要是这样的房间让王总来检查，你们肯定都过不了关。没办法，王总要求高，我也只能这么要求你们。你们就再加把劲吧。"

杨姐说："周经理是为了大家，大家再努努力，这几天辛苦一下，把房间尽量做细点，争取王总检查通过。"

接下来我们又跟着周经理到了三楼，先去齐建华的房间。

周经理挑了几个地方摸了摸，扣了好多分，最后齐建华也得了55分。

下一个是李霞的房间，周经理挑了几个地方摸，最后给了65分。李霞很高兴："服不服？我就是比你们强。"

二楼张丽的房间，周经理也摸了门、墙裙、床头柜、窗台，打了55分。张丽又眼泪汪汪。

周经理在小柳的房间也摸了这几个地方，奇怪的是没摸出灰，最后周经理只好给了75分。小柳很高兴："我今天是最高分啊。"

最后回到客房部，周经理总结说："今天检查大家也都看见了，还是不行。我们不光是为了迎接王总检查，从根本上说，我们提高质量是为了宾馆入住的客人。你们想想，客人住进来，碰哪儿都一手灰，是什么感觉？客人是我们的衣食父母，房间干净了客人才愿意再来住，这样才能提高咱们宾馆的入住率。所以卫生质量非常重要，大家一定要重视。"

杨姐说："周经理放心，我们的服务员都很有责任心，她们会认真提高质量，把房间做干净，让客人满意的。"

周经理说："好的，大家努力吧。"

出了客房部，我问小柳："你的房间怎么没摸出一点灰来呢？"

小柳小声说："嘿嘿……周经理检查完你的房，我就赶紧跑下去，把我房间那几个地方全擦了一遍。"

16

早上到了客房，杨姐说：“周经理今天下午还要抽查，大家一定要仔细做啊。”

李霞说：“周经理不会做房，房做得怎么样，床铺得好不好，其实她都看不出来，她就知道摸灰。”

小柳说：“对啊，我们大家今天什么也别管，把屋里的灰都擦干净就行。”

杨姐说：“有道理。周经理检查过的地方要擦，没检查过的地方也要擦，争取今天检查合格。”

杨姐分房表，说：“刘全敬，今天我也给你分几间房，这样大家的房就少点，可以做好点。”

刘全敬被派到了二楼。还好今天我的房不多，一共 13 间，还有 4 个在住。我领了布草，到了四楼，快快摆完布草，马上开始做房。我抓紧时间，床随便铺一下，窗帘也一把抓住绑起来，然后认真地擦灰。

我把昨天周经理检查过的地方都擦了一遍，画框、插座、墙裙、台灯，还有门的正面背面，上中下三个侧面，甚至合页我都擦了，抹布上全是灰。还把整个床架，包括床脚都擦了一遍。擦完桌面和抽屉，我又钻到桌子下面把四周都擦了一圈。最后自己还用手到处摸了摸看了看，才关上门。

中午我们吃饭时，大家互相说自己擦灰的地方。李霞说她还擦了沙发。我说："沙发是布的，怎么擦？"

李霞说："你找个干净抹布，打个半湿。要不然周经理一摸也会有灰。"

齐建华说她擦了小冰箱，我们都说回去也擦一下。张丽还把画框摘下来擦了背面。

李霞说："那就不用了吧。周经理还能把画摘下来？她那么矮。"

刘全敬擦了桌上的服务指南的大皮面本子。

她们听说我擦了床脚和桌子下面，也说回去再擦一下。

李霞说："看这次周经理还能摸出什么灰。"

下午杨姐来到我房间，关上门说："小冯，我又想到几个秘密地方，冰箱，茶几腿，你再擦一下。我本来想在对讲机里告诉大家，又一想，要是被前台听见，再打小报告怎么办？所以我和小沈一个个通知。"

我擦的时候，杨姐去布草车上拿了块抹布和我一起擦。

做完所有的房，我们到了客房部，杨姐说："我都检查了，今天你们的房做得很干净，我想今天一定能通过。"

等了一会儿，周经理来了。她拿了房表，要了支笔圈了房号。我们都伸头看，我看见四楼是418。

大家跟着周经理出了门，她停了一下，然后右转下楼梯，说："今天我们从二楼开始。"

到了二楼，她看看房表，说："先看刘全敬的吧。"

刘全敬开了门，周经理戴上白手套走进去，没摸门，也没进房间，而是进了卫生间，左看右看，寻找目标。我看见刘全敬做得很好，面盆很干净，水龙头发亮，镜子清清楚楚，口杯很透明。

周经理看了一会儿，蹲下身去摸马桶底座，然后看看手套，有灰，扣5分。又去摸旁边的垃圾桶，摸了一圈，也摸出了灰，扣5分。门后挂地巾的不锈钢架子也有灰，扣了5分。

她进了浴室，把花洒摘下来，让大家看淋浴喷头上面，有灰，扣5分。又蹲下来抠出地漏盖子，让我们看，上面有头发，扣5分。

她拿起旁边的地垫，在地上摊开，说：“有水垢，扣 5 分。嗯，还有，卷得也不够整齐，再扣 5 分。”

她再站起来，盯着玻璃看。玻璃干净得透明，我心想：看她怎么好意思扣分。

结果她说：“浴帘没拉到头，扣 5 分。”

刘全敬得了 60 分。

周经理说完分数，我看见小柳飞快跑走了，李霞看了看小柳，也快步走开了。

第二间是张丽，张丽表情非常紧张，刷卡开门时手都有点哆嗦。

周经理仍然在卫生间这几个地方找灰，都扣了分，但是地垫卷得很圆，也刷得很干净，周经理没扣分。她又到屋里看了看，说床铺得不够好，扣了分。张丽最后也得了 60 分。

然后去了小柳的房间。周经理在卫生间没找出灰来，连浴帘都拉到了最边上，只是地垫扣了分。周经理站在卫生间看来看去，皱着眉头想找出可以扣分的地方。小柳抓着我胳膊偷笑。

后来周经理进了卧室，又说床铺得不好，窗帘绑得不好，扣了分。小柳得了 70 分。

从小柳屋出来，周经理说：“现在去三楼。”

一堆人跟在周经理后面上楼梯。小柳小声说：“冯姐，走，去四楼！”

小柳拉着我胳膊，沿楼道快快走过去，从后楼梯跑上四楼，从布草车上一人拿一块抹布，打开 418 的门，进了卫生间赶紧擦起来。

我擦马桶全身上下，小柳擦垃圾桶一圈，然后我把花洒摘下来擦，小柳把地漏抠出来擦。

我们听到一点动静就停下来，竖耳朵听听，出门伸脑袋看看，没有人，回来继续擦。

我把浴帘也拉到最靠边，然后打开地垫，蓝色的地垫上有一层白水碱。可是要洗地垫必须放水池里，那就会溅得哪儿都是水。

我说："地垫怎么办？"

小柳说："算了，扣就扣吧，我也没洗。"于是我又仔细卷好放在墙角。

我俩关上门又跑下去，到了三楼，她们正在李霞房间。她卫生间里挺干净，也得了 70 分。

齐建华的房间干净多了，但仍然没能过关，马桶一手灰，垃圾桶一手灰，地垫也是一层白水碱，得了 55 分。

我们跟着周经理上到四楼，我打开 418 房门，周经理在卫生间这儿摸那儿摸，没摸出灰，摘下花洒，背面也没灰，只有地垫扣了 5 分。

周经理出了卫生间，在卧室里到处看，又是窗帘和铺床扣了分，我也得了 70 分。

回到客房部，周经理说："今天比昨天的确进步很多，除了齐建华，别人都及格了。大家继续努力，争取王总检查过关。"

杨姐说："我一直说我相信我的服务员，她们都是最棒的。"

回更衣室的路上，我们说说笑笑，为今天检查通过高兴。

进了更衣室，张丽坐在沙发上哭了。

我说："你怎么了？"

张丽哭着说："我都当了五年客房服务员了，你们才刚来几天，都比我做得好，比我分还高。我怎么这么笨呢？我太丢人了。"

李霞说："分多也不多给钱，分少又不扣钱，有什么关系呢。"

我说："你做房比我们干净多了。周经理她是瞎打分，不是真实水平。"

齐建华说："别哭了，要哭也应该我哭。你们都及格了，只有我没及格。"

张丽还是哭，我去找了手纸递给她。

17

早上在客房，大家商量今天应该收拾哪些地方。

杨姐说："昨天地垫都没过关，今天我们的计划卫生就刷地垫吧。"

齐建华说："周经理每天检查的地方都不一样，昨天检查了地垫，今天肯定不检查地垫。"

杨姐说："不检查也要刷。大家一定要提高认识，我们工作不是为了领导检查，是为了提高卫生质量，更好地为客人服务。再说过几天王总还要检查呢。"

李霞说："大家想想，除了昨天周经理检查的地方，还有什么地方可擦呢？"

大家想到了冰箱里面，台灯灯泡……有人说到垃圾桶底儿，大家都笑起来。

小柳说："我老觉得房间的纱帘太脏了，都快成黑纱帘了。这个有没有关系？"

杨姐说："有关系啊。小沈，你今天拆纱帘吧，下午让收布草的拉走洗一下，明天就可以装上。王总检查时就不会受影响。"

小沈说："好的。不过拆帘子很麻烦，还要搬梯子，一百多间房呢，我一个人拆不完，要不我找个礼宾帮忙？"

杨姐："不要他们帮，咱们自己的事自己干，不求人。今天正好房不多，你看让谁帮你，我就不给她分房了。"

小沈说："那就李霞吧。"

李霞说："好啊。"

今天我有14间房，只有3个在住，有11个脏房。刘全敬也分了房，不能帮我了，所以我要尽量快点做。一间，两间，三间……我进进出出，一路小跑，忙得满头大汗。

我正在铺床，小沈和李霞搬着木梯子进来。

小沈说："冯姐，让一让。"

我让开窗户那儿，小沈把梯子放好，踩上去，把白纱窗帘的扣一个个解开，扔地上，李霞抱出去，放布草筐里。

李霞说："马上拆完就没事儿喽。今天好轻松，不用做房，也不用检查。"

小沈说："那你怎么谢谢我呢？"

李霞说："下班请你吃麻辣烫。"

小沈从沙发上下来，搬上梯子和李霞一起走了。她俩在楼道里哼着歌："伤不起呀，伤不起，想你想你想你想你……"听得我心里生气。

下午我又努力做房。一次我撤了床单，从布草车上拿了干净的布草往回走的时候，觉得浑身酸痛，好想坐下休息一下。可是看看表，已经快三点了，我还有三间脏房没做。只好继续做。

杨姐呼叫："呼叫小沈，我去查二楼，你查一下四楼。"

小沈回答说："收到。"

我正在擦玻璃，小沈呼叫："冯姐，来一下401。"

我走过去，她说："你地垫没刷干净啊，马桶底座也不行。你再重新做一下吧。"

我对自己说："还要忍啊。"

我拿了清洁筐和抹布，过来擦马桶、刷地垫，刷完后洗脸池又脏了，台子上也都是水，我又收拾了半天。

我跑回来继续擦玻璃，李霞呼我："冯姐，到420来一下。"

我跑过去，李霞站在门里，说："地垫我看了，不干净，重刷。窗帘没绑好。床头柜还有灰。你补一下吧。一会儿我再检查。"

我说："怎么你也查房？不是小沈查房吗？"

李霞说："小沈上厕所了，让我帮她查一下，反正纱窗卸完了，我也没什么事儿。"

我忍着气，又刷了地垫，重新收拾洗脸池。又重新绑了窗帘，擦了床头柜。

我正蹲在卫生间擦地，小沈呼我："冯姐，再来 401 一下。"

401 明明我重新做过了！我摁住按钮，很想说："小沈，你不要太过分了！"但是停了一下，没说话，松开按钮，继续擦地。

小沈又呼："冯姐，来 401 一下！"

我没回答。

小沈走到我门口，生气地叫："冯姐，我叫你到 401 一下，你没听见吗？"

我说："我——不——去！"

她说："你 401 地垫没刷干净，再去刷一下。"

我说："我已经刷了两遍了！"

她说："可是你没刷干净，就得再刷！"

这时对讲机里李霞又拖长声叫："冯姐，到 415 来一下！"

这次我摁着讲话的按钮大声说："不去！"我继续擦地，气得拿抹布的手都哆嗦。

小沈声音软下来说："冯姐，我不是针对你，你真的没刷干净。要不你过来我指给你看。"

我说："不去！"

小沈走了。一会儿拿着一个地垫过来，在洗脸池上摊开，用手指着说："你看，你这上面还有好多白水碱。"

我瞟了一眼，蓝色的地垫上的确有几个白点。

她说："我给你做个示范啊。"

她把地垫摊开放水池里，把水龙头拧到热水位置，流出冒热气的水，淹过垫子。等了一会儿，把垫子拿出来，在池子边摊开，拿刷子从左到右刷了一遍，然后再放水龙头下面冲干净，甩甩水，让我看，地垫蓝得透明。

她说："你看我刷的是不是比你的干净多了？地垫都要刷成这样才行。你自己检查一下吧。"

小沈走了，我拖着酸痛的脚，慢慢走到做过的各屋去，把地垫拿过来，一个个用热水泡，一点点刷，直到地垫变蓝，再一个个放回原来的屋里卷好。

刷子带一个弯把，我刷的时候老磨手，刷了几个地垫，拿刷子的右手磨掉了一片皮，火辣辣地疼。我眼泪流了出来。

李霞走到我门口叫："冯姐，叫你几遍了，你怎么还不过来！"

我冲她大喊："你滚开！"

她说："你神经病啊？"

我说："滚！"

她说："爱来不来，一会儿周经理检查过不了关看你怎么办！"

这次检查，周经理又从四楼开始，她进了门，没去卫生间，直接进了屋里。

周经理在屋里转了几圈，最后摸了液晶电视背后、窗框、台灯罩、便签夹、电水壶托盘，最后还打开电水壶盖看了看里面。

周经理刚摸完，我看见齐建华和吕月红走开了。小柳倒没走。

最后我得了65分。

周经理看着房表说："下一个是三楼齐建华的房间。"

她们下楼时，小柳拉着我从后楼梯跑下去，去她的房间擦灰。

我们擦完那几个地方出来，周经理正在给齐建华打分，打了70分。齐建华笑了。

小柳也得了 70 分，张丽和刘全敬都是 65 分。

周经理笑着说：“今天做得不错，好多地方都摸不出灰来了，看出来是下过功夫的。”

杨姐也露出了笑容，拍着小柳说：“我就知道我的服务员是最好的。”

周经理说：“我看屋里都可以了，就是窗户有点脏，明天你们把窗户擦一下，王总检查应该就没问题了。”

杨姐说：“好的，明天我安排她们擦窗户。”

18

早上，杨姐说：“刚才周经理告诉我，王总今天下了班过来抽查。我们就剩窗户了，大家再坚持一下吧。玻璃和窗框都要擦，而且要擦干净，争取检查合格。”

李霞说：“杨姐你别给我分房啊，我今天还要和小沈装纱窗呢。一百多间房的纱窗呢。”

杨姐说：“好的，那你就和小沈再辛苦一天吧。”

今天刘全敬在三楼，我一个人在四楼。今天房很多，15 间房，有 12 个是脏房。

窗户有左中右三扇，中间一扇是死的，两边的能向外打开，但是上面还有一扇纱窗。

我把纱窗卸下来，把窗户都关上，先擦朝里的这面。我用滚子打湿过一遍，再用刮子刮一遍。然后打开一扇窗户，踩沙发上去，一只脚踩在窗台外面，伸出手擦窗户外面的玻璃。

擦完玻璃，我把纱窗擦了擦装上，然后擦窗框。窗台上都是脚印，最后我把窗台也擦了擦。昨天刷地垫磨破的手沾了水火辣辣地疼，我只好忍着。

下一间我努力加快，擦窗户只用了 16 分钟，但是卫生间太脏，尤其是浴室玻璃墙上好几片黏糊糊的黄痰。我一边骂客人，一边用手纸沾湿了擦，费了好半天才擦干净。

时间不够了，必须加快点，要不然下班也做不完啊。我着急地想。可是有什么地方可以省呢？我想了想，王总下了班才过来，那就是晚上了。那么窗户玻璃干净不干净，她应该也看不清。

我下了决心，窗户我就快点擦，也不滚了，也不刮了，就拿两个抹布换着擦一遍。这次只用了十分钟。我很高兴。

我吸地毯的时候，线绕在一起拉不动了，我使劲拉了一下，吸尘器不响了。去看插座，没掉下来，我把开关关了再开，还是不响。

“你干吗今天坏！”我大叫。

只有我一人在四楼，也没人可以借。我呼叫杨姐，说我吸尘器坏了，杨姐没回答。我只好呼叫小沈，小沈也没有回答。最后我呼叫前台，请王师傅报修，还是没人回答。

我看看表，十二点都过十分钟了，只好收了车，先下楼吃饭。

到了食堂，她们都已经在吃饭了。我看见她们在吃包子，可是我来晚了，桌上只有米饭、粥和咸菜了。

我走过去坐下，张丽给我一个包子，齐建华给我一个。

说完谢谢，我说：“我刚才吸尘器坏了，呼叫杨姐，呼叫小沈，还呼叫前台，没一个人理我。今天有什么事吗？她们都怎么了？”

刘全敬说：“我刚才还在大厅拖地，没什么事啊。”

张丽说：“是不是你耳机坏了？我昨天耳机坏了，一天都没听到声音。”

我说：“是吗？我回去呼叫你们试试。”

吃完饭回去，路过大厅，我跟前台说了一下吸尘器坏了的事，她们说马上报修。

我回屋后试了试，戴着耳机说：“呼叫刘全敬和张丽，收到请回答。”

没人回答。我把耳机拔了，直接对着对讲机说话，她们马上就回了：“收到。”“收到。”

看来是耳机坏了，我把它放布草车上，不用它了。

这次我呼叫杨姐，杨姐很快回答说：“你先做房吧，我去找个吸尘器，一会儿给你送过去。”

我说：“谢谢杨姐。”

小沈与李霞来装纱帘，两个人还是说说笑笑，不理我，就跟没看见我似的。我也不理她们，做我的房。

杨姐拎着一个吸尘器进来，说：“累死我了，坐下喘口气。我问了周经理，周经理说集团办公室有，她本来让你去拿，我想着你今天房多，晚上王总还要检查，我就自己跑到集团办公室，上四楼，下四楼，一路拎过来，又拎上四楼。真是累死我了。”

我说：“谢谢杨姐。”

她说：“咱们都是姐妹，别客气。为了让你们过关，我再苦再累也心甘情愿。”

杨姐查房的时候，呼叫好多次，让人去返工，尤其是玻璃。

小沈到了四楼，拿着本子从我门口走过。我听见她开门关门，可是一次也没呼叫我。

最后杨姐请周经理来检查，周经理又拿了本子，圈了房间，一个人一个人查。这次大家都累了，都跟在周经理后面走，没有人跑回去补做。不过房间都很干净，周经理也没戴白手套，进去随便看看，都给了及格。齐建华最低，也得了70分。

回到客房部，大家歪七扭八地坐着，喊累。杨姐说：“你们赶紧下班吧。我在这里等着王总就行了。”

大家说：“谢谢杨姐。”

19

早上到宾馆后，杨姐高兴地说：“昨天你们走后，王总过来抽查，我和周经理、王经理、张子然陪着，每层都查了三间房。王总也戴了白手套，到处摸到处看，都干干净净的。王总很满意，说：‘这批客房服务员还是挺好的嘛。行，她们到时候都可以转正。’”

大家说：“太好了。”“终于过关了，不用那么累了。”

杨姐说：“不过张子然这次可下不来台了。她一直板着个脸。我看她这下还有什么话说。想黑我，没那么容易！我就知道我的员工是好样的，我不会被她打败的！我也对得起你们，我跟周经理说了，我这些员工这么好，这月房提可不能少一分钱啊。周经理答应了。”

大家说：“谢谢杨姐。”“杨姐真好！”

杨姐说：“我知道这几天你们辛苦了。今天中午吃完饭后你们来客房部，我请你们吃好的，犒劳犒劳你们。”

分完房，拿了对讲机和房卡，在上班的本子上签字的时候，我说：“杨姐，我对讲机耳机坏了。有没有备用的？”

杨姐说：“没有。周经理一个也没多买。吕月红和张丽的也都坏了，我跟周经理说了，她说那就先别用耳机了，说话声音小一点就行了。”

我还是一个人在四楼。今天 13 间房，3 个在住，10 个脏房。

因为这几天应付检查，房间都做得很干净，而且今天没有计划卫生，做起来轻松多了。

楼道里响起高跟鞋声，会计走过我门口，上楼梯去宿舍了。一会儿又回来，到我门口停下来，那位年轻的女会计进来跟我说：“哦，你是上个月最后一天来的吧，我这儿有你一天的工资。你有空吗？跟我来领一下吧。”

我跟着她，走到财务室，进了门，走过水池和洗衣机，她打开那个写着“财务重地，非请勿进”的防盗门，我跟着她进去。进了屋，中间有一张大桌子，中年女会计坐在后面写东西，旁边一排铁文件柜。

年轻会计说：“你上个月最后一天来的，所以这次你就只有一天的工资，给你现金吧。你记得去办个银行卡，告诉我卡号，以后工资就打到你卡里。”

她从抽屉里拿出本子，让我签了字，又从另一个抽屉里拿出钱，数了数，给我。

我拿着钱出来，走到布草车旁边，又数了数，一张 20 元的，两张 10 元的，一共 40 元，是我第一天的工资。

中午吃饭时，我说：“上午会计叫我去领了工资，虽然只有一天的，才 40 元，我也很高兴。”

李霞说：“发工资了？我得赶紧去查查，看扣没扣我房提。”

张丽说：“我没带卡，你去查查告诉我。”

李霞先走了。我们回去路过大厅，她正从取款机上取卡。

张丽问：“怎么样？扣了吗？”

李霞说：“只有 1400，房提一分没给，全扣了。走，找周经理去！”

小沈说：“最好你俩一起去，好说话。”

张丽说：“我还不知道我的扣没扣，我先不去了。”

李霞说：“那我一个人去。”

李霞上楼去了。我们到了客房部，小柳和杨姐还在吃饭。杨姐给小沈一百块钱，让小沈去买好吃的。小沈叫上吕月红一起去了，一会儿拎了几个口袋回来，杨姐接过来，热情地说：“大家快来吃啊，别客气啊。”

她们就打开来挑，我也过去，里面有薯片、饼干、糖果、橘子、雪糕，每个人都拿了几个，坐下吃。

杨姐问："怎么没看见李霞呢？"

吕月红说："她刚才查了卡，说上月房提全扣了，她去找周经理了。"

杨姐说："谁让她们那帮服务员那么差，王总肯定要扣的，要是我也会扣的。我们现在这个质量，周经理就不会扣，要扣我也会为你们据理力争的。以前的事我可管不了。"

我们吃着，又听杨姐讲完"姐妹一心，其利断金""团结就是力量""行动胜于雄辩"的道理，回去继续做房。

我从房间出来拿布草的时候，看见李霞从楼道那边走过来，我问她："怎么样？"

她板着脸，没理我，走过去上了楼梯。我对着她的背影撇撇嘴，回屋继续铺床。一会儿又听见李霞的脚步从我门口走过去，下了楼。

杨姐在对讲机里呼叫："张丽，你把李霞的房311、312、315做了，齐建华，你把320、322、325做了，小柳，你做326、327……"

下午杨姐和小沈也没有查房。

我们做完房到了客房部，杨姐说："李霞可真不像话，说不干就不干了，拿东西就走了。不是我说她，她们那一拨人真不如你们，有点事不如意说不干就不干，跟前一个主管一样自私自利，不顾全大局，一点责任心都没有。不过她走了也好，谁都愿意要有责任心的员工。只是这几天你们还要再辛苦辛苦，先不要休息，等周经理招了新人再休息。"

我们回到更衣室，大家挤着坐在沙发上。我说："李霞这人虽然讨厌，倒是挺干脆的。"

齐建华说："我也不喜欢她，她说话太难听，走了更好。"

小柳说："我喜欢霞姐，她走了就不热闹了。"

小沈和张丽都没说话。

20

早上到了客房部，杨姐说：“李霞走了，大家只好多分几间房了。李霞真是不像话，即使要走，也应该招到新人再走，现在可好，她的十几间房，都得由你们来做。你们本来就够累的了，这不是雪上加霜吗？”

我分到16间房，12个脏房，4个在住。四楼还有4间，分给了小柳。她今天跨楼层，要做三楼和四楼。

我摆布草车的时候，周经理上来向我要吸尘器，说办公室那边要用。

我说：“可是我的吸尘器还没修呢。”

周经理亲自打电话给王师傅，王师傅勉强答应今天来修。

摆完布草，我开始做房。王师傅来了，问：“吸尘器呢？”

我去小黑屋把坏的吸尘器拎过来，跟他说我是使劲拽线拽坏的。他没说话，从工具袋里拿出工具开始修，我回屋去铺床。

我见王师傅开始收拾东西，出来看一下，吸尘器换了一根新线，原来的电线有七八米长，新换的电线只有两三米。

我说：“王师傅，线是不是短了点？都不够吸一个屋子的。”

他没理我，收拾好东西站起来就走了。

我很生气，也没办法。我在屋里墙上找插座，找到两个，吸地够不着的时候可以换插座。但是太麻烦了，房多了太费时间。我想出一个办法，拿出对讲机说：“呼叫小沈，请问客房部有没有线长点的插线板？我的吸尘器线太短。”

小沈说：“有，你自己来拿。”

我就下楼去拿。杨姐和小沈正在讨论电脑上哪件衣服更好看。

小沈说："您皮肤白，还是紫色这件更适合。"

杨姐也问我："小冯，你来看看，你说我买哪个好？"

我看了一下，一个购物网站的各种碎花衬衫。我急着拿了东西回去做房，就说："都好。"

小沈打开柜子，里面也有好多东西，插线板，热水袋，创可贴……她给我一个绕了好多圈线的插线板，上面写着五米长，我拿了上楼。

路过小柳门口，我听见屋里有男人的说话声。现在是上午，她做的是脏房，客人不会在屋里，会是什么人呢？

我往里看了看，看见王师傅站在卫生间门口，一脸的笑容。小柳蹲在里面擦地。

十二点我去叫小柳一起下去吃午饭，王师傅已经走了。我们一起下楼梯时，我问小柳："刚才王师傅去你屋干吗呢？"

小柳说："我今天有个房间报修，他正好在，上来修东西。老听你们说王师傅冷淡，我觉得他人挺好的呀，不像你们说得那样啊。"

我说："你们是不是老乡？"

小柳说："我问过，他是你们河北人，不是我老乡。"

我说："那可真奇怪。"

小柳说："可能就是谈得来吧。王师傅还跟我说了宾馆的好多事呢。"

到食堂盛了饭，大家坐下吃，小沈说："李霞今天去找工作了。"

张丽说："不知道李霞能找到什么工作。"

吕月红说："现在工作难找，我们又没文化，找不到什么好工作的。"

我问："李霞真的不来了吗？"

小沈说："我跟王经理正跟王总说情，争取不要扣她的房提，让她回来。这次宾馆真的有点过分。李霞有两个孩子，为了挣钱，她都没回去过年。过年那几天，就她一个服务员在这里值班，不仅不能回家，还得做房。那时候还说好给她双份工资，结果现在连房提都不给。"

齐建华说："王总任意克扣工人工资，这可是违法的。"

吕月红说："齐姐，你小点声，这里这么多人，别让人听见了。"

吃完饭回来路过大厅，前台领班张子然叫住我，说："冯丽丽，你过来一下。"

我走到前台，张子然拿出一摞纸说："试用期一个月，你马上就够了，该转正了。这几张表你去填一下，让小沈和杨主管签个字，写一下意见，交给我。这一张是《转正申请书》，要写八百字，写好也给我。"

下午三点，杨姐对讲机里问："大家房还多吗？谁需要帮忙说一下，我和小沈马上去。"

大家都报了，有人两间，有人三间，我也报了，我还有四间脏房。

一会儿杨姐上来了，说："小冯，我来帮你了。"

我说："谢谢。"

她帮我倒了垃圾，撤了四间屋的床单，过来坐下说："我太累了，休息一下再去帮她们。"

她坐了一会儿，说："小冯，李霞走了，你觉得怎么样？"

我说："就是我们的房多了点。"

她说："那没事儿，周经理让我招人，我马上就能招到人。我以前宾馆的好多服务员都想过来呢。以前宾馆光管住不管吃，咱们这里又管住又管吃，多好啊。而且李霞这人事儿多，她走了也好，咱们就清静多了。我们姐妹几个更合得来。我今天还想，前几天为了迎接王总检查，你们也累坏了，过几天我还请你们吃饭，慰劳慰劳。"

我一边做房一边说："谢谢杨姐。"

杨姐说："小冯，你说心里话，对我有什么意见没有？我作为你们的领导，你觉得还有什么可以提升的地方？"

我说："没有，您对我们挺好的。"

杨姐说："我对你们可是真心真意的，你们对我也是真心吗？"

我很别扭地说："是。"

21

早上到了更衣室，刘全敬换完了衣服，坐在沙发上，说她这几天来月经了，腰疼得很。昨天还分了10间房，她又做保洁又做房，累坏了。

她说：“唉，我总是最倒霉的。”

小沈说：“你们准备好今天累死吧。我刚才进来的时候，前台跟我说今天房很多，说不定你们一人得20间。”

小柳说：“啊？这么多！”

小沈说：“李霞要在，你们就不用分这么多房了。”

齐建华说：“她那么刺儿头，不来也好。”

小沈转过脸说：“你们呢？愿意她回来吗？”

小柳说：“愿意啊。”

我也说：“我也愿意李霞回来。她敢说话。”

门外有人说：“是谁说愿意让我回来啊？”说着李霞进来了，穿着紧身的新衣服，拎着小包。

齐建华立刻抱住她说：“李霞你总算来了，你不知道我多想你啊！”

李霞说：“要不是想着你们还不错，我才不回来呢。”

我们一起到了客房部，吕月红在吃馒头，杨姐在分房。

杨姐看见李霞，愣了一下，马上满脸笑容地说：“我就知道你会回来的，欢迎你回到我们这个温馨的大家庭啊。馒头我刚热好了，你们去吃吧。记得吃咸菜。”

李霞和别人一起拿了馒头坐下吃。

吕月红说："李霞，你怎么又回来了？还是舍不得我们吧？"

李霞说："我本来一点也不想回这个破地儿，可是王经理给我打电话，说王总说了，下月一定给我把房提都补上。王总都这么说了，我总不能不给王总面子吧，所以只好回来跟你们继续一起受罪了。"

杨姐低头分房，没有说话。

小沈说："李霞，时间不早了，别说了，你赶紧去吃馒头吧。"

杨姐分完房，李霞拿到房表，说："杨姐，你怎么又把我分到二楼了？我不是告诉过你我一直在三楼吗？"

杨姐说："今天房多，小柳还要上四楼，二楼就少一个人。"

李霞说："那让刘全敬去二楼呗，反正她也没固定的楼层。"

杨姐说："刘全敬是保洁，今天既然你来了，我就没给她分房。"

齐建华也说："杨姐，我是二楼三楼跨楼层，能不能全给我三楼的？今天房多，跨楼层太费时间了。"

杨姐说："我这么分，自然有我的道理。别说了，时间不早了，你们赶紧去做房吧。"

李霞说："不行，杨姐，你还是给我重新分一下，要不让小柳还在二楼，给刘全敬四楼分几间。"

杨姐说："什么都听你的吗？你愿意别人还不愿意呢。"

小柳说："杨姐，我在几楼都行。"

杨姐只好拿起房表，重新改了一下，又给了她们。刘全敬也分了一张房表，在四楼。

李霞说："我说嘛，我本来就在三楼。"

齐建华拿起房表给杨姐说："杨姐，你给我也调调吧，我不想跨楼层。"

杨姐说："调不了，刚才就乱了，再调就更乱了。你们赶紧去领布草吧。"

齐建华小声嘀咕说："李霞能调，我就调不了。"

我想起我口袋里还装着转正表，拿出来，说："杨姐，这是张子然给我的转正表，让小沈和您写一下意见，签字交给她。”

杨姐看都没看，接过来放在桌子边上，说：“我知道了。你们先去做房吧。”

我说：“张子然让今天就交，您记得签字啊。”

杨姐说：“我知道。你们赶紧做房去，都几点了。”

今天我分到12间，其中有5个在住，我很高兴。

对讲机里李霞说：“杨姐，你又分错了，316我的房表上有，齐建华房表上也有。到底谁做？我可不做。我今天房够多的了。”

杨姐说：“那就齐建华做吧。”

齐建华说：“我房也很多啊，我也不做。”

杨姐说：“别说了，让你做你就做。”

齐建华说：“可是我的房比李霞的还多两间呢。”

杨姐大声说：“我说了，让你做你就做。不要再说废话。”

一会儿李霞又说：“杨姐，我一天没来，我的清洁筐找不到了，你帮我找找吧。”

杨姐说：“你自己的东西，你自己找。”

李霞说：“我现在忙着做房，你就帮帮忙吧。找不到的话我没办法做卫生间了。”

杨姐说：“呼叫小沈，你帮李霞找一下。”

小沈说：“我正在找，两个布草间都找过了，没找到。”

李霞说：“杨姐，那怎么办？我怎么做房啊？这都几点了？要不然你再把我的房分几间给别人吧。”

杨姐问：“你们谁昨天用过李霞的布草车？”

小柳说：“我没用过。”张丽也说没用过。

杨姐问：“齐建华，你用没用过？”

齐建华说：“我用过，可是我没动她的清洁筐，我只用了她的布草车。”

杨姐说：“你自己有布草车，干吗用别人的？”

齐建华说：“我的车轮有问题，推起来老拐弯。”

杨姐说：“有问题你不会报修啊？你把清洁筐放哪儿了？”

齐建华说：“我没用，我怎么知道。”

杨姐说：“你用她布草车的时候，上面没有清洁筐吗？”

齐建华说：“有。”

杨姐说：“那你想想你放哪儿了？”

齐建华说：“好像放小黑屋了。”

杨姐说：“齐建华！你可真会没事找事儿啊。”

齐建华说：“我又不是故意的。”

一会儿李霞说：“找到了。以后谁也不许用我的布草车啊，谁用了谁就帮我做房。”

我今天做房倒是非常顺利，屋子也不脏，上午也没饿，到十二点竟然做完了全部 7 间脏房，真高兴。

前台问：“呼叫服务员，今天等着入住的客人很多，哪些脏房做完了请报告，我们就可以给客人办入住了。”

各楼层都报告了做完的脏房，我也把做出来的 7 间报告了前台。

吃完午饭上来，还不到一点，还不能做在住。可是我和刘全敬做完的脏房都报告前台了，说不定已经有客人入住了，所以我们没敢开门进屋，只好在楼道里站着。站了一会儿，刘全敬说：“冯姐，我腰疼，难受得很。”

我说：“要不你去更衣室坐一会儿吧，等两点再下来。”

刘全敬说：“我不敢去。”

我说：“没事儿，我陪你去。”

我们上去后，刘全敬靠在沙发上，脸色很难看。

一会儿楼梯响，小沈上来了，看见我俩说：“你们在这儿干吗？”

我说：“她不舒服，在这里坐一会儿。”

小沈说：“哦。”

她打开柜子，拿出化妆盒，照着小镜子补妆，补完下去了。

我和刘全敬继续坐着说话，突然听见楼下叫："冯丽丽、刘全敬，你们俩给我下来！"是杨姐的声音！

我俩吓了一跳，赶紧站起来走出去，看见杨姐站在楼梯下面，板着脸说："下来！"

她口气很冲，我很生气，没有动。但是刘全敬抬脚下了楼梯，我也只好跟着她往下走。快走到杨姐跟前的时候，杨姐伸出一只手指着我们，说："你们两个在上面干什么？为什么不去做房？"

刘全敬在楼梯上停下来，低下头不说话。我气得心咚咚跳，说："我们脏房做完了。"

杨姐说："那就做在住！"

我说："两点以后才能做，现在还不到时间。"

杨姐说："谁跟你这么说的？"

我说："我来第一天小沈就告诉我的。"

杨姐说："现在我是主管，就要按我的规矩。你俩现在就去做在住！"

刘全敬说："好的。"杨姐放下手，刘全敬抬脚继续下楼梯。

我站着没动，说："可是客人要睡午觉。"

杨姐说："别找借口，现在就去给我敲门！"

刘全敬拉我一下，我还是站着没动。

杨姐说："你听见没有？现在就去给我敲门！"

我说："要敲你去敲，我们不想让客人骂。"

杨姐说："你们不服从我的管理是不是？别想趁我看不见就偷懒！别以为我是新来的，就好欺负！你们给我在楼道里站着，不许再回更衣室！"

她说完下楼走了。刘全敬拉我走下楼梯，回到布草车旁站着。

楼道空空，我和刘全敬并排站着。听着杨姐的脚步声完全消失了，刘全敬说："冯姐，你刚才不应该顶撞杨姐。"

我说："我也是忍不住了。杨姐说话太难听了，像主人训丫头似的。我们又不是丫头。"

刘全敬说："唉，我就是倒霉，就上去这一次还让杨姐逮住了。"

对讲机响起来，杨姐说："各位服务员注意，中午也是工作时间，不可以擅自休息。如果上午脏房做完，做在住还不到时间，必须在楼道里等。如果有客人出来，可以问他是否能打扫了。如果没有，就一直站着。我发现有些人工作态度有很大问题，不仅偷懒，还不服从管理。不要以为你有什么了不起，我会让你知道现在到底谁是主管。我告诉你，我随时可以开除你。"

我听着又很生气，说："这个杨姐，怎么这么讨厌！"

刘全敬说："你看吧，她还会给咱俩小鞋穿的。"

我说："她要给我穿小鞋，我就不干了。大不了再找个工作。"

刘全敬说："这事我见得多了，到哪里工作都一样，杨姐这人不算坏，比杨姐坏的头儿有的是，我遇到过好多。没办法，我们出来干活，就得能忍。"

我说："我们凭劳动挣钱，又没有卖身给他们，干吗要受气？"

刘全敬说："可是你马上就要转正了，工资也涨，还有房提，多好啊。你要是不忍，她不给你签字，你就转不了正。穿两天小鞋没关系，她就是面子下不去，只要你这两天听话，她气消了也就没事儿。一个月多好几百块钱呢。"

对我来说，走掉是很容易的，我明天就可以不来了。但是为什么她们能忍，而且忍了那么多次，为什么我就这么娇气，为什么不能忍一次？

我说："好吧。我忍一忍。"

下午三点多，对讲机里杨姐说："小沈，你去查二三楼，我查四楼。有些人态度很差，我要查得仔细点，不能让她钻空子。"

小沈说："好的。"

我正在给在住客人倒垃圾，听了这话气得心又咚咚跳，站在那儿直喘气。但是想起刚才和刘全敬说的话，我对自己说：我能忍。

过了一会儿，杨姐呼叫我，也不叫“小冯”了，叫我的全名：“冯丽丽，到 403 来一下。”

我去了以后，杨姐板着个脸，说：“地垫不干净。地毯不干净。窗帘不行。马上重新做。”

我心一直跳，但我什么也没说，走过去重新刷地垫、吸地毯、绑窗帘。

看我做完，杨姐说：“下次注意。”

我回屋收拾，杨姐又呼叫我，还是板着脸说这儿不行那儿不行，我也不说话，当着她面再做一遍。

杨姐呼叫我去第三间房，我还是没说话，照做。后来她没再呼叫我。我松了口气，心想，也许小鞋就穿完了，这事儿就算过去了吧？

退布草的时候，她们都问我怎么了，杨姐特意要去查四楼，还说那些话。我告诉她们经过，李霞咯咯地笑着说：“你胆子好大，这下可摸了老虎屁股了，等着瞧吧，杨姐一定会整死你的，看你怎么办！”

小柳说：“没事儿，冯姐，我知道杨姐那个人，只要你去跟她道个歉，说点好听的，很快就过去了。”

我说：“我又没错，我才不去。她有本事就整死我。”

吕月红说：“冯姐，那你这几天可要忍忍啊，不管杨姐说什么做什么，千万不敢再顶嘴了。”

张丽说：“冯姐，吕月红说得对。”

吕月红说：“一会儿到客房部，谁也不要提这件事，就当不知道。要不杨姐更生气。”

大家说：“好的。”

下班后去客房部，杨姐让大家面对她站好，严厉地说：“从我来到宾馆，一直对你们很好，但是你们不要以为我好欺负。告诉你们，我这人赏罚分明。对我好的，听话的，我会尽全力对你好。但是有别的心眼儿的，别想糊弄我，我会以牙还牙。我知道有些人自以为有靠山不服我，不管你的靠山是谁，我都不怕。现在是讲能力的社会，有能力的人才能长久。有些人之所以在客房部站不住脚，就是因为能力不够，否则宾馆就不会请我来了。我还知道有些人在背后说我坏话，有些人想捣乱，有些人趁我看不见就偷懒。你们别以为我是傻子，我什么都知道，我只想说一句话：请你们好自为之。我丑话说到前头，在我手下干，必须听话，不听话的人，转正表我不会给她签字，让她永远转不了正。到底应该怎么做，你们自己看着办。”

我的心又咚咚跳，我努力忍着，眼睛看着墙。

22

第二天早上到了客房部，人齐了后，杨姐开晨会，又把昨天下班说的话说了一遍。

我拿到房表一看，有19间房！ 16个脏房，3个在住。我的心又咚咚跳，我低着头，对自己说：忍住，至少忍今天这一天。

领了布草上了四楼，摆好布草车，我一分钟也不耽误，马上开始做房。后来我饿了，出门到布草车上拿了巧克力派，塞到嘴里，嚼着派，继续进屋收拾。

下楼吃饭的时候腿都软了，但是心里很高兴：我破了纪录，一上午做了7间半。

吃饭的时候她们都问我，李霞说："我们都才十二三间，就给了你19间。这明摆着想累死你。要是我就不干了。我这人可受不了这种气。"

小沈说："是啊，杨姐这样做真的不太好，我建议冯姐跟杨姐谈谈。"

吕月红说："杨姐平时挺好的，不知道为什么这次生这么大气。"

齐建华说："她好什么好，我都挨她多少次骂了？"

小沈说："我也觉得杨姐的脾气不太好。"

我什么也没说，快快地吃完饭上来继续做。过一会儿刘全敬来了，说："给我房卡，我去做卫生间。我关上门做，省得杨姐来了看见。"

我说："好的，谢谢你啊。"

她说："别谢我，都是我连累的你。"

我说："没有，都是杨姐太差劲了。"

她拿了清洁筐出去，开了一个房门，把门关上。一会儿她从房里出来，又开了一间房门，又关上门。后来她过来说："我做了三个卫生间。我先下去做会儿保洁，一会儿有空我再来。"

两点多杨姐上四楼来查房，呼叫我过去，说这儿那儿不干净，要重做。我走过去，什么话也不说，当着她面重做一次。

一会儿杨姐又呼叫我到另一间，还是这儿那儿不干净，再做一次。我也不说话，过去重做。

杨姐呼叫了两间房后，下楼走了。

刘全敬上来了，跟我要了房卡去做卫生间。四点她过来说："冯姐，脏房的卫生间都做完了，一会儿你去铺床就行了。我下去了。"

我正在刘全敬做过卫生间的房间铺床，张丽来了，她小声说："冯姐，给我卡，我去铺床。你还有几间房？"

我说："没几间了，刘全敬刚才来把卫生间都做了。"

张丽拿了卡，从布草车上抱了一堆布草走了。

四点半，我就做完了所有的房。我浑身酸痛，胳膊抬不起来了，但是心里很高兴。我马上呼叫吕月红来数布草，吕月红答应了。

杨姐在对讲机里说："冯丽丽，你做完房了？"

我说："做完了。"

她停了一会儿，说："刘全敬今天忙，要擦大厅的玻璃，不能打扫楼道。那你就收车后把所有的楼道地毯吸一下吧。"

我真后悔说做完了，可是没办法，我只好从小黑屋拎出吸尘器去吸楼道。吸尘器新换的电线很短，四楼长长的楼道里只有四个插座，我只好吸一段儿，开一个房门，插到屋里的插座上，再吸一段儿，再换个房间。

我到二楼的时候，跟张丽借了吸尘器，让她先用我的。她的吸尘器线很长，二楼三楼很快就吸完了。我跟张丽换回来吸尘器，拎着上四楼，累得浑身出汗，上楼都喘气。

杨姐呼叫我：“冯丽丽，楼道吸完了吗？”

我说：“吸完了。”

她说：“那你把楼道两边的墙裙擦一遍，包括踢脚线，三层楼都要擦啊。一会儿我去检查。”

我在心里咒骂了一句，去布草车上拿了两个抹布，从四楼开始，低着头弯着腰，沿着墙一边走一边擦。

我擦完墙裙，又蹲下擦踢脚线。她们从楼下走上来，走过楼道，去宿舍。

李霞说：“冯姐，没发现啊，你还真能干。今天做了19间房，还干了这么多活。”

我没理她。小柳说：“冯姐，别那么认真，凑合凑合就行了。”

我说：“不行，杨姐说要来检查的。要是不合格，我还得返工。”

她们走过去了，我继续擦，擦完四楼去三楼。抹布脏了就去洗。我擦二楼的时候，听见她们说说笑笑下楼回家。

擦完后我呼叫杨姐，说：“我擦完了，来检查吧。”

杨姐说：“好，不用检查了。不早了，你也下班吧。”

23

今天拿到房表，我分了18间，仍然全部是四楼。我看了旁边的小柳的房表，她才13间。刘全敬也分了8间，在二楼。

我领了布草，摆好布草车，问了前台房态，知道房表上现在只有5间脏房，3个在住，其余10间都是“预离”。

我很担心这些预离到下午才退，万一杨姐要我必须做完，刘全敬又不能帮我，我就只好做到晚上了。但是也没办法，只好先做这5间，争取早点做完。这样万一预离上午退出来，我上午可以再多做一两间。

昨天太累了，今天还没缓过来，我做得很慢。

我正做房，听见客人叫：“服务员，服务员！”

我赶紧出去，一个中年男人正站在楼道里，用南方口音跟我说了一通话。

我一开始没听懂，问了几遍，才知道他要晾衣架。

我呼叫吕月红：“我要去三楼布草间拿东西，帮我开一下门。”

吕月红说：“门开着呢，来吧。”

我跑着下楼去，吕月红从架子上找了三个衣架给我，我拿了跑上楼。

客人接过来，又说了一通，我还是没听懂，又问了问，最后明白了，他还要裤架。我问了吕月红，还真有，我又跑下去拿了三个裤架上来。

客人接过去就关上门，连个谢谢也没说。我也不计较了，赶紧回屋去继续做房。

一会儿客人又叫：“服务员！服务员！”

我跑过去，这次他拿着网线向我比画，我听懂了，是网线太短了，他要一根长一点的。

我又跑下去，吕月红给我找了根最长的，一米多。上来给他，他说不行，还是不够长。

我呼叫别人，张丽说三楼有一间房的网线很长，两米多。我跑下去，张丽给了我，我跑上来给客人，客人接过来又关了门。

一会儿又听见客人叫："服务员！服务员！"

我走过去，他坐在屋里，指着电热水壶，说煮出的水有味儿，让我去帮他买两瓶矿泉水。

我接过客人的10元钱，跑到一层咖啡馆买了两瓶水，找了我2元钱。我上来给了他水和钱，他又关了门。还是没说谢谢。

下午一点半，前台让我问一下预离什么时候退房，让我提醒客人，超过两点要加收半天房费。

我敲了第一个门，客人说："今天不退了，我们有10间房，全部续住。"

我很高兴，拿出对讲机说："呼叫前台，四楼10个预离全改在住。"

前台说："收到。"

我这下子轻松了，不着急了，慢慢做在住。

刘全敬上来，问我还有几间房。我说："你不用帮我了。10个预离全改在住，我一个人做就行了。"

她说："冯姐你运气真好，要是我，肯定10个在住全改退房。我这人可倒霉了。"

我慢慢地做完13个在住，也才三点半。

今天我没有呼叫吕月红收布草，也没有去倒垃圾、收车，我就在四楼楼道站着，打算等她们全做完了我再下去。

小沈去宿舍补妆，走过我身边，问我："冯姐，你站在这儿干吗？怎么不去做房？"

我说："我做完了。"

小沈下去后，一会儿杨姐呼叫我：“冯丽丽，刘全敬今天忙，你做完房后把各楼层过道的窗户玻璃擦一下。”

我说：“收到。”

我叹了口气，拿起清洁筐和几个抹布，还是从四楼开始擦。

每层楼道有两个窗户，一个在前楼梯旁边，一个在后楼梯旁边，三层楼一共有六个窗户。还好，这活儿不算太重。我正在擦三楼客房部门口的窗户时，杨姐出来了，说：“好好擦啊，一会儿我检查。”

我说：“好。”

今天我可不想再干别的活儿了，于是我慢慢地擦，仔细地擦，不时还哈口气，拿抹布修修补补。我把客房部门口的那扇窗户擦出了刘全敬的水平，远看像没装玻璃似的。

杨姐回来的时候，我还在擦，她看了看说：“你擦得还挺认真。”

她进客房部后，我才从窗户上下来，去擦二楼。我还是慢慢擦，一直擦到看见张丽和小柳推了布草筐去退布草，我才结束，回四楼倒垃圾收车。

收完车，我看看表五点了，杨姐也没再呼叫我，我决定下楼去。

我先到三楼布草间看了看，那里没有人，楼道里也没人。她们应该都去客房部了，那我也可以去了。

我进了客房部，看见只有杨姐一个人坐在电脑前。

我正想转身出去，杨姐看见了我，脸上带了笑容问：“小冯，这两天四楼房多，辛苦你了，她们都去洗澡了，你也去吧。洗完澡赶紧回家好好休息啊。”

杨姐的声音温柔得我起鸡皮疙瘩，我礼貌地说：“谢谢杨姐。”

上楼回宿舍的路上，我想：这次是不是真的过去了？

24

今天小沈休息。杨姐给我分了14间房，4个在住，10个脏房。四楼还有5间，给了刘全敬。

上午我正做房，杨姐进来了，先温柔地叫了我一声“丽丽”，然后说：“怎么样？累不累？你要是做不完可以剩下，让吕月红晚上做。”

我说：“不累，谢谢杨姐。”

她在沙发上坐下，说：“丽丽，你那个转正评价表我已经填好给张子然了。我写的是：‘该员工人品好，工作认真负责，任劳任怨。’你觉得怎么样？”

我说：“评价太高了。”

她说：“不高，这是事实。不管给你多少工作，你从不抱怨，不像有些人，什么事都抱怨。还有些人，当面不说，在别人背后说三道四。你跟她们不一样，你心直口快，有话当面说，这点跟我一样。对不对，丽丽？”

我赶紧点点头：“对，对。”

杨姐说：“我就知道丽丽是个通情达理的人。你不知道宾馆的情况多复杂，在这里当主管，压力有多大。你知道吗？原来王经理就是以前的主管。”

我说：“真的吗？谁说的？”

杨姐说：“小柳听王师傅说的。”

我说：“我怎么没听说过呢？”

杨姐说：“所以啊，你看我处境多困难。我一直以为是前台跟我过不去，现在才知道是王经理心眼儿小。他因为工作不力被撤了，宾馆又聘请了我，他心里当然不舒服，所以就处处为难我。你们哪里知道我多么不容易！我现在只能对你们要求严格，把宾馆卫生质量搞好，让王经理和王总都没话可说，我才有立足之地啊。所以我一听说有人趁我看不见就吊儿郎当，不好好做房，我的火就一下子上来了，说的话也没过脑子，有点过分。丽丽，姐姐说话重了点，你不要放在心上啊。”

我说：“我们也有错，中午不应该待在宿舍。”

杨姐说：“唉，她们都像你这样就好了。我听说有人在背后说我坏话，说你们都不喜欢我，想让我走。我很生气，很寒心。是这样吗？”

我说：“没有啊。”

杨姐说：“你不知道我听到后有多伤心，我对你们这么好，竟然得到这样的回报。”她说着拿出面巾纸来擦眼睛。

吃完午饭回来，前台一个姑娘说：“你是四楼的吧？415客人刚才出去的时候说不用打扫房间，把卫生间毛巾换一下就行。”

我说：“好的。”

我正要走，张子然叫住我，说：“冯丽丽，你那个转正申请书写好了吗？写好了交给我，我好给公司送过去。”

我说：“还没写。那个申请要怎么写？有什么要求吗？”

张子然说：“你过来，我从网上找个模板你参考一下。”

我进了前台，她打开一个电脑，上网搜了一下，找出一堆转正申请书，说：“就是这样，你看看吧，要不然你坐在这儿找一个抄一下也行。”

我看了一下说：“我知道了，我上去自己写吧。”

张子然给了我两张带宾馆抬头的信纸，我拿着上楼去了。

我打开一个房间，坐在桌子前，一会儿就写好了申请书，下去交给张子然。

她拿过去看一会儿，说：“行。我一会儿给公司交过去就没事了。你下个月工资就可以按正式的发了。”

我说："不要订合同吗？"

她说："咱们宾馆都不订。"

我要走的时候，张子然给我几张表，说："你给柳燕歌、吕月红和齐建华带过去吧。你告诉她们怎么弄。弄好了交给我。"

我上楼找到小柳和齐建华，给她们表，跟她们讲了怎么填，怎么写申请。我又到宿舍去，把转正表格给吕月红，又跟她说了一遍。

吕月红说："冯姐，我小学只上过几天，这么多年也没写过字，我都忘了怎么写字了。你帮我填好吧。"

我拿了布草车上的笔，姓名、身份证号、住址，一项一项问她。

写完她又说："冯姐，那个什么申请你也帮我写行吗？"

我说："好吧。"

她说："谢谢冯姐，你真好。"

写完申请书，我回四楼去做房。打扫在住415时，房间挺乱的，行李箱开着，桌子和地毯上都有脏东西。我本来想收拾一下，但想到前台客人留言，也许客人就是因为东西多，怕我弄乱了，才不让我打扫的。最后我只换了卫生间的面巾浴巾地巾，加了一套新牙具就出去了。

我上午做了5间脏房，下午做了5间，还挺轻松的。

下午杨姐一个人查房，没有呼叫我，也没有再给我安排活儿。

下了班，我坐张丽的电动车一起回家。我跟她说了杨姐说的话，问她："王经理真的是以前的主管吗？"

张丽说："是的。"

我说："那他为什么不当了呢？"

张丽说："我也不知道。"

25

今天房不多，四楼一共 18 间，我分到 14 间，刘全敬分了 4 间。

中午吃的是炒土豆片和小白菜。我们坐在一起，边吃边聊，她们今天的房也不多。吕月红没来，齐建华说她又去给人做饭了。李霞说她在商场看上了一件风衣，让小沈下班陪她去讲讲价。

对讲机响了，张子然说："呼叫客房部，刚刚接到投诉，415 的客人说没给他换床单被罩，地毯也没吸。客人很生气。请杨主管回复。"

415 是我的房，我一听，立刻吃不下饭了。

杨姐说："收到，我调查一下再说。"然后她说："呼叫冯丽丽，吃完饭来客房部。"

李霞笑着说："冯姐，你运气怎么这么好啊，刚被杨姐整完，又被客人投诉。我来了好几年了，都没被投诉过一次。"

我很生气，把饭盒盖上，端上就走。

刘全敬和张丽说："吃完饭再去吧。"

我说："我上去再吃。"

我端着饭盒走进大厅，看见张子然，我问她："昨天你也听见了，明明那个姑娘告诉我 415 不用打扫，只用换毛巾啊，怎么现在客人又投诉呢？"

张子然说："有些客人就是难伺候，我们见得多了。你别放在心上。"

我到了客房部，小柳和杨姐在吃饭。杨姐说："你不用着急上来，我不是让你吃完再上来吗？"

我说："我吃不下了。"

小柳说："我跟冯姐搭伴做房，冯姐可认真了，她不是那种偷懒的人。"

我说了前台说客人留言不用打扫的事，杨姐说："我就知道是前台在捣鬼，一定又是王经理想害我，没门儿！别怕，有我呢。你今天就把415好好做一下，如果客人不再提，就算了。如果谁问起来，我就找前台来跟你当面对质。"

我说："谢谢杨姐。"

杨姐说："你赶紧回去吃饭吧，多吃点，下午还要干活呢。"

我端着饭盒回到食堂，她们几个都走了，只有几个园林部的老人在水龙头那儿洗碗。我还没吃饱，又去盛了半碗米饭，到大盆那儿一看，没菜了，盆底只剩菜汤和花椒姜片。我只好夹了点咸菜在桌子边坐下吃。

一会儿人都走了，食堂就我一个人。"哗啦"一声，厨房窗户拉开了，一个妇女露出头说："你过来，我给你盛点菜。"

我端着饭盒走过去，她接过饭盒，从厨房的一个盆里舀了一大勺宫保鸡丁放到饭盒里。

我接过饭盒，谢了她，回到桌前继续吃。鸡丁很好吃。

我吃完后到水龙头那里洗碗，听见刚才为我加菜的妇女说话："王总，周经理，你俩今天怎么这么晚啊？快坐下，我把菜再热一下。"

原来她们吃的和我们不一样。

下午做415时，客人不在，我像做脏房一样打扫了一遍，换了床单，吸了地，擦了玻璃……洗发水沐浴液也全都换了新的。我看见卫生间的手纸剩得不多了，干脆换了个整卷的，还给折了个三角。看这位客人还有什么话说。

26

今天四楼有 14 间房，都给了我，刘全敬没分房。

我拿到房表一看，14 间房里有 8 个脏房，6 个在住，在住里有 415，看来那客人还没退房。我叹了口气。

上午做房时，对讲机一响，我就紧张，怕 415 那位客人又投诉。还好平安无事，前台只是通知查房之类。

中午吃着饭，杨姐又呼叫："全体服务员，吃完饭到客房部，有事通知。"

大家纷纷说："又怎么了？是不是又投诉了？"

她们都看我，我低头吃饭，心里很紧张。到了客房部，杨姐脸很难看，说："王总上午给我打电话，说她听说了，昨天一天有两起客人投诉，跟我了解一下是怎么回事。"

我们互相看看，李霞问："不就一次吗？怎么说两起？"

杨姐说："小冯那件事我跟王总解释了，王总没说什么。还有一件事，王总说了我才知道，昨天晚上一个入住的客人投诉，说被子上有头发，要求换房间。王总听说有的服务员经常偷懒，做脏房都不换床单被罩，问我有没有这回事。我保证绝对没有这样的事。王总让我注意，一定要严格管理，绝对不允许这种事再发生。我问了问，投诉的是 421，刘全敬的房。刘全敬，你怎么回事？"

刘全敬吓了一跳，结结巴巴地说："我都换过了呀！真的，我都换过了呀！”

我说：“我老跟刘全敬一起做房，她做得比我还细，她不会不换的。”

杨姐说：“那被子上的头发哪来的？王总说是一根黄色的卷发。”

我说：“是不是刘全敬铺床的时候掉的头发？”

小柳说：“刘全敬头发是黑的，不是黄的。而且大家都用网兜包住了头发，不会掉头发的。“

李霞说：“我知道有这种事：洗衣厂把不太脏的布草熨一熨，再给送回来。我干了好几年，经常遇到这种情况。因为客人也只盖一天，看不出来，但是能闻出来。干净的布草一股洗衣粉味，脏的一股跟头油一样的哈喇味。这样的被罩我就不用，直接扔脏布草筐里。”

小沈说：“对，经常有这样的脏布草冒充干净布草，你们以后都小心些。”

杨姐说：“那应该是这样。谁都有疏忽大意的时候，我相信刘全敬不会故意偷懒。肯定是王经理打小报告。王经理这人心胸太狭窄了，处处找我的茬儿，想抹黑我，没那么容易，我是绝对不会认输的。”

周经理进来了，杨姐跟她解释了头发的事儿，她说：“我知道你们不是故意的，但发生这种事对我们宾馆影响实在不好。没有办法，这次事闹大了，王总让我严格管理，奖罚分明，我只好扣刘全敬一百元工资，好给王总一个交代。希望大家以后做房仔细点，不要再让客人抓到。”

杨姐说：“或者说，不要让王经理抓到。”

我们从客房部出来，刘全敬低着头不说话。

我说：“没事吧？别太在意了。”

她说：“我总是最倒霉的，我知道。”

下午做房时，每个床单被罩枕套我都认真看看，闻闻，还真有一个被罩和一个枕套有点哈喇味，我把它们放脏布草筐了。

两点过后，我第一个做415。我敲了三遍门，没有人说话，我才开门进去。

我认真仔细地又全套做了一遍。补耗品的时候，我发现没有茶叶包了。我在布草车上找了找，也没有了。我怕客人挑错儿，就关上门，跑到耗品间去拿。

我拿了茶叶包回来，发现415门大开着，我吓了一跳，进门一看，客人正坐在沙发上抽烟。

我说："您好。我还以为我忘关门了呢。"

客人冷冷地说："你的确没关好门，我还没刷卡，门就开了。幸亏是我进来了，要是小偷进来算谁的？你这个服务员，做事怎么这么差劲！"

我很生气，努力忍住，说："对不起。"

他说："不要有下次哦，要是下次再这样，我可是不留情了哦。"

我推着布草车出来，一个人站在走廊里生气。

对讲机里前台说："呼叫客房服务员，有客人打电话说丢了一个钱包在218，里面有五千元钱。客人是23号入住，24号离开的，请问那天是哪位服务员打扫的，有没有捡到？"

过了一会儿，杨姐说："客人24号退房，今天都29号了，怎么可能过了这么久才发现丢了钱包？明明是说瞎话！"

前台说："是客人打电话来的，我有什么办法。你们找找吧，我好给客人回电话。"

杨姐说："找什么找？都这么久了，我们怎么找？我相信我的服务员，如果客人真丢在房间，她们一定会立刻交给我的，没有捡到就说明客人根本没有丢在房间。"

前台说："客人说他记得很清楚，就放在枕头下面了，一定被服务员拿走了。他说要是不给他钱包，他就要投诉，还要把我们宾馆上网曝光。"

杨姐说："让他投诉去，让他曝光去！五千元钱放在钱包里，还放在枕头下面，他也不嫌硌得慌！他记得那么清楚，记性那么好，为什么不早点想起来，都五天了才想起来？这五天他不用钱包吗？不买东西吗？明明就是不知道丢在哪儿了，想碰碰运气就瞎说一气。"

前台说："要不你告诉我24号是谁打扫的218，我自己去问。"

杨姐说："她们是我的服务员，要问也是我来问。"

前台说："那我怎么跟客人回话？"

杨姐说："你就说问了没捡到。"

前台说："可是我还没问啊。要不你来回电话？"

杨姐说："客人又没给我打电话，我凭什么回？"

她俩就你一句我一句吵起来。最后前台先不说话了，杨姐还加一句："不要欺人太甚！"

做完房到了客房部，小柳说："今天真谢谢杨姐了。24号是我做的218，要是让我跟客人面对面，我会吓死的。"

杨姐说："我知道你人品好。上次不就是你捡了客人手表立刻交上去的吗？那是个名表，值十几万呢。你们放心，我有办法，我不会让王经理得意的。"

27

今天刘全敬休息，小柳和我一起在四楼。

小柳过来叫我：“冯姐，快来看，这可怎么办？”

我到她房间，她指给我看，床架子中间断成了两截。她说：“我去掖床单，脚刚踩上去，它就成这样了。会不会让我赔啊？”

我说：“不会，我以前也弄坏过，报修就行。”

小柳呼叫前台报修，前台一会儿回复说，王师傅说今天没空。

我说：“每次报修，王师傅都好几天才来修。”

小柳问了杨姐，杨姐说：“那我就先锁房，你做别的房吧。”

周经理在对讲机里说：“呼叫前台，再跟王师傅联系一下，这几天客人多，他修好了还等着卖房呢。”

前台一会儿说：“我又打了电话，王师傅说他真的没空，最早也要明天。”

周经理说：“那好吧。”

对讲机里前台又通知中层干部开会。我和小柳一起下去吃午饭的时候，看见会议室的门关着，听见里面说话声。

今天的菜是白菜炖豆腐，我喜欢吃，盛了满满一饭盒。小柳给杨姐盛好饭盒，和我们一起坐在桌旁吃。

对讲机里杨姐说：“各位客房服务员，吃完饭后到客房部开会。”

我们到了客房部，杨姐看起来很高兴，说：“今天王总召集开会，原来是王经理又告状，说最近客人投诉大大增加，是因为我们这些客房服务员素质太差。我这次做了充分准备，不仅向王总详细解释了投诉原因，而且进行了漂亮的反击！小沈在场，你说我反击得怎么样？”

小沈说：“很漂亮。”

杨姐笑起来，说：“老虎不发威，当我是病猫！我这几天晚上在宾馆里留心了，礼宾在晚上值班时间，竟然在客人退掉的房里打麻将、看电视。我用手机录下了他们的声音，有聊天声、打麻将声和电视声，我当场放了一段。王总很生气，把王经理狠狠批评了一顿，当场要求王经理整顿，说如果下次再发现一次，立刻开除他！王经理听录音的表情可笑极了。他这次是不是让我搞得很狼狈，小沈？”

小沈说：“是的，很狼狈。”

杨姐说：“这下看他还能威风多久！大家别怕，有我在，没人能欺负你们。”

我们回到四楼后，小柳做420，我做419，两间房挨着。

我做卫生间的时候，听见隔壁王师傅说话声：“哪个床坏了？”

小柳说：“靠窗那个。你来得真快。”

王师傅说：“我不是说了吗？只要你一打电话，我马上就来。”

一通敲钉子声过后，王师傅说：“修好了。还有什么要帮忙的吗？我今天正好有空。”

小柳说：“没有了。要是你会做房就好了，我还有好几间没做呢。”

王师傅说：“你别小看我，我还真会做房。我帮你吧。”

小柳说：“你会做房？你铺张床我看看。”

王师傅说：“你还别瞧不起我，我这就给你露一手。”

一会儿小柳说：“你铺的这叫什么呀！”

王师傅说：“不是这么铺吗？那你教教我。”

我还以为王师傅不会说话，原来他话这么多。

我做完这间去下一间时，碰见小柳也出了房间，小柳说：“冯姐，你现在有空吗？陪我上去做套房吧。”

王师傅说：“我今天不忙，我陪你吧。”

小柳说：“谢谢王师傅，那我就不用麻烦冯姐了。”

该做在住了，我第一个去做415。我敲了门，没有回应，打开门看了看，客人确实不在，我松了口气。我认真做完，认真检查，最后念了一遍我的口诀，确定一切都没问题，才关了门出来。

我做405的时候，听见楼道里有人叫：“服务员，服务员！”

我听出是415的客人，心里发愁，但也只好跑出去答应：“您好。”

客人说：“你给我问一下，还有没有朝阳的屋子，我要换一个房间。这房间太差了，采光不好，空气也不好。”

我呼叫前台，前台说三楼有一间朝南又同价位的房间，客人说：“好，我马上搬过去。”

他收拾了行李，拉着箱子走了。我很热情地跟他说：“再见。”他没理我，我还是很高兴。

28

早上到客房部，杨姐脸上笑眯眯的。等大家坐好了，她说：“今天有高兴事，我来跟你们讲一讲。我昨晚在宿舍听见前台聊天，说那两个礼宾被王总开除了，过两天王总也要抽查他们前台和礼宾。这次王经理应该知道我的厉害了。嘻嘻，我看要是过不了关，王经理就得卷铺盖走人了。怎么样？你们高兴不高兴？”

大家说：“高兴。”

杨姐说：“我早就说过，害人终害己，这是他自找的，可不能怪我。”

我和刘全敬还在四楼，我们摆布草车的时候，刘全敬说：“杨姐这次太过分了，不知道王经理会怎么样。”

我说：“我也担心呢。万一他再告状，我们就又要累死了。”

上午对讲机很清静，前台没说什么，杨姐也没什么事。

午饭的时候大家谈起来，齐建华说：“看来这次王经理不敢再惹杨姐了。”

吕月红说：“不过那个胖礼宾也被赶走了，他人挺好的，别人都不理我，就他愿意陪我查房，这下我就没人陪了。”

下午我做完了房，呼叫吕月红上来收布草。我们俩在楼道里数布草，对讲机里周经理说：“呼叫礼宾，来一下后门，帮忙搬东西。”

礼宾说：“我们正帮客人运行李，没有空。”

周经理说：“那等你们运完来一下。”

礼宾说："好的。"

过了一会儿，周经理又呼叫："呼叫礼宾，现在有空吗？来搬一下东西。"

前台说："礼宾不在，跟王经理去办公楼检查消防设施了。"

周经理说："好吧。呼叫全体客房服务员，到宾馆后门来一下，有点东西需要搬一下。"

大家都先后回答："收到。"

我和吕月红下了楼，到后楼梯旁边的后门，周经理和杨姐站在那儿，门口停着一辆小卡车，上面装着十几个长方形的纸箱子。

杨姐说："周经理，你看我们服务员多好，随叫随到。"

吕月红问："这是什么？"

周经理说："垃圾箱。现在每层只有电梯口有一个垃圾箱，我又买了一些，每层要再放三个，后楼梯口一个，楼道拐弯的地方各放一个。"

吕月红从车上抱住一个箱子就走。周经理说："你这个放二楼。"吕月红说："好。"抱着上了楼梯。

我也抱住一个，搬了一下，很重，没搬动。

杨姐说："搬不动的就两个人抬啊，大家别闪了腰。"

李霞也来了，说："冯姐，咱俩抬。"

周经理说："你们这个放三楼。"

电梯很远，要穿过餐厅和大厅，我们只能走后楼梯上去。我俩一人抓一头抬着上了楼梯。

没走几节楼梯我的手就抓不住了，浑身冒汗。咬牙坚持到了三楼，李霞没有停，走得还很快，我只好跟着走。好容易走到最近的楼道拐弯处停下，可以放下了，我也实在抓不住了，箱子还没挨地，我手一松，我这头掉在了地上。听见"咣当"一声响，有东西断裂的声音。李霞说："你给摔坏了！"

李霞把那头放在地上，拆开纸箱子，里面是个金色的方垃圾桶，和电梯口那个一样。我到处看了看，没有坏的地方。

李霞说："我明明听见摔坏的声音。"

李霞把垃圾箱上面的盖子打开，往里面看了看，说："看，你把里面的一块石板摔断了。周经理肯定会罚你钱。这是你没抓好摔的，跟我可没关系啊。到时候你可别扯上我啊。"

我往里面看了看，里面四周有四块长石板，有一块中间断开了一道缝。

我说："放心，我就说是我摔的，跟你没关系。"

李霞拿出对讲机说："呼叫周经理，来一下三楼。"

周经理和杨姐都来了，周经理问："怎么了？"

我说："我没抓好摔了一下，把里面的石板摔断了。"

李霞打开箱子，拿起盖子，让周经理看。周经理说："哎呀，这可真摔坏了，都断成两截了。这一个垃圾箱要200元呢，你怎么这么不小心呢？唉，我只好扣你钱了，扣你多少合适呢？"

杨姐说："周姐，我看了看，摔的这地方也不碍事，从外面也看不出来，谁也不会往里面看的。我说就算了吧。小冯一向工作认真，她是太瘦了，没劲儿，也不是故意的。"

周经理说："可是我新买的垃圾箱，还没用就让她摔坏了啊。"

杨姐说："周姐你试试，这个东西真不轻呢。这么重的东西，本来也不该是我们服务员干的活，这是男人们的活儿，本来就该礼宾他们搬。礼宾真不像话，我看就是故意不听指挥，很明显就是王经理的主意，要不要跟王总反映一下？"

周经理说："算了，多一事不如少一事。那好吧，小冯，下次干活别毛手毛脚的，多上点心啊。"

我们一起下了楼，张丽和齐建华抬了一个纸箱子走了，我上前和李霞正要抬一个，周经理说："冯丽丽你别抬了，你把拆下来的纸箱子收一下就行了。"

我到各层去，把纸箱子收起来，一起放到后楼梯口堆放废品的地方。

29

到了客房部，杨姐说："今天房比较多，大家不要有压力，也不要着急。做不完的下午我和小沈去帮你们，实在做不完的留给吕月红晚上做，她也可以多挣房提。总之只要有我在，不会让大家累着的。"

大家说："谢谢杨姐。"

杨姐笑眯眯地说："都是姐妹，不用谢。那个王经理现在忙着整顿他的人员，没空给我们捣乱，以后我们大家可以愉快地工作了。"

我做房很顺利，上午做了6间房，而且有一间房只用了29分钟，是我做房以来最快的一间，打破了我的单间做房纪录，很高兴。

不到十二点我就下楼去吃饭。今天是肉包子，大家排队从厨房的窗口领，每人两个。我领了两个包子，又去盛了米饭和菜坐下吃。

她们一个个进来，也去排队领包子，然后坐下吃。

吕月红进来了。她盛了饭坐下，齐建华说："小红，你今天没去做家政啊？"

吕月红说："去了，今天是去搞卫生，我又挣了40块。我这个月都挣了400块了。上中班真好。"

李霞说："我当时要做中班就好了。我也想多挣一份钱。"

吕月红说："行啊，等过了五一就有夜市了，你们下了班可以去兼职。我去年干过，干一天结一天账，哪天不想去就不去，可好了。"

李霞说："好啊，谁去叫上我啊。"

刘全敬说："我也想去。"

张丽说："冯姐，咱们也去吧。"

我说："累不累？"

吕月红说："不累。就端个盘子，收拾个桌子。"

杨姐在对讲机里说："呼叫客房服务员，吃完饭到客房部来一下。"

大家猜测："不知道又出什么事了？"

到了客房部，周经理也在。周经理说："这次叫大家来，是要安排一下盘点。我上午去集团开会，王总问我宾馆情况，听说还没盘点，王总要求马上盘点，过两天向她报告。我接手宾馆后，又管集团财务，又当宾馆经理，还去海南出了几次差，实在是没有时间。刚才各部门我都安排好了，咱们客房部主要是盘点布草和耗品。马上到清明节了，争取在节前盘点完。大家这几天辛苦一下吧。"

杨姐说："没问题。我们客房部坚决支持周经理。今天下午就开始盘点。吕月红，你跟我和小沈去盘点布草。刘全敬，你下午别做保洁了，和周经理一起去盘点耗品。我们今天就先不数布草了，让洗衣厂也别来收了。大家就把布草放在后楼梯，明天上午吕月红再数。大家今天要把房都做完，不要给吕月红留了。好了，吕月红和刘全敬留下，大家回去继续做房吧。"

我们出了客房部，分别回到自己的楼层做房。下午不到四点，我就做完了所有的房。我把脏布草放到后楼梯口，用布草筐推着干净布草到三楼布草间去退，看见小沈、吕月红各踩一个梯子在数架子上的床单被罩，杨姐站在旁边拿着笔和本记录。

30

早上到更衣室，小柳又穿了新衣服来，蓝色紧身上衣，前面印一大朵百合花，后面露着白白的后背，非常性感。大家都围过来看。

小柳说："我买回家，老公不让我穿，我趁他走了悄悄穿来的。"

四楼一共24间，今天第一次住满了。我分了18间，那6间给了小柳。

上午我做了5间。对讲机很少响，偶尔前台通知查房。吃午饭的时候，大家都说脏房不多，在住多，不算累。而且她们说，下午杨姐还要盘点，肯定也不会查房，做房不用太细。

小柳说："没想到今天还挺轻松的。"

吕月红说："你们轻松，我们盘点烦死了。一个个拿起来数，老数错，数了一遍还得再数一遍。我本来就算术不好。"

李霞说："你别占便宜还卖乖了，数个数还不容易？我们做房多麻烦啊。"

刘全敬说："不是的，我也宁愿做房去，什么都要数，还要数两遍，数上一天，头都大了。"

下午做房时，小柳来叫我："冯姐，你有空吗？陪我做419在住吧。"

我问："怎么了？"

小柳说："昨天我做419的时候，客人老色眯眯看着我，我不想一个人去了。"

我说："好，我陪你去。"

我和小柳一起去敲419的门，里面说：“请进。”

门开后，一个中年男人坐在桌旁看电脑，笑眯眯地说：“今天还是你啊。”然后就一直扭着头看着小柳。

我和小柳先去收拾卫生间，那客人隔着玻璃还在看。出来以后，小柳说：“请问需要换床单被罩吗？”

他点头说：“要。”

我和小柳一起站在床边换，他就一直带着笑看小柳。

最后小柳说：“可以了吗？”

客人说：“地毯吸一下吧。”

地上很干净，小柳也只好去拿吸尘器进来吸。小柳弯着腰吸地的时候，客人又盯着小柳后背看，样子非常讨厌。吸完地要走的时候，客人又拿起桌上的矿泉水瓶说：“这个瓶子帮我扔一下。”

小柳走过去接了瓶子，出来关上了门，把瓶子扔到垃圾筐。

下午没查房，也没收布草。做完房后，李霞呼叫杨姐，杨姐说：“我们还在盘点，你们下班吧。”

四

恶劣

31

今天是 4 月 4 日，清明节假期第一天，四楼又是全满。

杨姐说："昨天我们几个忙到晚上八点，终于赶在清明放假之前盘点完了，周经理就可以跟王总报告了。今天房虽然多，大家别担心，我和小沈都会帮忙的。"

我分了 16 间，刘全敬也分了 6 间房，和我一起在四楼。

午饭是排骨，我们排队打了坐下吃。吕月红没来，齐建华还是不吃，给我一块，给刘全敬一块。

她们的在住都很多。齐建华说："我一看房那么多还担心，结果在住这么多，比平时还轻松，多做的房还有房提。放假真好。"

李霞说："别高兴，等到放假最后一天呼啦一下全退了，你们就该哭了。"

齐建华说："不会吧？那差不多 20 间房呢，怎么做得完？"

李霞说："快点做，做粗点呗。"

吃完午饭回来，刘全敬来我房间，我俩一起看电视剧。对讲机里通知中层干部开会，我和刘全敬赶紧关了电视，各自回屋去做房。

我做完所有的房，和刘全敬一起推着布草筐，坐电梯到三楼退布草。我们往架子上放布草，吕月红靠着布草间的小桌子，跟我们说她中午去给一家人做饭，又挣了 60 元钱。这家人想吃饺子，她就包了猪肉茴香馅的饺子，他们都很喜欢。走的时候他们说，下次需要做饭还请她。

收布草的小伙子上来说："吕姐，我数完了，咱俩对一下数吧。"

吕月红说："帅哥，我这两天盘点数数都恶心了，今天我不想数了，就按你数的数填单子就行了。"

小伙子从裤子口袋掏出单子，写了数字，吕月红签了字。

我们收了车，在客房部等着。都过了五点，杨姐她们还没开完会。

李霞说："要不别等了，咱们上去洗澡吧。"

齐建华说："好啊，走吧。"

小柳说："还是再等等吧。"

楼道里响起高跟鞋声，周经理、杨姐、小沈一个跟着一个走进来站着，脸色严肃。

杨姐问周经理："您先说？"

周经理说："好，我先说。刚才王总开会，通报了这次宾馆盘点情况。我是 2 月底接手宾馆的，当时太忙，没顾上盘点。这次盘点，别的还行，但是布草数出了错，而且是大错，少了很多布草。"

杨姐说："少了 100 多套！被罩少了 106 个，床单少了 103 个！王经理说他在的时候，盘点从来没出过错，一口咬定就是这一个月错的。这可能吗？"

我们大家互相看看。周经理说："我也认为不可能，但是现在我们有嘴说不清。"

杨姐说："王总说我们客房部管理混乱，再混乱也不可能少这么多！100 多套，一个月，平均每天就得少 3 套，还是被罩和床单这样的大东西。这明摆着就是有人陷害。"

周经理说："现在说这些也没用，现在我们最应该想的是怎么弥补。被罩床单一套是 100 元，100 多套就是一万元！王总说要是找不回来，就要扣客房部所有人的工资，包括我和杨姐，直到补上这笔钱为止。"

大家纷纷说："那怎么办啊？""怎么会这样呢？""这太不合理了。"

吕月红说："那么多钱呢，我们不就白给宾馆干活了？"

李霞说："你们当时又没交接，布草少了，有很多种可能，干吗说是我们偷的？凭什么扣我们钱？王总要敢扣钱，我们马上就不干了！”

我们也跟着说：“对，对。”

周经理说：“大家冷静一下，先不要说气话。王总给我们时间整顿，如果下个月还对不上数才扣钱。我们从明天起，先严格收布草，看看问题出在什么地方。你们大家也不要着急，杨姐，你带着大家想想还有什么办法。我还有事，先走了。”

周经理走后，杨姐才坐下，说：“王经理当了好几年主管，盘点都是他自己说了算，从没人监督，谁知道他的数对不对？周经理来了之后也太大意，竟然没有先盘点交接一下。现在这个屎盆子扣在了客房部头上，让我吃这么大的哑巴亏……”

杨姐说着哭了起来，小沈递给杨姐一张面巾纸，又去倒了杯水给她，说：“杨姐，你别太着急了，总会有办法的。”

杨姐说：“谢谢你啊，小沈。自从我来到宾馆，我吃住都在这里，白天吃食堂，没吃过一顿好饭。晚上宿舍又吵，没睡过一个好觉。我为宾馆付出了那么多，结果却处处被小人陷害。想想真是寒心，也许我当初就不应该来这里。”

小沈说：“是啊，您为宾馆付出这么多，他们还这样对您，我觉得宾馆这么做太不合适了。”

杨姐说：“他们不看重我，有的是看重我的。前几天有个新开的宾馆还想请我呢，好多地方都想挖我呢，我有的是地方可去，不一定非得在这里受这个气。”

小沈说：“像杨姐这样能力强的人，谁请了谁占便宜。”

杨姐说：“可是这次明摆着是个圈套，是王经理看我不顺眼，想赶我走，我不能让他得意。我这人最要强了，我一生遇到过那么多难关，从来没认过输。这次我也一定要留下来，跟他斗到底，争一争这口气。”

吕月红说：“杨姐放心吧，从明天起，我认真数布草，也许明天就把丢的那 100 多套数出来了！”

我们都笑了。

杨姐说："要是那样就太好了！我知道你们都是靠得住的，是不会偷布草的。这次我们姐妹一定要同心协力，绝不能让他的阴谋得逞。"

杨姐说着说着捂住肚子，说："我胃又开始痛了。"

小沈说："要不要我去给您买点药？"

杨姐说："不用，你们下班吧，我一会儿就好。"

32

今天是清明假期第二天，还是在住多。我分了18间房，竟然有10间在住。

杨姐说："好了，大家注意，从今天开始，领布草要仔细，下午收布草也要仔细。大家做房时用心点，记好用了多少单被，分清大小，下午收布草时一定要对上。"

杨姐和我们一起到了布草间，周经理也来了，她说："我来看看你们是怎么领布草的。"

我们进去，把各自的布草筐拉到门外，又进去从架子上拿东西。吕月红站在门里的桌子上，拿着笔准备记数。我从架子上数了一摞布草抱着，跟吕月红说："16个小单，16个小被。"

李霞也抱了一摞，说："5个大单，5个大被。"

小柳说："面巾20个，浴巾20个，地巾15个。"

吕月红在纸上写下来，我们把布草抱出来，放到布草筐里，再进去拿别的。

周经理说："不行。这么领就有问题，很容易出错。不能自己从架子上拿，必须由专人来数，还要有人复核才行。小沈，你进去，你负责在架子上数，杨姐你到外面来复核，吕月红负责登记。你们一个一个领。千万不要乱，乱就会出错。小冯，你把布草放回去，重新再来。"

我抱起单子进了布草间放回架子上。小沈问："你今天要领多少？"

我看了房表，说："4个大单，4个大被，16个小单，16个小被，20

个枕套，30 个浴巾，30 个面巾，15 个地巾。”

小沈从架子上数出来一种，说：“4 个大单。”然后递给我，我抱着放到布草筐里。

杨姐又在布草筐里数一遍，说：“对，4 个大单。”

周经理说：“吕月红记下来：冯丽丽，4 个大单。记好啊，别错了。”

吕月红说：“好的。冯丽丽，大单 4。”

小沈又数出来 4 个大被，我抱出来，杨姐又数，吕月红记下来。

我进进出出，一趟一趟抱，一遍遍数。

李霞说：“周经理，这么领太费时间了，我们今天还有好多房要做呢。”

周经理说：“今天第一天，肯定会慢一点。但是有了正确的流程，就不会出错了，时间长了就会比以前更快，更有效率。”

等我领完了，周经理说：“李霞进去吧。”

别人还在外面扶着布草筐等着。

我推着布草筐走了，她们说：“都八点半了，这得领到什么时候啊？”

杨姐在对讲机里说：“我又想到一个事，大家做房时要认真记下用过的布草啊。每间房用了多少床单、多少被罩、多少枕巾、多少面巾、多少浴巾、多少地巾，是大单还是小单，大被还是小被，都要记清楚，填在房表上。下午数布草的时候我们会核对一下。”

大家说：“收到。”

吃午饭的时候，杨姐也去吃了，问大家上午有没有记布草，大家都说：“记了。”

杨姐说：“一定要认真记啊。这可是大事，大家一定要重视。”

大家都说一定认真记。

杨姐说：“好吧，我们先严格管理跟布草有关的每道程序，我相信一定能找到办法，把布草补回来。”

吃完午饭回来，我开始做剩下的脏房。四点半，我呼叫吕月红：“我做完房了，来数布草吧。”

吕月红和杨姐、小沈，还有周经理四个人一起上楼来。吕月红和小沈先把那一堆脏布草分成一样一堆，周经理让小沈先数，数完一堆，报个数。

小沈边数边说：“大单3，浴巾24，地巾9，面巾23……”

杨姐用笔在一张纸上记下。然后周经理让吕月红再数一遍，吕月红说：“大单3，浴巾24，地巾9，面巾22……”

杨姐说：“停，面巾跟小沈数的不一样，小沈是23。”

周经理说：“我来数一遍面巾。”

周经理蹲下数，数了22。杨姐把23涂了，再写上22。

数完，杨姐说：“小冯，你要退的布草呢？”

我指指布草筐：“在这儿。”

杨姐说：“好，我们现在数一下。”

要退的干净布草很少，很好数，小沈拿起床单，说：“大单1，小单2，浴巾5……”

杨姐一个个写在纸上。周经理拿着我的房表，杨姐拿着记数的纸，两个人头挨头，表情严肃地对数：

“大单，领4个，脏3，用3，退1 ，对了。”

“大被，领4个，脏3，用3，退1，对了。”

“小单，领16个，脏15个，用15个，退1个，对了。”

一项项核对，对到枕套，早上领了20个，表上的数加起来用了18个，脏枕套也是18个，应该退2个干净的枕套，可是干净的枕套是3个，多出来一个。

吕月红说：“多一个总比少一个好。”

周经理说：“不是这个道理，不管多还是少，错了就是不好。一定要完全对上才行。”

杨姐说：“对，必须对上，一个也不能错。”

“看来早上领布草时数得还不够仔细，应该是有两个枕套贴在一起，看成一个了。”周经理说，“下次要一个个拿起来抖一抖再数。”

对到浴巾，也出问题了。我早上领了 30 个，表上是 25 个，换下来的脏浴巾却只有 24 个，退的净浴巾是 6 个。

杨姐说：“脏浴巾和净浴巾加起来是 30 个，这个总数是对的。”

周经理说：“小冯，你找找原因，搞清楚为什么会对不上，下次好改正。”

我说：“也许我填表的时候写错了，多写了一个吧。”

周经理说：“不要推测，要事实。你现在就拿上房表，把你做过的房间的浴巾检查一下，看有没有多放或者少放的问题。”

我只好拿了房表，一个屋一个屋刷卡开门，到卫生间去看浴巾，间间浴室架子上都是两条浴巾，没有多的，也没有少的。

我回去找她们，她们正在三楼数小柳的布草。周经理说：“这次就算了，下次注意。”

我收了车，听见她们还在数布草，我就一个人去客房部了。客房部没人，我坐了一会儿，她们才一个个进来。

李霞说她脏面巾少一条，最后在布草车架子上找到了，她笑着说：“我把它当抹布擦玻璃，忘了放回布草筐了。”

小柳也是面巾多出一条，可能也是早上多领了。

刘全敬只分了 6 间房，没出错。

我们聊着，墙上的表已经 5:30，张丽和齐建华两个人还不回来。

李霞呼叫杨姐，杨姐说：“你们先下班吧。”

我们走到后楼梯，见她们围着布草站着，收布草的小伙子和吕月红在一项项对数：“小床单 58，小被罩 58，大床单 21，大被罩 21……”

张丽跑过来，说：“找遍了，没有。”说着眼泪掉下来。

杨姐说：“一个床单，不会掉哪儿看不到的。是不是你早上少领了一条？”

周经理说：“刚才枕套、面巾有领错的，床单没错过。看会不会一张床铺了两个床单。你再去仔细找找。”

杨姐说：“看是不是旧床单没撤，直接铺了新的。”

张丽转身又去找，我说：“我跟你一块找。”

她一路掉眼泪，说：“我很认真了，为什么还出错？看来我太笨了。”

我说：“不是的，谁都出错，我也错了。”

路上遇到齐建华迎面走来，也愁眉苦脸的。我问她：“你少什么了？”

她说：“少了两个浴巾。”

我和张丽拿着房表一间一间找，把床单都掀开一角看是不是两个。没有发现两个的。我们回到三楼布草间门口，跟周经理说：“还是没找到。”

齐建华也说：“我都找了两遍了，没有。”

杨姐说：“周经理，要不今天就算了吧，下次再说。这都六点多了。”

周经理说：“也只好这样了。但是今天要记清楚，张丽少一个床单，齐建华少两个浴巾。如果到月底还对不上，就是王总不罚，我也要扣钱了。”

张丽又开始掉泪。

杨姐说：“好了，不早了，你们赶紧下班吧。”

周经理说：“吕月红，你找一个本，从今天开始，把每个人早上领的布草，房表记的布草，下午数的布草，还有少的布草都抄上去。好好抄，别抄错了，到月底再汇总一下，到时候谁少了什么，少了多少，我要按这个扣钱。”

吕月红说：“好的。”

我和张丽、齐建华上楼去，张丽坐在更衣室里哭起来：“为什么我会对不上？到底为什么？”

我说：“没事儿，别太在意了。”

张丽说：“可是会扣钱的，我不想被扣钱。”

齐建华说：“扣就扣呗，又不是扣你一个人，还有我呢。”

张丽说：“可是我丢的是床单，比你的浴巾贵。”

她哭得很伤心，别人又劝了几句，就去洗澡了。洗完澡六点多了，我们一起下楼去吃饭。路过三楼，看见吕月红靠墙坐在地上，地上放着几张纸，手里拿着一个大本，正誊抄那些数字。

齐建华说：“小红，别写了，先吃饭吧。”

吕月红说：“你们先去吧，我抄完再去。”

33

今天是清明节假期最后一天，早上到了客房部，杨姐在分房。我们都过去看电脑，上面果然显示一片预离。大家都唉声叹气。

杨姐说："刚才小沈打电话，她儿子发高烧，她请假。要不然我还可以给小沈分几间房，减轻你们的压力。"

吕月红进来说："齐姐给我打了个电话，说她生病了，让我帮她请假。"

杨姐说："她为什么不自己给我打电话请假？什么生病，我看她知道今天房多，就想偷懒。"

杨姐分了房表，我分到 18 间房，只有 1 间在住，5 间脏房，剩下 12 间全是预离。

李霞说："天哪，我全是脏房和预离，连一个在住也没有！"

刘全敬说："我也是。"

小柳说："我有一个在住。张丽你呢？"

张丽说："我也有一个在住。"

大家一起去领布草，周经理又来了，她亲自数，杨姐核对，我们一个一个进去领。

李霞说："今天房这么多，就让我们自己拿吧，要不我们得做到晚上了。"

周经理说："现在数布草是重点，做房的事你们自己克服一下吧。"

我们只好叹着气排着队等。小柳第一个进去，我排在最后。9:10 我才领完布草，赶紧推车坐电梯上楼。

还好，不到十点预离就开始退了。夫妻带着老人和小孩，背着背包，拉着行李箱，提着口袋，站在楼道里叫：“服务员，退房！”

我决定能省就省。玻璃今天全部不刮，哪儿脏擦一擦。地垫全部不刷，冲一下就卷起来。地毯看得过去就不吸。

可是客人毕竟住了两三天，而且男女老少都有，屋里很脏乱。一上午我连水也没敢喝，厕所也没去，一直憋着。中午下楼吃饭时路过一层大厅，才赶紧上了一次厕所。可是一上午我也才做了6间，下午还有11间脏房呢。

我饿得肚子咕咕叫，到了食堂一看，今天的菜是炒土豆片和炒菠菜，还是纯素，一点肉也没有，看着都觉得吃不饱。

我盛了饭一吃，两个菜都没味儿，跟水煮似的。她们也说：“厨房也太抠了，整天吃素就算了，油舍不得放，难道连酱油醋也舍不得吗？”

我吃完又去盛了一次，希望多吃点，能盯到把下午的房做完。

刘全敬今天也分了12间房，她做的一个三人间，竟然光空啤酒罐就二十多个，一个屋的垃圾就装满了一个大黑垃圾袋。李霞说她的一个房间也很恐怖，住过婴儿，奶粉洒了一桌子一地，床上好几个纸尿裤，地毯上还有果泥。

我说：“别聊了，赶快吃完回去做房。”

吃完饭回到四楼，我一分钟也没敢歇，打开门推出布草车，立刻开始做房。

三点开始，客人又陆续退房，拿着大包小包在楼道里叫：“服务员，查房！”

我停下做房，跑去查房。查完这间房，向前台报告：“查房正常。”楼道里又有人叫“服务员，查房”。对讲机里别人也在报：“查房正常。”“查房正常。”

杨姐在对讲机里说："现在退房比较多，大家别着急，我一会儿就去帮忙。实在做不完也可以留下让中班吕月红做。质量一定要保证。"

吕月红说："不行啊杨姐，收布草可费事了，我可做不了。"

周经理说："呼叫前台和礼宾，有时间的来客房帮忙撤单子。"

前台说："现在客人退房多，去不了。"

礼宾说："客人要搬行李，我们也走不开。"

周经理说："我一会儿就去帮忙。"

后来两个女会计来我屋，说周经理让她俩来帮忙撤单子。我给了她们房卡，谢了她们。

杨姐在对讲机里说："大家别着急，我现在去二楼帮忙。"

过一会儿又说："我现在去三楼帮忙。"

我一直在做，胳膊越来越累，做得越来越慢，心里越来越发愁。到四点，我做了 6 间脏房和一个在住，还有 5 间脏房。

对讲机里杨姐问："小冯，你还有几间？我马上去帮你。"

我说："我还有 5 间。谢谢杨姐。"

杨姐上来，要了房卡，拿了布草，去帮我铺床。我做完一间去下一间，屋里的床单子被会计撤了，露着褥子。做完这间又打开一间，屋里的床还是露着褥子。不知道杨姐到哪里铺床去了。看看表五点了，我还有 3 间脏房没做。我胳膊都抬不动了，实在是不想做了。听见别人在对讲机里呼叫吕月红去数布草，看来她们都做完了。

我说："呼叫杨姐，我还有 3 间没做完，请问怎么办？"

杨姐说："我不是正在帮你铺床吗？加油做吧。"

我肚子也饿了，吃了两个巧克力派，劲儿还没上来，只好慢慢做。一慢下来，就更没力气了。又打开一间房，看着满地的垃圾，我一点一点收拾。收拾完又看见乱七八糟的卫生间，收拾完卫生间又看见乱七八糟的房间，要铺床，要擦桌，要吸地，要换垃圾袋、擦垃圾桶……每一个工作都有十几个小项目，做了一项还有一项，我做了很久，做了有几百项琐碎的工作，才做完一间房。我越来越烦，觉得我做完一项工作还有一项工作，永远都在做，一间客房好像一个巨大的宫殿。我感觉我永远都做不完了。

后来张丽和刘全敬来了，她们帮我铺床，擦桌子，洗杯子，吸地。一间房很快就做好了。我推着布草车到最后一间，看见杨姐正站在床边套枕套，那张床已经铺好了，就差枕头了。原来这一个多小时她一直在铺这张床。

杨姐说："你们看我铺的床怎么样？这是我第一次铺床，以前老看她们铺，觉得挺简单，没想到铺好还真不容易呢，费了我半天劲，胳膊都酸了。"

我们说："挺好的。"

做完六点了，大家下去一起吃了晚饭，吃饭的时候周经理说："吃完饭先别走，数完布草再下班。"

吃完饭回来数布草，每个人都出错了。李霞少一个被罩，多出一个床单。我少两个浴巾，多出一个地巾。刘全敬少两个面巾，多一个浴巾。小柳少一个地巾两个面巾。张丽错得最少，只少一个地巾。

周经理说："一次出错可以说是偶然，连续两次就说明有问题。"

杨姐说："看来大家的责任心还是不够强。"

周经理说："关键是程序要对，撤了布草马上填表，换了布草也要第一时间填表。"

李霞说："今天房太多，我们太忙了，可能没仔细填，写错数了。要不然不可能大家都错。"

杨姐说："应该是这样。"

周经理说："今天太晚了，就不让大家去找了。吕月红，你好好记啊，到这月底还对不上的，必须扣钱。"

34

早上到了客房部，杨姐在分房，她们在吃馒头。小沈来了，杨姐问她儿子怎么样，小沈说：“好多了，昨天晚上退烧了。”

杨姐说：“小孩子就是爱生病，我儿子小的时候也经常发高烧，有一次都抽搐了，差点把我吓死。”

齐建华进来，也去拿了馒头坐下吃。杨姐说：“昨天房多，我们都累坏了。就你没来，你倒真是聪明啊。”

齐建华说：“我昨天真生病了，发高烧，39 度，都下不了床，在家躺了一天，还是我老公给我做的饭。”

杨姐说：“那你今天怎么不继续休息？”

齐建华说：“昨天晚上九点退烧了，今天早上完全好了，我就来了。”

杨姐说：“好得够及时的啊。”

今天房不多，四楼只有 12 间房，都分给了我。刘全敬没分房。

领布草的时候，周经理没来，杨姐和小沈两个人数，吕月红记录。

杨姐叮嘱说：“今天房不多，大家要仔细些，把布草数都对上。”

前台呼叫三楼查房。一会儿齐建华在对讲机里说：“呼叫前台，325 少一个浴巾。”

前台说：“你再找找。”

齐建华说：“我找了，真的只有一条。”

张子然说话了：“你们客房部怎么就爱丢东西啊？我们都得罪客人好

几次了。这次你们自己想办法吧。”

杨姐说话了：“你这话是怎么说的？什么叫我们爱丢东西？”

张子然说：“难道不是吗？你们的服务员经常少东西，最近连布草都少了，我说错了吗？你们记性没那么差吧？”

杨姐说：“是的，我记性一点也不差，我还记得，是你们告诉我们服务员客人说不用打扫，最后又告状说客人投诉没打扫。”

张子然说：“客人本来就是那么说的，跟我们前台有什么关系？”

杨姐说：“怎么没关系？明明就是你们……”

齐建华说：“呼叫前台，浴巾找到了。”

张子然说：“杨主管，各位服务员姐姐，请你们认真点行不行？我们很忙，没空陪你们玩儿。”

杨姐说：“我们客房服务员才是真忙，我们更没空陪你们玩。”

张子然没再说话。

杨姐说：“各位客房服务员，我知道今天房比较多，你们非常辛苦，但是再忙也不要着急，还要仔细查房，省得给那些闲人落下把柄。”

吃午饭的时候，吕月红也来吃了。我问她：“你今天没去做家政吗？”

吕月红说：“昨天把我累坏了。弄完那些数字都八点了，我还要查房做房，累得我晚上没睡好。今天他们倒是来电话了，我没去。”

齐建华说：“我今天也惨了，16 间房，只有 2 间在住。小红，你可要帮帮我啊。”

小沈说：“今天刚过完清明节，房不多，我看大家都是十一二间，你怎么会这么多？”

齐建华说：“还不是杨姐故意的，她非说我昨天偷懒，今天就专门给我多分。”

吕月红说：“齐姐你也是，说话注意点，不要想说什么就说什么。你看上午因为你说少浴巾，又让杨姐跟前台吵架。这就算了，后来又找到了你就不应该再说。”

齐建华说：“可是我要不说找到了，收布草的时候再对不上数怎么办？杨姐到时候还得说我：你不是说少一个浴巾吗？怎么没少啊？你是不是没事找事啊？”

吕月红说：“你可以收布草的时候再说啊。”

齐建华说：“可是你看，我一说找到了，她们不就不吵了吗？”

小沈说：“没找到就是没找到，找到了就是找到了。齐建华做得没错，这叫诚实。”

齐建华说：“对，还是小沈理解我。”

吃完饭回去，我继续做房。吕月红来了，说：“我刚才正帮齐姐做房，杨姐去了。她说：‘月红，你是中班，下午还要收布草，你别累坏了，回宿舍去休息一会儿吧。’我只好出来了。”

我说：“看来杨姐还真是针对齐建华。”

我正在套枕头，她拿了另一个枕套帮我套。忽然听见脚步声，她赶紧放下枕头跑走了。一会儿脚步声到了门口，我往外看了看，是女会计。她走过楼道到宿舍去上厕所。

李霞在对讲机里呼叫：“吕月红，来数布草。”

吕月红说：“来喽。”

一会儿听见吕月红呼叫：“李霞，你少一个被罩，一个面巾，快去找一找。”

李霞说：“不可能啊，我数过的。”

吕月红说：“你自己过来看看吧。”

我做完了，把布草筐推到后楼梯旁，呼叫数布草。吕月红和小沈、杨姐从三楼上来。她们俩数数，杨姐记在纸上。

她们数完脏布草，又数了要退的净布草；对了房表上填的数，又对了早上领布草的数，最后四个数都对上了。

吕月红说：“冯姐，你是第一个全对上数的人。”

我说：“太好了。”

李霞过来说："没找到。屋里都干干净净的，哪儿能藏个被罩啊？"

杨姐说："那你再想办法找找。反正今天早上你领的数你也确认过，少一个被罩肯定是你出了错。"

小沈说："我跟你一起找。"和李霞一起走了。

吕月红说："看吧，今天还有麻烦。唉！"

杨姐说："是啊，这都几天了，还出错，我都快愁死了。到底什么问题呢？"

杨姐靠着楼梯扶手站着，吕月红蹲在一堆布草跟前，两个人都愁眉苦脸。我收了车，本来想去客房部坐着等，想了想，去帮她们数布草。

小柳推着布草筐来了，张丽也来了。对了小柳的房表和早上领布草的表，杨姐说："小柳多一个面巾，少一个浴巾。"

对完张丽的数，杨姐说："张丽少一个枕套，多一个床单。"

她俩只好又回去找了。

齐建华来了，数完她的布草，她少了两个床单和一个面巾，多一条浴巾和一个枕套。

杨姐说："你错得也太多了，赶紧回去找！"

齐建华很快就回来，说："有个房间少补了浴巾。"她拿起那条多出来的浴巾走了。浴巾数算是对了，可是她的床单和面巾、枕套一个也没找出来。

杨姐说："齐建华你怎么回事？要说你长得一副聪明伶俐的样子，说起废话来也一套一套的，怎么一办事就出错？你脑子是不是有毛病？"

齐建华说："这怎么能怪我呢？她们不也出错吗？又不是光我出错。"

杨姐说："别人是出错，但是人家就少一个半个，谁也没你少得多。"

吕月红说："就算齐姐再糊涂，床单那么大的布草，也不会一下少两个。可能是有什么原因吧。齐姐，是不是谁借了你的床单？"

齐建华说："没人借我的。"

小沈和李霞回来了。

小沈说："这事有点奇怪，一定有什么特殊原因，要不然不会老丢的。

我干了几年了，都没见过这种情况。”

杨姐说：“你这话提醒我了，我几次出来，都在楼道里碰见礼宾，会不会是他们偷了？”

李霞说：“不会的，我跟他们很熟，他们不是这种人，不会偷的。”

杨姐说：“那不一定。”

小柳和张丽也回来了，都说没找到。

杨姐说：“今天就算了。周经理不在，大家下班吧。我要好好想想这事。”

35

早上到了宾馆大厅，没看见刘全敬。杨姐说："刘全敬昨天晚上给我打电话，说她奶奶病重，她今天请假回家。小沈今天就代替刘全敬做保洁吧。"

小沈说："好的。"

我拿起房表来看，今天房不多，我分了13间，有4个在住,9间脏房。小柳也分了四楼3间房。

杨姐说："盘点丢了那么多布草，我就知道是有人陷害。现在布草老对不上数，我也怀疑是不是有人在背后捣乱。今天大家做房的时候，要把布草筐拉到屋里再做。俗话说：害人之心不可有，防人之心不可无。不管是不是有人偷布草，我们做好防备工作，总是没错的。大家记住，一定要把布草筐放屋里。到时候我会去各楼层检查。"

李霞说："不会有人偷的，那些布草用了好几年了，都是旧的，也不是纯棉的，还是白色的，谁会偷它？给我都不要。"

杨姐说："我知道不会有人偷了自己用，我是怕有些人为了陷害我们故意偷。这几天我们这么认真收布草，还是老出错，而且还老是少床单被罩，一定有问题。今天大家就把筐放屋里，看看今天还少不少。"

李霞说："可是房间那么小，布草筐那么大，放到屋里太碍事，还怎么做房啊？"

齐建华也说："是啊，要是把布草筐放屋里，肯定堵住路了。我们就没办法进进出出拿东西了。"

杨姐说："别人都没说什么，为什么就你们俩意见这么多？要不你们想个办法把布草数对上？或者你们来当主管好了。"

她俩不说话了，杨姐说："现在既然我是主管，请你们服从我的安排。"

我领了布草上四楼，开始做房前把布草筐先拉进屋里去。这样真的很碍事。房间很小，一进门就是过道，布草筐拉进去，就堵在过道上。我要出门扔垃圾，就得把布草筐拉进屋里，才能出来。从布草车上拿了东西，进了屋，又要把它推回过道才能铺床。

我正在铺床，杨姐来了，站在门口看着屋里的布草筐，说："小冯你很听话，很好。快到点了，早点下去吃饭吧。我再去看看她们。"

中午杨姐没去吃饭，在对讲机里通知饭后到客房部开会。

我们到了客房部，杨姐站着，板着脸说："我上午去检查，大部分人都做得很好，把布草筐放到了屋里，只有齐建华和李霞两个人的布草筐放在门外。这就算了，我告诉她们把布草筐放屋里，她们也答应了，可是你们去吃饭的时候，我又去看了一眼，齐建华和李霞的布草筐竟然还放在屋外！不仅做房时不放屋里，连中午下去吃饭也不放屋里，怪不得你们老丢布草，这不是找丢吗？"

李霞说："杨姐你不做房，你不知道，布草筐放在屋里实在太挡道了，进出都不方便。而且丢不丢布草跟这个没关系。我来宾馆好几年了，布草筐中午一直就是放在楼道里的，这么多年也没丢啊。"

齐建华说："是啊，我一开始是放屋里的，实在是太麻烦了我才放屋外的，要不然没法做房。"

杨姐脸涨红了，声音都有点变调，说："还说这么多年没丢！那这一百多套是谁丢的？还不就是你们以前乱放丢的！现在又嫁祸于我，让我背黑锅，还好意思说！而且，别人都能做到的事，为什么就你们两个人做不到？你们两个，现在，马上，去给我拉屋里去！我一会儿再去检查，再发现一次马上告诉周经理扣钱！"

李霞又想说话，小沈拉住她。

杨姐用手指着李霞和齐建华说：“去，你们俩现在就去给我放屋里！”

小沈说：“好，杨姐，你别着急，我现在就看着她俩放。”拉着李霞出去了，齐建华也跟着出去了。

杨姐坐下喘着气，说：“你们也去做房吧。”

下午小柳上四楼来做房，我正在铺床，她过来说：“冯姐，大床单和大被罩没了，我先拿你一套，一会儿我去领了还给你。”

我说：“好的。”

她从布草车上拿了大床单和大被罩抱着走了。下午四点我做完房，推着装满脏布草的布草筐去后楼梯，路过小柳门口，听见屋里有人说话。我往里看了看，是收布草的小伙子。小柳在铺床，收布草的小伙子在擦桌子，他俩说说笑笑。

我推车走过去，听见一句：“柳姐，还有什么活儿？”

小柳说：“你帮姐把地吸一吸吧。”

我推到后楼梯口，呼叫吕月红。吕月红、小沈和杨姐上来，数完了，杨姐拿着我的房表核对完，说：“少一个大单和一个大被罩。小冯，怎么回事？”

我吓了一跳，说：“啊？不会吧，我今天很仔细的。”

吕月红说：“冯姐，你怎么一下子少了两个，还是大单和大被呢！怎么连你也出错呢？烦死人了！”

杨姐也着急：“小冯，你一向仔细，而且今天我还看见你把布草筐放屋里了，怎么还会少呢？这到底是怎么回事？”

我说：“我也不知道啊。”

没办法，我只好又回去找。找了一圈没找到，又来到后楼梯口。

她们刚对完了小柳的布草，说：“小柳，你也对不上，你多出一个大单一个大被。”

杨姐说：“今天怎么回事？这么巧，小冯少一套大单大被，小柳多一套大单大被。”

小柳说：“哎，我想起来了，我在四楼做房时借了冯姐一套大单大被！”

我一下想起来了，说：“对呀，你说先铺好床一会儿领了还我的。”

小柳笑了：“我忘了！”

杨姐松了口气，说：“以后千万不要互相借了，什么没了必须自己去布草间找吕月红领。”

我和小柳都说：“一定一定。”

36

早上到了宾馆大厅，看见小沈在拖地。问了问，知道刘全敬今天还没来。

杨姐分完房，说：“现在开晨会。”

大家站起来，杨姐板着脸说：“我警告某些人，不要以为我什么都不知道，就为所欲为，也不要以为我这人好欺负，我是有底线的，现在我就告诉你们：有话当面说，是我错我会改，但绝不可以背后搞阴谋！同样的话，当面说是君子，背后说就是小人。我这人恩怨分明，对君子会感恩，对小人绝不放过！”

我很纳闷，不知道杨姐是在说谁。我悄悄看看她们，她们都站着，低着头，眼睛看着地，脸上没有表情。

杨姐说完，给每个人分房表。我拿到房表看了看，今天我有 14 间房，4 间在住，10 间脏房。

我领了布草后上四楼，摆完布草车开始做房。我正铺着床，杨姐进来了，说：“小冯，怎么样？累不累？”

我说：“不累。”

杨姐说：“小冯，我让把布草筐放屋里，你就放屋里。我让做什么，你就做什么。你做事很认真，是个好员工，我会跟周经理说，月底争取给你发绩效奖 100 元。”

杨姐停下来，等着我回答，我只好说：“谢谢杨姐。”

她到沙发上坐下，从她第一天到宾馆说起，说到给我们买早点，买咸菜，请我们吃饭，为我们向周经理说好话，说她是真心待我们，把我们当亲妹妹看，等等。

我一边做房，一边“嗯”“是啊”地回应一句。

杨姐突然说：“服务员里有人在搞小动作，搞阴谋，你知道吗？”

然后她又停下来，盯着我看。

我说：“不知道。”

杨姐接着说：“哦，昨天你和小柳走得早，你们可能不知道。昨天你们大部分人都听了我的话，把布草筐放屋里，所以布草都对上了。只有李霞和齐建华，她们两个人的布草都没对上，而且少得很多。李霞少了一个被罩和一个浴巾，齐建华少一个床单、两个面巾，还有一个枕套。这事你怎么看？你不觉得她们是故意丢的吗？”

我说：“不会吧，她俩平时说话做事就是大大咧咧的。”

杨姐说：“事情没这么简单。李霞以前是王经理的手下，说不定她跟王经理合起伙来陷害我。齐建华和李霞俩人在一层，很可能她俩串通了要跟我作对。”

我说：“我虽然不能为她俩做保证，但是我们平时天天在一起，她们真不像是会搞阴谋的人。”

杨姐说：“小冯，那是你不知道有些人有多恶劣。小柳也跟我说你人好，看来还真是这样。你人太好了，就会老把人往好里想，容易看不清事实。你要提高警惕，分清是非，不要无意中参与了某些人的阴谋，要跟那些小人划清界限，免得被人拖下水。我比你大，你听我的没错。”

我说：“好的，杨姐。”

中午吃饭的时候，大家盛了饭，坐在一起吃。李霞问：“早上杨姐那些话，到底是在说谁啊？她又怎么了？哪根筋又搭错了？”

小沈说：“我看是杨姐心情不好，没有专门说谁吧。”

吕月红说：“肯定是说她俩，谁让她俩老不听话。”

李霞说：“一会儿一个主意，光给我们添乱，怎么听话？”

齐建华说："就是。谁让她不会管理。"

吕月红说："那别人都能听，就你俩特殊？我看你们是自找苦吃。"

李霞说："不是我说，你们这拨人都太窝囊，我可受不了这个气。"

齐建华说："对，我们是来工作的，又不是来受气的。"

正说着，我看见杨姐进来了，小声说："别说了，杨姐来了。"

李霞说："别吓唬人，她才不下来吃。"

不过她还是回了一下头，然后不说话了，低头吃饭。杨姐打了饭，坐到我们旁边，说："为了替你们查房，我好久都没下来吃了。今天我让小柳帮我查房，我也吃一次热乎饭。今天的菜还挺不错的嘛，就是素了点。"

李霞说："王总现在每人每天 4 元钱的伙食标准，还能吃什么？"

杨姐说："李霞，你知道的事很多啊。"

李霞不说话了，低头吃饭。

杨姐和气地问："大家今天有没有记得把布草筐放屋里啊？"

李霞说："放了，杨姐你随便检查。"

齐建华也说："我也放了。"

杨姐又问大家都做了几间房了，还剩几间了，今天的房怎么样，脏不脏。大家回答着，低头加快吃饭。

下午入住了好多客人，穿一样的灰西服，看来又是团队。这下明天可以轻松点了。楼道里也热闹起来，他们到处串门，都把门开着，抽烟、喝酒、打扑克，大声地用地方话聊天。

我做完所有的房，呼叫她们来收布草。我紧张地等着，最后布草数又全对上了。我收了车，在客房部等了一会儿，她们来了。

杨姐说："每天数布草都让人心惊肉跳，不知道会出什么怪事。今天李霞多出一套床单被罩，后来她想起来她下午又领过布草，竟然自己去布草间拿了就走，都没跟吕月红说一声。吕月红也是，竟然不锁布草间的门，就那么开着，胆子也太大了。齐建华少了一个浴巾，我让她去找，结果发现有一个屋多补了浴巾，放了三条。这也太不像话了，都这么久了，一个屋应该放几个浴巾你都搞不清楚吗？那个架子那么高，放两条就够费劲的了，你放第三条的时候放得上去吗？说不定还是找板凳踩着放的。我不知道你心里是怎么想的，你到底是真傻还是装傻？”

杨姐说话声音越来越大，又停下来，环视一周。我听着感觉很别扭。我看看她们，她们都坐在椅子上，眼睛看着地板。齐建华脸上也没有什么特别的表情。

杨姐继续说：“不过今天还是不错的，因为听了我的话，布草筐放到屋里，最后大家总算都对上了。你们做好准备，我以后不会像以前那样好说话了，我会对你们严格要求，因为我不能再纵容小人，不能再允许某些人捣乱。”

杨姐说完，我们回到更衣室，准备洗澡。

李霞说：“杨姐又犯什么神经病，我看她才是小人。”

齐建华说：“我觉得她是到更年期了，我知道，女人到了五十岁进入更年期，就是这个样子。脾气会很不好，看什么都不顺眼。”

小柳说：“杨姐才四十六岁，还不到五十呢。”

小沈说：“是啊，你们也要理解理解杨姐，丢了布草以后她心情不好，说说你们也是应该的。”

齐建华说：“她心情不好就可以跟我们发泄吗？我们又不是出气筒。”

吕月红说：“齐姐，你少说几句吧。”

齐建华说：“我怎么是乱说话？我又没说错。”

小沈说：“吕月红，你就让她们说一说吧，老憋在心里对身体不好。”

齐建华说：“就是，小红，你和我们可是一伙的。”

吕月红说：“好吧，你们说吧，我去抄布草数去。”

37

早上到宾馆，刘全敬在拖地。我问她奶奶怎么样，她说：“还以为不行了，后来又缓过来了。我就回来了。”

杨姐分完房，又开晨会，大家都站起来。杨姐说：“大家都挺辛苦的，坐着听吧。”

她用很温柔的声音开始说，说这次盘点丢布草给她很大压力，她天天都睡不好觉，一直在和周经理商量解决办法。说她这么操心并不是为她自己，她儿子已长大成人，参加工作，老公挣钱也很多，她可以不用工作。

她说：“但是我觉得做人不能光考虑自己，要有责任心。现在我这么辛苦，还不是为了你们？你们从外地千里迢迢来这里打工，不就是为了挣钱生活吗？要是大家都扣一千多块钱，你们还怎么生活？我知道你们不容易，所以才一直忍着，一直为你们想办法。可是……”

说着说着，杨姐的声音突然变尖变高：“有人竟然说我是更年期！我真没想到，在这种艰难的情况下，某些人不但不感恩，不帮忙，还在背后捣乱，恶意中伤我！更年期——你的嘴也太毒了！别以为我什么都不知道，大家不要被她误导，要擦亮眼睛自己看，看看她是个什么样的人，我又是个什么样的人。我刚来就花自己的钱给你们买早点，买咸菜……”

杨姐说着又掉了泪，小沈给她递了面巾纸。

我很震惊，“更年期”是昨天齐建华在更衣室说的一句玩笑话，杨姐怎么知道的呢？

最后终于说完了，杨姐拿了钥匙往外走，大家跟在后面去领布草。走在楼道里，没有人说话。领布草的时候，也没人说话。

今天房不多，我分了13间房，有8间在住，只有5间脏房，今天可以轻松一下了。

我进卫生间擦玻璃，杨姐来了，站在卫生间门口，温柔地说："今天房脏不脏？累不累？累了说话，我会来帮你。"然后走进来坐下，换了声音，严肃地问："小冯，你有没有听到有人说我坏话？"

我说："没有。"

她说："我可是听说了很多。"

我继续擦玻璃，说："是吗？没有啊。"

她说："小冯，我看你人不错，我也对你不错。转正表签字我给你写了很好的评语，你房多的时候我帮你铺床，那次你摔坏了垃圾箱我向周经理求情。两好合一好，我对你好，也希望你对我好。你听到什么跟我有关的话，一定要告诉我。"

我说："好的。"

午饭时我们打了饭，又坐在一起小声聊天。她们说上午杨姐也去她们屋里聊天，好像要套出什么话。

刘全敬说："对啊，她也问我，有没有听到谁说了她什么坏话。我这几天又不在，我可真是什么都不知道。"

齐建华说："是啊，真奇怪，我昨天刚说她是更年期，她就知道了。"

李霞说："我看是有长嘴八哥。"

我问："长嘴八哥是什么？"

李霞鄙夷地说："连这都不知道，就是打小报告的，奸细。"

齐建华说："对了，一定有长嘴八哥！我早该想到。"

我说："不会吧？杨姐说你们有阴谋，你们说有长嘴八哥，你们宫斗剧看太多了吧？就这么个小宾馆，哪有那么多事儿。"

李霞说："你别不相信，我见得多了，什么人都有。咱们以后还是多长个心眼儿，防着点。”

小沈说：“那你们觉得长嘴八哥会是谁呢？”

齐建华说：“她来了。”

大家立刻低头吃饭。杨姐和小柳一起进来，打了饭，坐我旁边。

杨姐说：“吕月红真好，愿意帮我查房，让我给她打饭回去。我以后就可以天天下来吃饭了。”

对讲机里张子然说：“呼叫杨主管，三楼的布草车没有收，还放在楼道里。我们可告诉你了，到时候丢了东西别说是我们偷的。”

杨姐立刻问我们：“是谁的车？”

齐建华说：“我刚才……”

杨姐说：“齐建华，又是你！”

齐建华赶紧站起来端上饭盒走了。

中午吕月红穿着一件漂亮的花裙子进来，扭来扭去，问我：“我姐给我的，好看不好看？”

我说：“好看。中午你怎么不下去吃饭呢？怎么想起来帮杨姐查房了？”

吕月红说：“我不想下去吃了，一个人在客房部吃清静。”

我说：“一个人吃饭多没意思，还是人多热闹，听她们说话多有意思啊。今天李霞还说有长嘴八哥呢。”

吕月红说：“我就是不想掺和这些乱七八糟的事，才不下去吃饭呢。每天光数布草都烦死了，我可不想自找麻烦。”

我说：“自找什么麻烦？”

她说：“不说了，你忙吧，我走了，别让杨姐看见我又啰嗦。”

我完成最后一间房，把布草筐推到后楼梯口，呼叫她们来数布草。

吕月红、小沈、杨姐三个人上来后，数了我的布草，跟我的房表核对，几个数都对上了。

杨姐说：“小冯，你真认真，要是她们都像你这样就好了。”

我收完车去客房部，刘全敬和张丽、小柳都在。我们等了一会儿，杨姐和小沈来了，没看见李霞和齐建华。

杨姐说："你们下班吧。李霞和齐建华又对不上，我让她俩找不到今天不要下班。"

我们回到宿舍洗了澡，张丽让我坐她电动车一块儿走。我们收拾东西要走的时候，李霞和齐建华上来了，两个人板着脸噘着嘴。

我问："怎么样？最后找到了吗？"

李霞说："都翻遍了也没找到。杨姐说是我们俩故意弄丢的，必须找到。谁故意弄丢的？我还说是她故意整我们呢。"

齐建华说："就是，要不是小沈为我们俩求情，杨姐说不定真不让我们下班呢。还是小沈好，要是让小沈当主管就好了。"

我说："要是小沈当主管，还真没这么多事。"

小沈进来了，说："你们说话小心点，我在外面都听见了。让杨姐知道我又该倒霉了。"

齐建华说："这是实话，自从杨姐来了，咱们就没有好日子。真希望她能走。"

我和张丽出了门，我坐上电动车，车开了，张丽说："冯姐，你以后说话注意点，人多的时候不要多说话。"

我说："怎么了？"

张丽说："刚才李霞和齐建华发牢骚，你也说了几句。你忘了中午她们说有长嘴八哥吗？"

我说："她们就是说说而已，就咱们这几个人，哪儿有那么复杂？"

她说："少说话总没坏处。你看我就光干活，不说话，有什么事也找不到我头上。"

38

早上到客房部，杨姐分完房，大家拿到房表，李霞叫起来：“这么多预离！团队今天要退房了，完了完了。”

杨姐说：“退就退，有什么可大惊小怪的。”

李霞说：“可是这样上午脏房就少，我们只能闲着。下午退了房我们做不过来，又得加班。要不让礼宾和前台来帮忙吧。”

杨姐说：“你是什么意思？你还嫌布草丢得不够多吗？”

李霞说：“让他们来帮忙撤单子，怎么会丢布草呢？”

杨姐说：“既然说到这儿，我跟大家说清楚。我和王经理的矛盾你们可都是见证人，自始至终都是王经理在跟我过不去。现在竟然还用盘点来陷害我。我希望你们大家分清是非，站稳立场，不要是非不分，上了某些人的当。”

她停了一下，眼睛扫视一圈，然后提高声音严厉地说：“我再次警告某些人，不要以为我是新来的就斗不过你们！说什么不想让我当主管，想赶我走……”

我吓了一跳：这不是昨天洗完澡我们说的话吗？看来真的有长嘴八哥啊。张丽还说我当时不应该多说话，不知道杨姐都知道什么？

杨姐说：“某些人挑拨离间，卑鄙无耻，简直就是一粒老鼠屎，坏了一锅汤！但我不会由着你兴风作浪的。我有一句话要告诉她：道高一尺，魔高一丈。我这人就是这样，恩怨分明，眼里绝不揉沙子！”

她说完一句挨个儿看一眼，她看我的眼神，让我感觉似乎在说我。

杨姐还在说："我宣布一下新规矩：从今天开始，各人做各人的房，不许串门；上班时间专心做房，不许聊天；除非我安排，不许互相帮忙。将来我会随时检查，如果谁不听，非要挑拨离间，那既然你不义，别怪我无情。我会向周经理报告，马上辞退她！"

然后杨姐说起自己多不容易，擦马桶多辛苦，对大家多好，又说了一遍早点、咸菜和奖金，又掉了眼泪。最后她说："我该说的话都说完了，小沈，你带她们领布草去吧。"

大家从椅子上站起来，走到桌边拿了对讲机和房卡出去。刚出客房部门，齐建华就挽住小沈胳膊说："我们终于出来了。沈妹妹，你今天真漂亮！"

我四楼分了 16 间，只有 2 个脏房，4 间在住，10 个预离。刘全敬没分房。我上午做完两个脏房就没事儿了。四楼很安静，我怕杨姐来检查，也不敢开电视。只好站在窗前看外面的马路和行人。外面开始飘柳絮了，空气中到处是白色的绒毛。

楼道里有脚步声，我赶紧站起来拿起抹布擦桌子。来的是刘全敬，说："你现在有脏房吗？给我房卡，我关上门帮你做卫生间去。"

我说："没有，还没退出来呢。"

她说："那我走了。"

我说："再待会儿吧，陪我聊聊天。你说，早上杨姐在说谁？"

刘全敬说："管她说谁，反正不是说我。"

楼梯上又有脚步声，刘全敬立刻出去，从另一边跑走了。进来的果然是杨姐。我有点紧张，赶紧拿抹布擦桌子。她在沙发上坐下，问了几句房多不多，脏不脏后，说："小冯，你知不知道我早上说的是谁？"

我心跳有点加快，说："不知道。是谁呢？"

杨姐说："你没听她们说不想让我当主管吗？"

我说："没有啊。"

杨姐说："我相信你真不知道。因为只有你一个人在四楼，你没办法挑拨离间。小冯，你要记住，你是客房服务员，以后你就只管专心做房，不要跟那些小人掺和。”

我擦完桌子去擦窗台，又去擦门，杨姐待了一会儿走了。

杨姐在对讲机里说：“今天上午检查情况不错，大家都在自己的房间做房，这就对了。你们是客房服务员，把房做好就是你们的任务，不要无事生非。”

午饭时我们打了饭坐下，李霞说：“谁知道杨姐又怎么了？上午来我屋好几趟，连聊天都不让了，真是好笑。”

齐建华说：“就是，她也来了好几次，还问我好多话。好像我做了什么坏事似的，莫名其妙。”

小沈说：“她都问什么了？”

我的座位正对着门，我看见杨姐和小柳进来了，赶紧说：“杨姐来了。”

李霞立刻大声说：“我那个大的小孩今年就要上小学了，齐建华你呢？”

齐建华也大声说：“我儿子都上初二了。”

吃完饭上楼，在住还不能做，团队还没开始退。我只好在楼道里靠着布草车站着。

年轻女会计又走过来了，问我：“没房了？”

我说：“等在住。”

她走过去上楼去了，一会儿又走回来，说：“你问问她们银行卡都办好了吗？记得告诉我卡号，我好给你们打工资。”

我说：“好，我告诉她们。咱们都是几号发工资啊？”

她说：“按说是10号，一般都得拖到15号以后了。发了我会告诉你的。”

她走后，我又一个人站着。两点到了，我敲门开始做在住。三点多一点，前台说：“团队现在退房，我先念二楼，要查房的有：210、211、212、215、216……”说完二楼说三楼，最后是四楼，那10间预离全部退了。

我一间一间去查房，向前台报告：“查房正常。”

查完房已经三点半了。刘全敬上来，跟我要了房卡，去关了门做卫生间。

杨姐在对讲机里说："今天就不数布草了，大家专心做房。今天房多，大家要加快速度，但质量也一定要保证，绝不能马虎。我和小沈马上去帮你们。"

刘全敬做完一间过来，低着头看我房表上还有哪些脏房，突然听见杨姐说话："刘全敬，你不做保洁，在这里干什么？"

我扭头一看，杨姐站在旁边，严厉地盯着刘全敬。刘全敬红了脸，说："我听说冯姐退房多，来问问要不要帮忙。"

杨姐说："我不是说过了吗？需要帮忙我会安排。你的工作是保洁，没有房就不要来客房。去吧，做完保洁如果有时间，就把每层楼的楼道吸一下。"

刘全敬说："好的。"赶紧走了。

我在屋里铺床，杨姐问我还有几间，我说："还有 7 间。肯定是做不完了，我想留几间给中班。"

她说："周经理不会同意的。我要去帮别人，一会儿我让小沈来帮你。"

对讲机里张丽说："杨姐，我做完了。"

杨姐说："好的，你也累了，去客房部休息吧。"

一会儿李霞也说做完了，杨姐也让她去客房部休息。

我很生气，都快六点了，我还有 5 间脏房，为什么不让她们来帮我？

小沈上来了，跟我要了房卡，说："我今天不知道铺了多少床，胳膊都要断了。"

我说："那你休息一下吧，别管我了。反正今天也得加班，我慢慢做吧。"

小沈说："冯姐你真好。"

她休息了一会儿还是去铺床了。一会儿，看见她们路过我门口去宿舍，一会儿又换好了衣服下班走了。

我和小沈七点半才做完。路过三楼，吕月红坐在一堆布草中间低着头数数，旁边放着好几个本子。我跟她说："吕月红，再见。"她也没听见。

39

早上在更衣室，我问了她们的银行卡号，找了张纸写下来。

齐建华来了以后，说她住的地方正在拆迁，房东签字了，拆迁队马上就要来拆房子。房东催她搬家，她必须马上找房子。

刘全敬住在七里渠，村民自己加盖的简易公寓，一间三百元，一度电一块五，有小厨房，公用卫生间。小柳住在育荣学院对面，也是简易公寓，一个月四百元，屋子大一点，屋里有厕所，能洗澡，一块八一度电。李霞住在城北市场旁边，三百五十元。张丽和我一样住在小沙河村，才二百七十元。齐建华也问了我，我说我住的是一个独院，每月一千元。刘全敬住的地方最近，齐建华想先去看刘全敬那里的房子，约好下了班刘全敬骑车带着她去看。

我领了布草，到了四楼，先去把写着银行卡号的纸交给会计，回来立刻做房。今天房不多，一共 13 间，有 4 个在住，9 个脏房。

十一点多，我正在做房，杨姐来了，进来到处看看，说："小冯你工作很认真嘛。"说完就走了。

一会儿对讲机传来杨姐的声音："我刚才检查了一下，发现大多数服务员都在认真做房，但是也有些人不好好做房，到处乱窜。刚才被我抓住串房聊天的服务员，请你们中午把各层楼道窗户擦一遍，把各层放东西的工具室收拾一下。下午我去检查。"

看看表十二点了，我收了车下去吃饭。今天午饭又吃排骨。齐建华说："怎么那么倒霉啊，杨姐一上午没来，我还以为她不来了。我刚进李霞屋，她就进来了，我看她可能一直待在外面等着抓我们呢。你们说她是不是有点像神经病？”

李霞说：“她就是神经病！没事干抓我们，还给我们穿小鞋。我们只是聊聊天，又没做什么坏事，她干嘛这么针对我们？”

我说：“既然你都知道是针对你们，你们干嘛还串门？”

齐建华说：“我做306的时候，她正好做308，我就……”

刘全敬说：“来了。”

我抬眼一看，杨姐与小柳进门了。

李霞立刻大声说：“今天的排骨真好吃。”

杨姐和小柳打了米饭和菜放在桌上，又拿起饭盒盖排队去打排骨。李霞看着杨姐的饭盒小声说：“咱们要是往她饭里吐口唾沫，她也不会知道的，对吧？”

小沈说：“你敢不敢试试？”

她们都笑，李霞左右看了看，伸出头真准备吐。我说：“别这样，不好。”

李霞缩回头说：“好吧，算了。”

回头看了看，杨姐还在排队，李霞继续吃饭。杨姐和小柳回来坐下，把饭盒盖放桌子上，里面没有排骨。

杨姐说：“好不容易今天吃顿排骨，还没了。”

齐建华碗里还有一块排骨，她马上夹起来放杨姐碗里，说：“我正好不想吃了，杨姐给你吧。”

杨姐给她夹回碗里去，说：“我就是说说，你自己吃吧。”

齐建华说：“我真不是客气。她们都知道，这儿的排骨做得不好，我从来不吃的，每次也都是给她们。今天是因为我早上没吃饭，太饿了，才吃了一个。我真的不想吃。杨姐你就吃吧。”说着又把排骨夹到杨姐碗里。

杨姐没再夹回去，低头吃饭，但是也没动那块排骨。

齐建华又说：“杨姐你快吃吧。我真的不吃。杨姐你工作辛苦，晚上又睡不好觉，需要增加营养。”

我吃完饭去洗碗的时候，杨姐还是没动那块排骨。

我做完房，她们核对了数，都对上了。

杨姐说："小冯，今天就你对上数了，她们都出错了。唉，该怎么办呢？我看我还要更严格一点，好好监督她们，看看到底怎么回事。"

杨姐和小沈走后，吕月红说："每天出错，不光杨姐越来越生气，我也快愁死了。我昨天又抄到八九点。再这样下去，我会瘦成你这样的。唉。"

我安慰她说："别着急，一定会想出办法的。"

吕月红叹着气，拿出对讲机呼叫："小柳，让帅哥别帮你干活了，赶紧下来数布草！"

小柳说："收到。"

我上楼收拾垃圾，下楼去扔，路过三楼，小伙子正在把地上的一堆堆布草放进绿包袱里打包。

我是最后一个洗澡的，等我洗完出来，更衣室已经没人了。我一个人坐在沙发上梳头，吕月红上来了，在我旁边坐下，缩着脖子忍着笑，抱住我说："冯姐，告诉你个好事儿！"

我说："什么好事儿？"

她说："刚才填完单子签完字，小伙子打包的时候，包袱单子不够了，他就下去到车里拿，这时候我突然想到个好主意：我拿了一个被罩和一个床单藏到布草间桌子底下了。我看看明天他们能不能发现。要是发现了，我就给他。要是发现不了，咱们以后就有办法了！"

我说："这不行啊，这不就是偷吗？"

吕月红说："你别这么说嘛。这不叫偷，这叫想办法。我也是为了大家。只要下次盘点我们布草数对上了，大家就不用扣钱，也不用每天为了对不上布草数着急了。你不知道，杨姐老说她失眠，其实我也失眠。我每天数布草，又累又害怕，怕出错，怕扣钱。"

我说："我知道你不容易，可是这个办法不好，还是想想别的办法吧。洗衣厂少了布草，他们也会受罚的。"

她说："我就是试试，要是不行就算了。"

40

早上分完房，我的房表上有16间房，4个在住，12个脏房。四楼其余几间给了小柳。

杨姐说："刘全敬奶奶又病了，她又请假回老家了。小沈，今天还得你来做保洁。"

小沈说："好的。"

我领了布草，上到四楼，立刻开始做房。周经理带了两个工人过来，跟我要了房卡，打开对面一个脏房。两个工人进了屋，拿着卷尺到处量。后来周经理又去打开了几间房，他们都量了量。我正在铺一张单人床，周经理进来还我房卡，我伸手接了过来。

周经理在房间里到处看了看，看到窗户，说："这纱窗上粘着这么多柳絮，你们怎么也不洗洗？"

我没说话。周经理说："把你对讲机给我。"

她拿过对讲机，呼叫杨姐和小沈。她俩很快就来了。

周经理指着纱窗说："糊成这样都不洗，要是让王总知道了，又该批评我们了。杨姐，你安排一下，今天必须弄干净，下午我检查。"

杨姐说："我前几天刚安排她们洗过，现在又成这样了。最近飞絮实在太多，我马上让她们再洗一遍。"

杨姐对着对讲机说："各位客房服务员，今天增加一个计划卫生，就是清洗纱窗，要把上面的柳絮都洗干净，下午周经理来检查。"

李霞说："今天房那么多，哪有时间洗纱窗啊？"

杨姐说："大家辛苦一下吧。一会儿我和小沈去帮大家。"

我到卫生间去刷掉柳絮，擦干，再装上去。就这一会儿工夫，又有很多柳絮飞进屋里来。

窗外阳光灿烂，屋里也很热，我还穿着长袖工作服，出了一身汗。

对讲机里一直有人呼叫小沈，请她去帮忙卸纱窗安纱窗。午饭时大家都抱怨，卸洗纱窗多麻烦。

小沈也抱怨："我今天真倒霉，又要做保洁，又要帮你们卸纱窗安纱窗。杨姐什么事都让我去干，累死我了。"

齐建华说："是啊，我看杨姐明明闲着，每天一点儿事都不干，就会给人穿小鞋。"

李霞说："齐建华你别说了，我可不想再受你连累了。"

杨姐和小柳进来坐下后，李霞说："小柳，你今天早上穿的裙子真漂亮，你冷不冷啊？"

小柳说："不冷，今天最高温说 23 度呢，我做房都出汗了。"

李霞说："对了，小沈，咱们该换夏天的工作服了，长袖太热了。"

小沈说："夏天工作服破得不成样子了，去年给扔了，说今年换新的。"

小柳说："好啊，那就买吧。杨姐，能不能买个好看点的啊？这身太土了。"

杨姐说："最近可能买不了。前一阵儿耳机坏了，昨天万能清也没了，我跟周经理说，她都说现在没有钱，不能买。她说宾馆马上要装修，要换地毯，换床架，有些屋里坏了的东西也要换，都要花钱。夏季服装的事，过一段时间我再跟周经理说。"

小柳说："要装修？什么时候？"

杨姐说："周经理说就是最近。"

小柳说："现在房已经够多了，还要装修，会不会很累啊？"

李霞说："不累，宾馆两年前装修过一次，我们可轻松了，不用做房，每天就帮忙扔扔垃圾，擦擦洗洗。"

大家都说："那太好了。"

下午小柳推车上四楼，说："冯姐，你还有几间？做完帮帮我啊！我要累死了。"

我说："好的。"

我在屋里做房，一会儿听见有人跟小柳说话："柳姐，还有几间呀？"是收布草小伙子的声音。

小柳说："你今天怎么来得这么早啊？"

小伙子说："今天没事儿，就早点儿来了。有什么我能帮忙的吗？"

小柳："谢谢你啊，我今天真是累坏了。你先帮我撤床单吧。"

一会儿小柳又让他倒垃圾，擦桌子，吸地毯，两个人说说笑笑。

我呼叫吕月红来收布草，吕月红一个人先上来，悄悄对我说："冯姐，收布草的小伙子来了，什么也没说。我今天就再藏一套试试。"

我说："别这样，咱们还是想想别的办法吧。"

她说："这个办法最好了。冯姐你什么也别管，我来藏。"

下午周经理没有检查纱窗。除了齐建华，别人的布草都对上了。杨姐让齐建华去找，让我们下班。

到了更衣室，李霞和张丽脱衣服准备去洗澡，我们几个人坐在沙发上等。

吕月红乐呵呵上来，说："告诉你们个大好事儿！"

大家说："什么事儿？"

吕月红讲了她昨天怎么藏布草，今天没有被发现，刚才她又藏了两套。

李霞说："太好了，这下我们不用扣钱了！"

小柳拍着吕月红肩膀说："吕月红你真棒啊！"

齐建华上来，说："还是没找到，杨姐又骂我了。"

吕月红说："齐姐你别发愁，我有办法了。"

齐建华听吕月红说完，说："那你明天再多拿几套吧！"

吕月红说："不行，万一要让帅哥看见就完了。还是每天一两套，慢慢来。”

李霞说：“那样太慢了，我们少一百多套呢，下个月又要盘点了，你那样来不及。”

吕月红说：“我不敢拿太多，到时候拿不够大家少扣点钱也好啊。”

小柳说：“我们可以帮你一起藏。那小伙子跟我熟，到时候我可以专门叫他来帮忙，你们慢慢藏！”

李霞和齐建华说：“好啊，我们帮你一起藏。”

吕月红说：“行，有小柳你帮忙就保险了。”

她们开始计算，今天都 4 月 16 日了，一天至少要藏 6 套，到月底盘点才能够一百套。然后她们又兴奋地讨论起明天拿多少套，都是谁拿，什么时候拿，拿了都藏到哪里。一边说一边笑。

张丽一直在慢慢脱衣服，什么话也不说，还给我摇头，使眼色，让我也别说话。可是我实在忍不住了，说：“你们这样做不好吧。你们有没有想过那个小伙子怎么办？”

小柳说：“放心吧，就算洗衣厂知道少了布草，也不知道怎么少的，小伙子不会有事的。”

大家说：“是啊，是啊。”

我说：“可是这样做明显是不对的啊。”

李霞说：“那宾馆少了布草，扣我们钱就对吗？”

齐建华说：“是啊，冯姐，世上有很多事说不清道理的。”

吕月红说：“不管那个，反正布草够了，我们就不用扣钱了，对大家都有好处。”

她们又高兴地讨论起明天藏布草的事儿，想出四楼布草间可以藏，更衣室、宿舍都可以藏。

洗完澡，我坐张丽电动车回去，路上我问她怎么想，她说：“我也觉得这样做不好。不过我也不想扣钱。反正咱俩都别参与，到时候成功了也好，出事了也没咱们的事。”

41

我休息了一天。早上到更衣室，我们正换衣服，吕月红穿着睡衣从宿舍过来，说："冯姐，你昨天没来，小柳配合得太好了，帅哥刚跟我对了数签了单子，小柳就叫他去帮忙。我们一人拿了一套，一共拿了4套，今天帅哥也没发现！"

我问："可是还有个问题，他收的少了，还的也会少啊。"

吕月红说："这个我也想到了，他还的时候我数了，跟头天单子上的布草数一样，一个也没有少。"

我说："那他的布草是从哪儿来？这不可能啊。"

李霞说："看来洗衣厂有多余的布草。那些多余的布草，肯定都是宾馆的。"

小柳说："说不定就是从我们宾馆多拿的！"

吕月红说："很可能。"

齐建华说："那，我们只是拿回我们宾馆的布草啊，没什么不对的。"

她们都说："就是啊。"都笑起来。

小沈进来了，说："什么事这么高兴？"李霞告诉她藏布草的事儿。

我说："小沈，我觉得她们做得不合适，你说呢？"

小沈问："我也觉得不太好。杨姐是什么意见？"

吕月红说："我昨天跟她说了，她说她不管，不支持也不反对，人家问起来，就说她不知道。但是我看她挺高兴的，听我说完，立刻就说要休息一天，马上就回家了。她可是好长时间都没休息了。"

小沈说：“那就算了，我也不管了，你们看着办吧。”

今天杨姐不在，小沈分房。房不多，我分了13间，5个在住，8个脏房。刘全敬还没来，小沈仍然去做保洁。

上午我在四楼做房，小沈来了，进来坐在沙发上说：“冯姐，我中枪了。”

我没明白，说：“你怎么了？”

她说：“我怀孕了。”

我说：“这是好事啊，生两个多好。你老公不是很有钱吗？”

她叹气说：“我有个儿子，我是想再生个女儿。”

我说：“正好啊，那就生啊。”

她说：“可是我老公整天不理我，下班回家就抱着电脑，把我当空气。我发烧40度，让他给我倒杯水他都不愿意。生一个我已经后悔了，要是没这孩子，我早蹬了他，那么多人追我呢。这要再生一个，到时候我会更后悔。”

我不知道说什么好，停止铺床，想了想说：“要是你决定为了孩子跟他过一辈子，那有两个孩子是不是更好一点？而且如果是个女儿，还跟妈妈更亲呢。”

她说：“所以我发愁啊。”

她说着从口袋掏出一盒烟，说：“冯姐，我在你这儿抽支烟行吗？”

我说：“你别抽了，抽烟对孩子不好。万一你还想生呢。”

她说：“抽一点没事。我生我儿子时也抽，也没事儿。”

她去卫生间点着烟，打开了换气扇，一会儿抽完出来，说：“我走了，你忙吧。”

四点大家都做完了房。吕月红和小沈数布草，数目都对上了，我们很高兴。

吕月红说：“我们的日子越来越好过了。”

齐建华最后一个做完，推着布草筐来数布草。今天她少了1个浴巾，多了 2 个面巾。

吕月红说："齐姐，别人都对上了，就你没对上。"

小沈让她回去找，她找了一圈回来说："没找到。"

小沈说："算了，今天杨姐不在，我就让你过关吧。以后你仔细点就行了。"

齐建华立刻笑了，还抓住小沈胳膊摇晃："谢谢妹妹，你真好！你要是主管就好了，真希望你当我们的主管！"

李霞说："我们小沈本来就是当主管的料，当领班是屈才。"

小柳说："是啊，沈姐又漂亮又能干！"

小沈说："你们别瞎说，我哪有杨姐能干。我除了长得漂亮点，什么都不行，领导都看不上我。"

我说："不是的，其实你比杨姐能干多了，你又会办事，又会做房，还能做保洁。"

小沈说："谢谢你们夸奖。我总算没白受累。"

收布草的小伙子背着一个大绿包袱从楼梯上来，我们给让开地方，让他过去。她们都热情地跟他打招呼："帅哥来了。""帅哥辛苦了。"

他背到布草间放下，又跑下去，一会儿又背了一个包袱上来。

小沈说："没事的可以下班了。"

小柳说："我还有好多活儿等着帅哥帮我做呢。"

李霞和齐建华也说："我们还没收车呢。"

小沈说："那你们收拾，我去客房部了。"

张丽拉我回宿舍洗澡。我们洗完，她们几个人上来了，坐下笑。

吕月红说："冯姐，今天我们又藏了 6 套！"

她们兴奋地讲藏布草的过程：签完单子小伙子正要打包时，小柳叫他去帮忙把垃圾袋从布草车上拽出来，她们每人拿了 2 套跑去藏起来。

我说："这样不行的，迟早会出问题的，我们还是想别的办法吧。"

吕月红说："放心吧，没有问题。我仔细数了送来的布草，跟单子上写的数一样。"

小柳说：“已经藏了十几套了，再藏一个星期就差不多了，到时候我们大家就不用扣钱了。”

她们都很高兴，我也没再说什么。

我和张丽一起回家的路上，张丽说：“冯姐，你今天又多说话了，这样对你不好。”

我说：“我说什么了？”

她说：“收布草的时候，你们都夸小沈，说要是她当主管就好了。”

我说：“那也没什么呀。杨姐今天又不在。”

她说：“你忘了李霞说有长嘴八哥吗？万一传给杨姐，再添油加醋，你就又倒霉了。”

我说：“你想得太多了。这几个人我都了解，她们不是那种人。”

张丽说：“听我的，少说话。小心没大错。”

42

早上进了宾馆，看见还是小沈在拖地。进了客房部，杨姐来了，在看电脑分房，头发染成了浅棕色。

看见我们进来，杨姐笑眯眯地说："架子上有包子和油条，我早上出去买的，赶紧趁热吃吧。"

大家谢了杨姐，各自去拿了包子和油条，坐下吃。发了房表，我分到 15 间房，有 5 间在住，10 个脏房。

上午对讲机很安静，没听见杨姐说话。中午吃饭的时候，齐建华说："我看见杨姐又让小柳打开一间房，进去睡觉了。"

李霞说："我说怎么这么清静啊。"

齐建华说："你们知道她为什么这么放松吗？我听见她跟小柳说，周经理和王经理都出差了。"

李霞说："别说了，来了。"

小柳掀起门帘进来了，但是后面没有跟着杨姐。小柳拿了两个饭盒，打了饭，端着走了。下午杨姐也没查房。我呼叫收布草，小沈和吕月红来了，杨姐也没来。我们几个都对上了，齐建华还是没对上，又少了一个地巾和一个枕套。

李霞说："齐建华，你真行，每次都是你，好像你一次都没对上过。"

齐建华说："我已经很细心了，我也不知道怎么回事。"

小沈说："算了，吕月红你写上全对吧。"

齐建华抱了小沈一下，说："谢谢妹妹。"

吕月红说："反正布草也能弄够，大家都不要着急了。"

数完布草，签了单子，小伙子打了几个包，小柳又叫走了他："帅哥，来帮下忙。"小伙子走了，吕月红从没打包的布草里挑出两套，进了布草间。李霞和齐建华各自挑了两套，跑上楼去。一个放到耗品间，一个放到吕月红宿舍床底下。三个人藏完回来，都使劲绷着脸，忍着笑。

小沈回客房部，张丽和我回楼层收车。最后大家到了客房部，杨姐看看表，才四点一刻，说："今天周经理不在，你们就早点洗澡下班吧。"

我们说："谢谢杨姐。"

我们到了更衣室，齐建华说："这下好了，布草的事有了办法，杨姐高兴了，不检查也不训人了，我以后也不用受罪了。"

吕月红说："还不是因为我想出了好办法。"

齐建华说："谢谢亲爱的小红，你是我最好的妹妹。"

齐建华抱住吕月红，在吕月红脸上响亮地亲了一口，吕月红乐得咯咯笑。

李霞也说："吕月红，你做了件大好事，我们大家都要感谢你。"

小沈手机响了一声，她从包里拿出手机看了看，说："发工资了。"

李霞说："终于发工资了。我在商场看上了件裙子，可是我没钱了。我马上下去取钱买去。"

小沈看着手机说："哎？只有2100，我工资是2300啊。怎么少了200？会不会真让周经理给扣了？"

李霞说："怎么会少呢？我去看看我的卡。"

吕月红说："我还没领过工资呢，这是我第一次发工资，我去找找我的卡，看看我发了多少钱。"

大家一起下楼，到大厅的自动取款机那里查。李霞先把卡插进去，摁完密码，显示余额是1745。她说："怎么这么少？我的基本工资是1400，加上房提，大概300多，还有周经理说上月扣的300多这月给我补上，我至少应该是2000。"

我们也把卡插进机器里查，我的卡上显示是1000元。上个月是试用期，基本工资是1200。我虽然没记下我做了多少房，但是一间房提是6元，我上个月每天都会多做几间，有时候一两间，有时候是四五间，一个月下来怎么也有几十间，应该有一两百元的房提。也就是说，我的工资应该是1400左右才对。

齐建华和我一样，1000元，吕月红和小柳却是1100。

我说："你们比我还迟来一两天，为什么比我多100呢？"

小柳说："我也不知道啊。"

吕月红说："我哪里多了，我还少了呢。我上中班，杨姐说了，我做一间就算一间房提。你们下了班，我每天收了布草，晚上一个人做房，可吓人了。我都记下来了，我上个月一共做了42间，房提就是252元，加上基本工资1200，应该是1452才对。"

李霞说："我们去找杨姐问问。"

我们一起上楼到了客房，李霞进门就说："杨姐，我们来问问，为什么工资这么少？"

齐建华说："我也少了。"

我说："杨姐，我们每人都扣了四五百呢。这是怎么回事？"

吕月红说："是啊，我上中班，还做了好多房，怎么才1100，连基本工资都不到。"

小柳说："杨姐，我也不够基本工资，才1100。"

杨姐说："大家别着急，我也被扣了200元，正纳闷呢。周经理出差了，等她回来我帮你们问。少的一定给你们补上，绝不会让你们吃亏的。大家相信我。"

李霞说："我可不能等，我现在就给周经理打电话。"

杨姐说："你不要着急，这事不能着急。不知道是什么情况，也许周经理有苦衷，还是等她来了以后，我私下去问才好。"

李霞不听，拿出手机拨了电话。那边"喂"了一声，李霞说："周经理，我是李霞。我刚看了我的工资才1745，为什么会这么少？房提你是不是少算了？扣我的那 300 元是不是没给我补？”

我们都不说话听着，手机里周经理说：“你上个月的房提是 345 元，给你补上了。但是因为这次盘点丢了布草，王总说客房部管理混乱，要求客房部每人扣 200 元。房提的表我都做好了，王总不让发。这是王总的决定，我也没办法。连我和杨主管、小沈也都被扣了 200。”

李霞气得脸都红了，大声冲着手机说：“你们太不像话了！你们当领导的，随便找个理由，想扣钱就扣，想扣多少就扣多少。我们累死累活一个月要做几百间房，容易吗？你们太没良心了！”

杨姐抢过李霞的手机，说：“周经理，您在外地，千万不要着急。放心，这里有我呢，我会劝她们的。一切等您回来再说。”

挂了电话，杨姐说：“李霞，有话好好说。你态度不对，有理也变没理了。你是在跟领导说话，不是我们平常聊天，不能想说什么就说什么，一定要有分寸，要讲技巧，否则得罪了领导更麻烦。”

李霞说：“得罪就得罪，他妈的大不了我不干了。”转身出去了。

杨姐说：“大家不要着急，等周经理回来，我一定好好问问。你们放心，我一定会为你们争取的。你们今天也累了，赶紧洗澡下班吧，明天还要做房呢。”

小沈说：“是的，大家还是走吧。”

我对杨姐说：“杨姐，这次不是小事，我们不能等。我记得王总说，等到下次盘点对不上才扣钱，怎么现在就扣了呢？王总作为一个集团总经理，说话不算话，欺负一群打工的，这算什么本事？我们辛辛苦苦做了一个月，做了几百间房，才挣一千多工资，她说扣就扣，真是太不讲理，太卑鄙了！”

杨姐说：“小冯，你可不要这么说，要是让领导听见了就麻烦了。你们要相信领导，领导这么做，一定有她的原因，可能也有苦衷。我一定会帮你们去问的，你们不要着急。”

齐建华说：“说不定是周经理自己扣的钱，她说成是王总的意思，让我们没办法。王总是集团的头儿，我们又不能找王总去。”

杨姐沉下脸说：“齐建华你说话注意啊，不要动不动就想挑拨啊。你们大家也注意，不要背地里这么说领导。你们要沉住气，相信我，相信周经理。钱又不是周经理自己的，她为什么要少给你们发钱，让你们不高兴，将来工作也没有积极性呢？等周经理回来了，我会问清楚的。你们不要听齐建华乱说，也别学李霞，遇到一点事就跳脚。我当了这么多年主管，我知道，领导也有领导的难处，我们要学会体谅。时间也不早了，你们下班吧。”

吕月红说：“对，杨姐说得对，大家不要乱猜，还是等周经理回来，让杨姐跟周经理说说，周经理再跟王总说说，说我们布草都找到了，让她下个月再给我们补上。”

杨姐说：“你们别着急，别为了这几百块钱闹得不和气。钱是小事，和气是大事，和气才能生财。所以大家做人要大气些，小家子气干不了大事，也发不了财。小沈，你带她们上去洗澡吧。”

大家出来，上楼洗澡去，到了更衣室，李霞不在，已经走了。没人抢着洗澡，大家都坐下，唉声叹气。

小柳说：“这可怎么办？”

齐建华说：“要我说，肯定是周经理扣的。”

我说：“不管是谁扣的，我们一定要争取补回来。”

小沈说：“要我说，争也没用，等也没用。你们还是走吧，再找个比这儿好的工作。”

吕月红说：“我干了那么多工作，到哪里都一样。还是再等等吧，让杨姐去说说，实在不行少补点也行。”

我说：“杨姐不行，我们得自己去说，我们团结起来，一起跟他们讲理。”

张丽带我回家，路上她又说：“冯姐，你不要出头，不要说那些话。大家都被扣了，让别人去想办法吧。”

我说：“如果大家都这么想，最后不就没人出头了吗？那我们被扣的钱怎么拿回来？”

她说："以我的经验，扣了的钱就要不回来了。还是小沈说得对，自己想办法。我知道有个新开的宾馆招人，明天我休息，我想去试试。要是那边好，你也过去，咱俩还做伴。"

我说："好啊。"

43

第二天早上到了更衣室，刘全敬来了，说在家待了几天，奶奶还是那个样子，她又回来上班了。我们告诉她扣钱的事，她立刻拿了卡跑下去，一会儿上来说："我 1200。"

我们说："好啊，看来你没被扣啊。"

刘全敬说："扣了。周经理跟我说，因为我会做房，没有试用期，给我按正式算，是 1400。而且说好做一间给一间房提。我上个月也做了好多房呢。我真倒霉。又做保洁，又做房，还被扣钱。"

换完衣服去客房部，杨姐热情地招呼大家："快来吃馒头，我昨天晚饭给你们拿的，我都给你们热好了，记得夹咸菜。"

大家拿了馒头坐着吃，都不说话。

杨姐把房表分下去，说："今天刘全敬来了，你就替李霞去三楼吧。李霞刚才给我打电话，说她感冒了，今天来不了。我看她就是矫情，又等着人去请她。可是这次周经理王经理都出差了，让她等吧。反正我是不会去请她的。"

刘全敬看了房表，我也扭头看了，上面李霞的名字涂了，旁边写了刘全敬的名字，一共有 13 间房。

刘全敬说："我还要做保洁，这房太多了，我做不了。"

杨姐说："没办法，辛苦一下吧，谁让李霞这么晚才给我打电话，我已经分完房了，再分就乱了。房虽然多，你也可以多拿房提啊。"

刘全敬说："哪还敢想多拿房提啊，上个月的房提一分没给，工资还扣了 200。”

我说：“是啊，我们干了一个月，倒还扣了几百块。谁还愿意多做房？”

小柳说：“唉，说不定这个月也会白做。”

齐建华说：“王总这样做真不好，太打击员工的积极性了。”

杨姐说：“我知道大家做房很辛苦，不容易，这次上面扣钱的确不合理。但是大家一定要听我的，一定不要着急。我向大家保证，等周经理回来，我一定为大家争取。你们相信我，好好做房，好吗？”

大家都没说话。

小沈说：“杨姐对你们这么好，难道你们还不相信杨姐吗？”

小柳说：“我们不是不相信杨姐，是不相信王总。”

杨姐说：“只要我当一天主管，就要为你们做一天主，绝对不会让你们受委屈的。小沈，你带她们去领布草吧。”

我今天房表上有 15 间房，5 间在住，10 个脏房。本来说超过 12 间有房提，今天超了 3 间，但是做了很可能也是白做。

我摆完布草车，打开第一间脏房门，两张床上乱七八糟，桌上地上都有很多垃圾。我在床上坐了一会儿，想着被扣的工资，不想做那一堆琐碎的工作。最后还是站起来，慢慢开始做房。

下午收完布草，小伙子来了。他数完布草，和吕月红对了数，签了单子，装好，开始打包。他先到四楼去打包，打完下三楼来打，包了一个，包了两个，最后快包完了，小柳也没动静。

吕月红跑走了，一会儿小柳过来说：“帅哥，来帮个忙。”

小伙子说：“好啊。”

他们走了，吕月红说：“齐姐，快拿布草啊。”

齐建华说：“小红，算了，别拿了。反正也已经被扣钱了，再拿也没用了。”

吕月红说：“拿吧，要是拿够了，也许就可以给补上了。要是到时候补不上，说不定还要扣钱。”

她们蹲下数了几套，吕月红放到布草间，齐建华抱起来去四楼放耗品间。

下了班回到更衣室，大家又聊天。

小沈说："李霞说是请假，实际上去找工作了，你们也去找工作吧。离开这个地方，找个更好的工作。"

齐建华说："是啊，世界那么大，干吗非在这里受气。这里不好，我们再去找个好工作。"

小柳说："好，我休息的时候也去找找工作。"

刘全敬说："我也想去找工作。"

小沈说："对，就应该这样，不要在一棵树上吊死，树挪死，人挪活。"

吕月红说："大家别这样，再等一等吧，等周经理回来再说。"

我说："对，先别去找新工作。现在我们应该想办法要回我们的钱。我们可以等一等，等周经理来了，我们先一起跟她谈判，不行的话再一起去找王总，争取拿回我们的钱。"

小沈说："我来的时间比你们长，依我对宾馆的了解，她们不会跟你谈判的。周经理是集团有名的铁算盘，连集团的总裁都喜欢她，这次她出差就是去三亚的分公司培训财务去了。王总架子更大，根本不会理你们的。"

吕月红说："我也觉得冯姐说的行不通。我们还是听杨姐的吧，我们不要出面，让杨姐去说，行就行，不行就算了。我们忍一忍吧。这个月是特殊情况，不管怎么说还是因为丢了布草，下个月布草就补上了，以后她们就不会再扣了。"

我说："那我们也要先谈判试试，不行再说。如果这次解决了，以后他们就不敢随便扣钱了。要不然下次她们找个由头又会扣钱的。要是连试都不试就走了，也太便宜了他们。"

大家都没说话。小柳说："不管了，先洗澡。谁先洗？"

44

早上我正在更衣室换衣服，张丽来了。我问：“你昨天去了吗？那里工作怎么样？”

张丽说：“冯姐，一会儿我再告诉你。”

齐建华说：“你去找工作了？说说嘛。”

吕月红也穿着睡裙从宿舍跑过来，推着张丽：“说说，说说。”

张丽只好说：“那是一个四星级宾馆，每人每天只分12间房，工资两千……”

小柳说：“真好，做12间就两千，我也要去。”

张丽接着说：“可是要求很高，做完一间就有人来验收，通过了才能做下一间。通不过要再返工。”

我说：“你做得那么认真，一定没问题。”

张丽说：“她们要求太高了，哪里都要亮亮的。屋里的东西比我们这里还多，还讲究。就说卫生间吧，不仅是玻璃墙，桌上还有一堆东西，小筐有两个，还有好几个小抽屉。里面不光有牙刷洗发水沐浴液，还有刮胡刀、化妆棉、棉花签、指甲刀，一样放一个地方，还要摆得漂亮，光摆这个就要好久。我做完最后一间都7点了。比在这儿累多了。”

大家说：“啊，那么麻烦。”

张丽说：“还有一个，它那儿虽然有饭，但要自己掏钱，说是只收成本价，一顿午饭6元。吃的倒是很好，自助餐，有好几个菜，还有肉，也管饱。可是一个月下来也要扣150，所以实际上它的工资就跟这里差不多了。”

她们说：“那也比我们这里高啊。”

张丽说：“这里基本工资1400，每月房提最少也有三四百，旺季一般都能拿两千多。这里早上还有馒头和咸菜，晚上还有晚饭。那里只有午饭。在这里我基本上三顿都在宾馆吃，回家就给我老公煮个面条。这样下来也省很多钱。我想了想，还是别走了，就在这儿干吧。”

吕月红说：“我就说嘛，这里挺好，管吃管住。大家都别走了。我保证这个月把布草数补齐，以后不会再扣钱了。”

小柳说：“看李霞怎么样吧。”

齐建华说：“李霞来了！”

李霞穿着漂亮的新裙子，挎着小包，一扭一扭进来了。大家让她坐下，问她：“你两天没来，工作怎么样？”

她说：“我试了一个快捷宾馆，工资1500，没人查质量，随便收拾收拾就行，就是房提少，一间4元。每天做完发个条子，写着你做的房数，应该拿的房提数，到时候发工资的时候你自己拿着条子对，绝不扣钱，也不用数布草。”

齐建华说：“这个好，我最烦数布草了。”

小柳说：“在这儿，我们也不知道自己到底该拿多少房提，从来没人告诉我们。”

李霞说：“可是一个，房多，我分了23间，做完胳膊都要断了，腰都要折了。9间的房提，多挣36元，可是不管饭，中午我就吃了碗面条，还花了10元钱。而且早饭和晚饭我也得在家吃，那样一天光饭钱就得多花20。这么算下来，不比这里挣得多，还比这里累多了。我想了想，还是先回来干吧，这儿毕竟管吃管住，房提还是一间6元。扣的钱，咱们一起再想办法吧。”

吕月红说：“我就说嘛，咱们这些没文化的人，能找到什么好工作？这里就挺好的，管吃管住，冬天有暖气，夏天还有空调。大家都别走了。”

刘全敬说：“我就知道没有好工作。”

我说："别灰心，咱们大家一起跟她们讲道理，一定把钱要回来，让她们将来也不能乱扣钱。"

李霞说："对。她们就是看你们老实，什么都不敢说，才欺负你。柿子专拣软的捏，你们得说话，得保护自己。你要厉害了，她就不敢欺负你。"

我说："对，以后我们向李霞学习。"

杨姐坐在电脑前分房，看见李霞进来，说："你总算来了，我正打算给你打电话呢。你两天没来，我还以为你就不来了呢。"

李霞说："本来我是不想来了，要不是姐妹们都劝我，我才不来呢。"

杨姐说："今天房很多，小沈又休息，你来得好，正好可以做房。"

杨姐分了房表，李霞分到 20 间。我一看我的房表，有 19 间。别人也都十八九间，刘全敬也分到 6 间。

大家都说："这么多。""做不完啊。""今天又要累死了。"

杨姐说："快到旺季了，房多起来了。大家克服一下吧。不过你们辛苦，我就不辛苦吗？我为了工作，天天都住在宿舍。今天这么忙，小沈休息了，所有的工作都要我一个人做。"

李霞说："周经理什么时候回来？我们要找她谈谈扣工资的事。"

杨姐说："你们放心，等周经理来了我会帮你们问的。"

李霞说："不用了，我们还是跟周经理直接谈。"

我说："是啊，直接谈比较好。"

她们说："对，对，直接谈。"

杨姐说："你们不要这样，还是我帮你们说话更方便，你们那样会让领导下不来台，事情更难办。"

吕月红说："是啊，杨姐说得对，还是让杨姐在中间帮我们说话更好。"

杨姐说："大家不要着急，要相信我，一定会尽一切力量维护你们的利益。今天房多，你们抓紧时间去做房吧。"

我这 19 间房，有 3 个在住，16 间是脏房。我上楼后立刻开始做，能省就省，能不做的就不做。对讲机里也很安静，没有人说话，都在努力做房。

下午我做到四点，还剩 5 个脏房。我又饿又累，吃了两个巧克力派也没管用，感觉筋疲力尽，实在做不动了。

我想了想，拿出对讲机说：“呼叫杨姐，我现在还有 5 间脏房，我今天太累了，能不能留给中班，或明天再做？”

杨姐说：“小冯，别着急，健康第一，你先休息一下再说。我正在查房，一会儿我忙完去帮你。谁先做完了去帮帮小冯啊，大家互相帮忙嘛。”

我在床边坐下，浑身酸痛。我打定主意，那 5 间房不管怎样我也不做了。一会儿刘全敬来了，说：“给我房卡，我去铺床。”

我说：“你别做了，你那 6 间的房提可能都够呛，再多干也是吃亏。这 5 间我也不做了，爱卖不卖。你回去吧，告诉她们都不要来帮我。”

刘全敬走了，我就一直坐着休息。吕月红在对讲机里说收布草，说李霞的布草少了什么，小柳的多了什么，齐建华的什么对不上。

看看表五点了，到下班时间了，我呼叫杨姐，说：“我那 5 间留给中班了啊。”

杨姐说：“你们做完房的去帮小冯一下吧。”

李霞说：“我没做完呢，我只是先撤了布草好让吕月红收布草。”

齐建华说：“我也没做完呢。”

小柳说：“我也是。”

杨姐说：“好吧，小冯，我马上去帮你。”

她上来了，进门就帮我撤床单，说：“小冯，你再辛苦一下，把这几间做了吧。”

我说：“我真的太累了，真做不动了。”

杨姐说：“我知道，你最实在了，你要说累，一定是真累了。可是宾馆就指着旺季卖房，要是因为咱们少卖了房，前台和王经理一定会跟王总告状，连周经理也会批评我的，到时候咱们客房部的日子就更难过了，你们扣的钱就别想要回来了。”

我说：“可是我没有一点劲了。”

杨姐说：“为了我们客房部，咬咬牙吧。我来帮你，你就管铺床和做卫生间，我做别的，咱俩把这 5 间做出来。”

我只好说：“好吧。”

我站起来出门，从布草车上拿床单被罩进屋铺床。我铺床做卫生间的时候，杨姐撤床单，倒垃圾，绑窗帘，擦桌子，做一些小活。这样一直干到六点，吕月红过来叫我们吃晚饭，帮了把手，一起做完了。

杨姐和吕月红去吃晚饭，我太累了，没有去。回到更衣室，我在沙发上坐下，腰酸背痛，头发让汗湿透了，浑身像发烧一样。我一直坐到天黑，感觉有点力气了，才站起来换了衣服，扶着扶手慢慢下楼去。

经过大厅的时候，一个前台坐在桌子后面，一个礼宾靠在桌子上跟她聊天。

45

早上大家在更衣室换衣服，小沈进来，说："我听说周经理今天回来，你们要想跟她说工资的事得抓紧了。"

我说："好啊，等周经理一来，咱们就去找她问工资的事。怎么样？"

李霞说："对，我们大家要一起去，这样有气势。"

齐建华说："好的，我们一块去。"

吕月红说："我觉得还是先让杨姐帮我们说更好。咱们再等等吧。"

小柳也说："是啊，先让杨姐试试，不行咱们再去。"

李霞说："你们还看不出来吗？杨姐那个人，根本信不过，还是我们自己去说更好。"

小沈说："马上要做这个月的工资了，你们要谈好了，下个月就能补上。你们要拖着，可就要拖到下下个月了，那中间还不知道发生什么事呢。"

我说："是啊，趁热打铁，我们得赶紧解决这个事。"

吕月红说："那好吧，我也跟你们一起去。"

刘全敬说："我从来没找过领导，那样行吗？"

李霞说："胆小鬼，扣你钱活该。周经理就是看你们这拨人老实，才想扣就扣的。你们要想以后不扣钱，就得敢说话。要不以后还会扣钱的。"

刘全敬说："好吧，我跟你们一块去，到那儿我不说话行吗？"

我说："行。张丽，你也去吧，不想说话凑个人数也行。"

张丽说：“好。”

我今天分到 14 间房，有 5 个在住，9 个脏房。十点半，我正在做房，听见对讲机里说：“王总通知，各中层干部十一点到大会议室开会。”

中午吃饭，我到了食堂，盛了饭坐下，跟她们说：“周经理来了，我看见她上午去开会了。”

李霞说：“好啊，一会儿吃完饭上去，应该就开完会了，咱们就直接去她办公室找她。到时候我来说，你们都支持我就行。”

我说：“好的，这次一定要让她们知道，我们可不是好欺负的。”

对讲机响，杨姐说：“各位客房服务员，有重要事情通知，吃完饭后请速到客房部。”

“不知道又出什么事了？”小柳拿上给杨姐的饭盒，李霞拿着小沈的，我们谈论着，一起上了二楼。

进了客房部，杨姐、小沈和周经理都在。周经理站着说：“今天上午王总开会，安排了一下装修的事，主要是换地毯和部分家具。这个工作我一直在准备，本来上周就应该开始，结果我和王经理到三亚出差，就推到现在了。王总要求我们一定要在五一前换完。因为五一开始就是旺季了，宾馆基本上每天都客满，耽误一天就损失一天的收入。今天已经 4 月 21 日了，我们只有九天的时间。时间紧，任务重，大家辛苦一下，最近先不要休息，有困难的克服一下，一定要按时完成这个任务。明天就开始启动。具体怎么收拾，王总指定由王经理负责，大家到时听他安排就行。我就说这么多，王经理在楼下等着我呢，我饭都没吃，马上去安排地毯和家具，就由杨姐来给大家详细传达一下会议内容吧。”

周经理抬腿往外走。大家互相看看，李霞说话了：“周经理，您等一下，我们有事跟您说。”

周经理说：“什么事？”

李霞说：“就是这个月扣工资的事啊，您既然回来了，请跟我们解释一下。”

周经理看了看杨姐和小沈，沉下脸来说：“我上次在电话里不是说过了吗？现在我再说一遍：不是我要扣，是王总要扣。原因是我们上个月丢了布草，还有你们做房质量也不过关。而且不光你们，连我、杨姐和小沈也都被扣了。”

李霞说：“你说的这些理由都不对。上个月虽然丢了布草，但是说好下次盘点补不上才扣钱，怎么现在就扣了呢？而且明明上个月王总检查完，说做房质量很好，怎么现在又变成不过关了？”

我说：“还有，如果你们真的光明正大，你们为什么不敢提前告诉我们大家？宾馆是个大单位，怎么能这么随便克扣员工工资呢？这钱到底是为什么扣，每个人扣了多少，为什么这个月扣，请周经理跟我们解释清楚。”

周经理有点紧张，说：“这个……我也不……清楚，我不知道，这都是王总扣的。”

李霞说：“王总是集团总经理，你是宾馆经理，你怎么会不知道？”

我说：“你还是总会计，工资的事都是由你管。”

周经理的脸又板起来了：“我虽然是宾馆经理，是会计，但是什么都得经过王总批。我做好的工资表，王总不通过，王总要扣，我也没办法。我总不能让王总给我解释吧。”

李霞说：“好吧，那我们就去找王总。我知道她办公室在哪儿。走吧。”李霞说着就站起来往外走，我跟着她往外走，别人也犹犹豫豫地跟在后面。

周经理说：“好，你们去吧。”

她站着没动，但是跟杨姐和小沈使眼色、摇头，杨姐赶紧走过去拦住李霞说：“你们不要冲动，先坐下，听我说几句。”

她把李霞拉回来，摁在椅子上坐下。小沈也把别人拉回来坐下。

杨姐说：“听我说，你们千万别去找王总。王总那人我比你们了解。我知道，周经理买地毯的时候，王总只给 40 元一平米的标准，为了找到这么便宜的地毯，周经理跑遍了北京。不仅是扣工资，还有很多事，都是王总的主意，比如取消食堂早餐，把伙食费减到每人每天 4 块钱。你们相信我，你们就是去找王总，也拿不到一分钱。我知道有个员工对伙食不满，提了个意见，王总立刻就把他辞掉了。你们一去找，弄不好也被王总开除了。”

李霞说：“开除就开除，这样光干活不挣钱的工作，我们还不想干了呢。”

周经理在旁边说：“不干可以，公司有规定，要提前一个月提出辞职申请，各部门领导都签字，满一个月后才可以走人。而且提出申请的那个月，工资要按试用期算，还没有房提。工作不满一年的，还要扣培训费 600 元。”

李霞说：“这是什么规定，我才不管，我想走就走。”

我说：“是啊，哪里来的 600 元培训费？我们都是到了就做房，宾馆什么时候培训我们了？公司扣钱的时候没有规定，要走的时候怎么又有规定了？又没有跟我们签合同，我们可以不管这个规定。”

周经理说：“李霞认识以前的服务员，你去问问她们，看是不是这样。她们因为说走就走，那个月的工资只发了 1200。我听说有人去找王总了，也没有用。”

李霞说：“王总怎么能这样？还当总经理呢，怎么这么不讲理？”

我说：“这样违犯劳动法，我们可以去告她。”

周经理说：“我在这里要为王总说几句话。王总的压力也很大，今年老板给王总的利润指标很高，可是今年附近又连开了三家连锁宾馆，我们宾馆的入住率大大降低，完成指标很困难。到年底如果完不成，别说奖金，领导们的工资也都成问题。要我说，你们只有一个办法，就是大家好好干，入住率提高，宾馆效益好了，我会向王总争取，到时大家多发点奖金，什么都补回来了。”

杨姐说：“周经理说的有道理。别看王总是总经理，周经理是经理，但她们跟你们一样，也是给老板打工的。大家要想拿到钱，就听周经理的话，好好做房，让客人满意，给王总留个好印象，周经理和我才好替你们说话，替你们争取。这是唯一的办法。”

李霞板着脸不说话。大家也都低着头。我也没有更好的话说。

周经理声音温和了一点，说：“杨姐说的就是我想说的。大家不要着急，当前咱们要做的，一个是把布草数对上，另一个就是好好配合装修。工资的事再等一等。我和杨姐知道你们出来打工不容易，我们一定会帮大家想办法补回来的。好了，王经理还等着我呢。我先走了，有什么事大家跟杨姐说。”

周经理走后，杨姐说：“不是我说你们，我理解你们被扣钱很生气，但是我也跟你们说了好多遍了，要讲方法，不要冲动，冲动不会有好结果。你们看，刚才要不是我，你们跟周经理就会闹僵，你们没看见她脸色多难看？你们这么不给她面子，不给她台阶，即使她能做到，也不会答应的。所以，你们还是应该听我的。以后有什么事，千万不要直接问周经理，一定要先告诉我，由我来跟周经理说，那样能给领导余地。”

李霞说：“她们是头儿，说扣钱就扣钱，怎么不给我们余地？我们只是打工的，为什么要给她们余地？”

杨姐说：“李霞，我知道你直爽，但是你想得太简单。事情没有那么简单。我比你大几岁，比你经过的事多，比你想得周到。你们以后有事一定要跟我商量，要不然一时冲动，会搞得弄巧成拙。小沈，你说我说得对不对？”

小沈一直在旁边站着，从头到尾没说话。杨姐叫她，她愣了一下，说：“对，对。听杨姐的，大家别冲动。”

吕月红说：“杨姐说得对，遇事要想办法，不能冲动。”

杨姐又对我说：“小冯，还有你，你今天也太冲动了。这次幸亏我在，帮你们说话，给周经理面子，总算过去了。要是我不在，你们跟周经理吵起来，有没有想过后果？你们可能会更麻烦，下次可能会找理由扣你们更多的钱。而且要是被王经理打了小报告，让王总知道了，王总一定会认为是我指使你们这么做的，说不定我马上就被炒鱿鱼了。”

小柳说："有这么严重吗？"

杨姐说："当然有了，你们还年轻，哪里知道事情轻重。这次幸运，被我拦住了。要不然真不知道会怎么样。下次千万不敢了啊。"

吕月红说："我就一直说嘛，还是要慢慢来。大家再忍一忍吧。"

李霞说："也只好再等等了。"

我说："那就等等看。不行再说。"

杨姐又唠叨了好多，最后说："我这个人要强，我们受了这些委屈，更要好好干，争口气，这样才有出路。大家再坚持坚持吧。吕月红的布草也快对上了。换完地毯马上就是旺季，宾馆生意一好，一切都好说，我们还有机会。明天开始换地毯，大家早点来，七点半到。我们要向他们证明，我们客房部员工都是好样的。"

齐建华说："杨姐，可是我明天搬家，我要请假。"

杨姐说："明天开始装修，谁都不能请假。"

齐建华说："我真的要搬家。不信你问她们，我昨天下班跟李霞去看的房，刚定的。"

李霞说是，吕月红也说："齐姐那儿拆迁，房主催着她搬家。"

杨姐说："周经理会上说了，必须在五一假日前换完，这段时期任何人不得请假。我准了你的假，那别人请假准不准？要是都请假，谁来干活？到时候完不成，不仅周经理说我，王经理也要告状了。你还是自己克服克服吧，要不然让你老公辛苦一下。"

齐建华说："可是我们东西很多，房东要求明天必须搬出去，我老公一个人不行。"

杨姐说："那你自己想办法吧。谁不想休息？我都想请假，天这么热了，我连短袖都没带，不也自己克服吗？"

齐建华说："好吧。"

五

折腾

46

早上到了客房部，杨姐分完房表，李霞看了看大家的房表，问："杨姐，我们都十几间，为什么冯姐只有9间房？"

杨姐说："王经理昨天下了班跟我们开会，说先从四楼开始装修，今天四楼只有9间房。放心，你们也会轮到的。"

我说："装修也挺好的嘛，房这么少。"

我领了布草，正在摆布草车，王经理从电梯出来，走过来看看我的房表，问我："现在退出来几间脏房了？"

我说："一间也没退出来。"

他拿起对讲机说："呼叫前台，请联系四楼的在住，中午以前把客人调到别的楼层去。四楼今天全部锁房，不再入住。"

前台说："收到。"

他又说："呼叫礼宾，上来两个，还有客房杨主管、小沈、全体客房服务员，都上四楼来一下。"

杨姐在对讲机里问："什么事啊？王经理？我们服务员要做房，都很忙的。"

王经理说："请你们来一下，我来说一下要做的准备工作。"

杨姐说："那也不用占用工作时间，可以中午再说啊。"

王经理说："中午我没空，就现在有空。请你们抓紧时间过来。"

一会儿，两个礼宾、杨姐和服务员先后都来了，站在我门口。

王经理说："四楼的套房是去年新装修的，不用换。其余的20间房都需要换地毯、床垫和床架子。”

王经理跟我要了房卡，打开一间净房，他先进去，我们也走进去，挤了一屋子人。王经理先说了一下程序：屋里的东西都要收起来。床上的东西放在衣柜里，别的东西都放在卫生间。

王经理叫进去一个礼宾，给我们做示范：把枕头拿开，把压在床垫下的床单拉出来，用床单做包布，从床脚开始一点点卷，把整个床上的东西，包括褥子、床单和被子，一起卷成一个长卷儿，再左右对折一下，塞进衣柜里，把两个枕头放在上面，关上衣柜门。

接着他们把沙发桌椅茶几等都搬到卫生间，沙发凳子摞起来，茶几倒扣在桌子上，两个床头柜摞起来。台灯、电话、电水壶、面巾纸、拖鞋等小东西放在卫生间水池边上。两个垃圾桶放在洗脸池下面的柜子里。

收拾完以后，屋子里只剩床架子和床垫，还有地上的地毯了。

王经理说：“净房就像这样收拾。如果是脏房，你们就只用铺床、倒垃圾，不用擦桌子和吸地毯。卫生间也只做马桶，不用收拾水池和擦玻璃。都等换完地毯和床以后再做。”

大家说：“好啊，这可省事多了。”

李霞说：“我就说，装修其实很轻松嘛。”

王经理说：“还有，你们收东西的时候，只管卷床上的东西，把小东西放卫生间，搬沙发桌子的事儿，呼叫礼宾来就行。”

李霞说：“还是王经理好。”

杨姐说：“我们怎么敢使唤礼宾呢？”

王经理说：“我已经跟他们说过了，他们会随叫随到。”

杨姐撇撇嘴。

王经理说：“好，大家现在可以回去做房了。有什么不懂的再问我。”

杨姐和她们都走了，王经理和两个礼宾留下，我打开了另一间净房，王经理和两个礼宾搬桌椅，我去卷被子，收拾小东西。

收拾完，屋里只剩下床和地毯了。我关上门，大家再去下一间。人多好干活，十几间净房，不到十点就收拾好了。

王经理和礼宾走后，我把房门全关好，站在布草车旁边，等着脏房退出来。我等了一会儿，那7间房还没动静。

我想悄悄去二楼帮张丽，她今天房很多。我从楼梯下到二楼，顺着黑暗的楼道，拐过一个弯，看见一个布草车，我走过去往房间里一看，张丽正在做卫生间。

我说："张丽，我来了。给我门卡，我给你铺几张床。"

她回过头，从脖子上拿下门卡，说："谢谢冯姐！"

我看了看她的房表，拿了几个床单被罩，决定去离她最远的一间脏房。

我很快就铺好了两张床，打开门，正与杨姐打个照面。杨姐停下问："你怎么在这儿？"

我说："四楼净房都收拾好了，脏房还没退，张丽今天……"

杨姐说："你忘了我说过，没事不要到处乱串吗？现在你们都跟李霞学坏了，不听我的话了。如果你有空，可以告诉我，我来给你安排工作。三个楼层的小黑屋都需要收拾，现在你去把它们收拾一下。还有，每层的消毒间也需要整理，每层的楼道玻璃也需要擦一下。你现在去做吧，一会儿我去检查。"杨姐说完抬着头走了。

我去还了张丽的房卡，回四楼拿抹布、簸箕、清洁筐，先去收拾小黑屋。我刚收拾完四楼的小黑屋，前台呼叫："呼叫四楼，406、412、415客人已搬到三楼去，请查房。"

我查完了三间房，前台又呼叫："呼叫四楼，407、410、419、425客人退房，请查房。"

我的7间全退出来了。我铺了两张床，看看表快十二点了，我把布草车推进屋，准备下去吃饭。

对讲机响了，前台说："呼叫四楼，请马上去做在住588和598。"

我说："收到。到吃饭时间了，我吃完饭马上回来做。"

前台说："这是周经理的要求，588和598的客人刚出去吃饭，必须现在做。”

我只好把布草车推出来，推到套房楼梯下面，提着清洁筐上楼去。我打开 588 的门，客厅的茶几上摆满果盘，有各种水果、干果、点心，旁边还有几罐饮料，地上和沙发上好多果壳，桌子上有洒的果汁。

我正在卫生间拿着白布擦口杯，听见脱鞋放鞋的声音，我出去看，是客人回来了。

我赶紧跟客人说：“你好！我正在打扫。”

客人是一个六十岁左右的男人，摆摆手说：“你忙你的。”

我收拾好卫生间，拎着清洁筐出去，看见客人闭着眼睛躺在长沙发上休息。我轻轻走出去关上了门。

我开了 598 的门，客人也回来了，是个四十多岁的中年男人，正坐在桌前打电脑。茶几上也有好多水果和干果。

我跟客人说：“你好，我来打扫卫生。”

客人说：“不用收拾了。”

我关上门出来，把布草车推进房间里，赶紧跑下楼去吃饭。到食堂的时候，只有两个人了，长桌上的饭盆里面只有一点米饭，菜盆里只剩几根莜麦菜叶子漂在菜汤上。我盛了米饭，看了看菜，走到窗口问：“还有菜吗？”

厨房那边一个人说：“没了。”

我丧气地回到桌旁，把那几根油麦菜捞了捞，又夹了点咸菜，就着米饭吃。

食堂和厨房相通的门开了，周经理端着饭盒走过来，说：“小冯，我这有菜。”

她从她饭盒给我拨了些土豆炖牛肉，我说：“谢谢周经理。”

周经理在我对面坐下，详细地问我 588 和 598 客人屋里都有什么。我想了想告诉她：“果盘里好像有哈密瓜、苹果、橙子，干果好像有腰果、杏仁、榛子、花生，饮料好像有可乐、橙汁和葡萄汁。”

周经理说：“还有西瓜和提子吗？”

我想了想说：“不记得了。”

周经理说："看来吃完了。我马上去买。冰箱里还有饮料吗？"

我说："没看。"

周经理说："这两位是老板的客人，非常重要，老板专门打电话来，叮嘱我们一定要服务好。以后你做他们房间的时候注意一下，看看桌子和冰箱，什么少了立刻告诉我，我马上叫人补上。"

我说："好。"

我吃完饭赶紧上楼做房。做完一间，我拿出对讲机说："呼叫礼宾，407 做完了，请来收桌椅。"

一个礼宾回答："收到，马上来。"

一会儿王经理带着两个礼宾上来，还是他们搬桌椅，我卷床铺。

搬完后，王经理问："你还有几间脏房？"

我说："6 间。"

王经理说："给我房卡，我去铺几张床。"

我从脖子上拿下房卡给他，他从布草车上拿了几套床单被罩，带着礼宾走了。

周经理在对讲机里说："呼叫王经理，收废品的来了。"

王经理说："让他们上四楼来找我。"

一会儿周经理带着好几个人从楼梯上来，叫："王经理！"

王经理从一间屋里出来，领着他们到屋子里看。我听见他们讲价，收废品的一张床垫只给 10 元。床架太破不能用，要当木头卖，5 元一个。地毯太脏太烂没人要，免费的话他们可以给捎走，要钱就算了。周经理说太少，床垫至少要 20 元，床架要 10 元，地毯一个房间怎么也要 10 元。收废品的不愿意。他们又吵了一会儿，王经理说："好吧，床垫 10 元，床架 5 元，地毯不要钱，你们给拉走。"

周经理说："地毯才用了三年，虽然脏一点，还是挺好的。要不我再找别的收废品的来看看。"

王经理说："算了，也没几个钱，时间又紧，让他们尽快拉走吧，腾出屋子，我们就可以换地毯了。”

周经理说：“这么多屋子，一间 10 块也有一千块呢。还是再找找吧。”

王经理说：“省出时间更重要。好了，你们现在就把东西搬走吧。”

我做完房，下楼去倒垃圾，遇到两个男人抬床垫下楼。我靠墙站住，给他们让路。走了没几步，又碰见两个人抬床架子过来，又给他们让路。

47

早上进了客房部，杨姐正在跟她们抱怨，说昨天我们走后，收废品的人抬东西抬到六点，王经理呼叫保洁收拾楼道和楼梯，杨姐说保洁下班了，王经理让杨姐安排人打扫。

杨姐说："我跟他说，我怎么安排人？他说，不是还有中班吗？我说，中班还有中班的事，还要查房、做房啊。他说，总之今天必须打扫干净，这是你们客房部的工作，你是主管，你看着办吧。当时已经下班了，我到哪里去找人？"

吕月红说："后来还是我和杨姐两个人打扫了。"

杨姐说："你不知道楼道楼梯有多脏！满地垃圾，一层土。我俩拿着扫帚簸箕拖把，上楼下楼，收拾了一个小时。"

杨姐说到这里，一只手捂住肚子，说："你们说王经理是不是欺人太甚了？他是前台和礼宾的主管，我是客房部主管，他凭什么指挥我？我又累又气，从昨天晚上到现在一直在胃痛。"

小沈去给她倒了杯水，她接过来说："谢谢。"

杨姐休息了一下，发了房表，说："刘全敬奶奶又不行了，她又请假了。没办法，小沈你就辛苦一下，再做几天保洁吧。"

小沈说："好的。"

杨姐说："今天四楼换地毯和床，小冯你到二楼去做房。"

我拿到房表看了看，都是二楼的房，有 13 间房，其中 5 间预离。

我跟张丽、小柳一起推着布草筐坐电梯，我正要上楼去推我的布草车，小柳说："冯姐，我今天跨楼层，有二楼和三楼，还有四楼的套房，我用你的布草车，你用我的吧，这样就不用拉来拉去了。"

我说："行啊。"

她说："我二楼只有6间房，我把这6间的布草放你车上得了，省得我再抱来抱去。"

我说："好啊。"

到了二楼，小柳把房表和布草放在我车上，去做房了。我看了看她的房表，还真是跨了三个楼层，不过只有几间脏房，大部分都是在住。

我开始做房。打开第一间房门，发现房间很干净，做起来容易多了。做第二间第三间的时候也是这样，我想这是因为张丽长期在二楼的原因。

一会儿小柳过来一趟："冯姐，我拿你两个面巾啊，我忘领了。"

我说："不行啊，我退布草就对不上了。"

她说："没事儿，现在数布草不用认真了，我跟红姐把布草都快找齐了。"

我说："那一会儿我自己还要用呢。"

她说："你不够了告诉我，我帮你领去。"

然后她就拿走了。

小柳在对讲机里说："呼叫前台，256床架子又坏了，请报修。"

前台说："收到。"

一会儿听见王师傅说话，然后是叮叮当当的敲钉子声。

小柳说："我今天可倒霉了，跨三个楼层，现在要去三楼了。"

王师傅说："我今天没事，一会儿我去陪你吧。"

王经理呼叫杨姐，说："四楼今天换地毯，需要把地吸干净，请杨主管立刻派人来吸。"

杨姐说："我们所有的客房服务员都在工作，没有闲人啊。"

王经理说："保洁呢？"

杨姐说："保洁请假了，小沈正在大厅打扫，要擦玻璃、拖地、收拾卫生间，没有时间。”

王经理说：“不是还有你吗？那你来吧。”

杨姐说：“客房部现在只有我一个人，我也很忙。”

王经理说：“换地毯的人在四楼等着呢，你赶快想办法找人来吸地。”

杨姐说：“我找不到人。”

王经理没再说话。过一会儿周经理在对讲机里说：“全体服务员暂停做房，都拿上吸尘器到四楼吸地。快一点啊，换地毯的人等着呢。”

我停下擦卫生间玻璃，拎上吸尘器上楼。到了四楼，王经理安排，一共五个服务员，每人 4 间房。我吸北头那 4 间，屋里揭了地毯，地上全是土，头发、灰尘、瓜子皮、纸屑，尤其是墙角，一堆毛絮。

我插了电，开动吸尘器，屋里立刻尘土飞扬，我觉得肺里装满了土。吸完那 4 间，我出去告诉王经理，王经理说可以了，我就拎着吸尘器下楼了。我到卫生间去洗脸，镜子里一脸一头的灰。

午饭是土豆炖肉，肉是肥肉，我不爱吃，只盛了点土豆，又去盛了咸菜下饭。我们挨着坐下，吕月红说：“今天是我生日，本来我想请假一天，去工地找我老公，可是看齐姐请假被训了，我就没敢提。”

我说：“祝你生日快乐！”

吕月红笑了：“谢谢冯姐。”

齐建华说：“今天中午正好吃肉，也算为你过生日。”

周经理端着饭从厨房走过来坐我对面，问我 588 和 598 客人的事儿。

我说：“今天是小柳打扫，我不知道。”

周经理坐到小柳对面，问小柳冰箱里饮料少没少，桌子上水果干果点心少了什么。

小柳说：“桌子上满满的，我看都没怎么动。”

周经理又说：“下次一定好好看桌子上缺什么，一定要打开冰箱看看。这可是老板专门交代的重要客人。”

小柳说：“好。”

周经理走后，小柳说："客人那么贵重，怎么我们就不值钱呢？我刚才吸完地毯，饿得都没一点力气了，前台呼叫我去做588和598，说客人刚出去，必须抓紧做，我只好去做。我刚做一会儿，客人就回来了。他躺在沙发上看电视，我却饿着肚子，蹲在旁边地上又擦又洗，感觉我就像个丫头在伺候老爷。就这样，还动不动就扣工资。说是管吃，整天就是青菜土豆，也就是填饱肚子饿不死。这工作真没意思，我不想干了！"

李霞说："换个工作也是这样，好不到哪儿去。谁让你没生在城市也没上大学？你别不服气，你就是干活的命，就是低人一等。"

我说："不能这么说，这只是每个人分工不同。我们也很重要，要没有我们打扫，他们哪有干净房间住？"

小柳说："打扫卫生是个人就能干，有什么重要？李霞说得对，我们就是低人一等。"

李霞说："所以我现在每次回老家就跟我孩子说：你们将来一定要上大学，否则没出路。"

她们都说："对对，我们受再大的苦，也一定要让孩子上大学。"

我想了想没说话。

到五点，我做完了所有房，退完布草收完车，去客房部交房表，杨姐正跟小沈说话："王经理凭什么指挥我？"

小沈说："大人不计小人过，杨姐您别放在心上。"

杨姐说："他这样太过分了。"

她们几个接着都进来了，杨姐又向我们诉说了一遍："你们吸完地以后，周经理叫我一起上四楼去。王经理在那里指手画脚，我真看不惯。可是没想到，他后来还指挥起周经理和我了。因为换地毯的人说有几间的地没吸干净，还有脏东西，王经理竟然说：'这个简单，别叫服务员了，周经理，你和杨主管去吸一下吧。'周经理是谁？经理啊！我怎么说也是个主管啊！王经理凭什么这样欺负人？周经理竟然也没说什么，带着我去找了俩吸尘器，还真去吸地了。我吸了 3 间，你们看我的头发脏成什么样了？我又累又气，胃又痛，午饭都没吃。”

大家安慰她，杨姐说：“我就是不明白，王经理只是前台和礼宾部经理，周经理是宾馆经理，为什么周经理会听他的？真是太气人了。”

小柳说：“我今天听王师傅说，王经理是王总的侄子。”

杨姐愣了一下，转头问小沈：“小沈，是这样吗？”

小沈说：“我也听说过，不过不知道是不是真的，所以就没告诉您。”

小柳说：“王师傅说的，应该不会错。王师傅说他也是王总的亲戚。他们都是一家子。”

杨姐沉默了一会儿，说：“我说呢……不过，跟这个没关系，做好工作最重要。他是王总侄子又怎么样？他以前当主管工作不好，不一样被王总撤掉吗？再说我知道老板姓赵，宾馆又不是王总的。所以，他是王总侄子又怎么样？”

大家没说话。

48

早上分房表的时候，杨姐拿着一张房表问：“齐建华怎么还不来？”

吕月红说：“她昨天下班以后搬家，会不会累坏了，今天就不来了？”

杨姐说：“好吧，要是她今天不来，她的房就只好分给你们做。”

我们排队领布草的时候，齐建华来了，拉出来布草筐排队。

杨姐冷冷地说：“齐建华，你迟到了半个小时，连一句话都没说。你为什么处处跟别人不一样？你也是王总的亲戚吗？你想什么时候来就什么时候来吗？”

齐建华说：“我昨天下班以后搬家，就我跟老公两个人，今天早上两点才睡，一下睡到七点半，所以迟到了。”

杨姐说：“我还以为你不来了呢。下次要是迟到，必须打个电话来。”

齐建华说：“好的。”

我今天在三楼，分了15间房，三楼有13间，加上四楼的588和598两间在住。我和李霞、齐建华领了布草，把车推到楼道口，开始摆布草。李霞很快就摆完布草车，推走做房去了。齐建华在我旁边摆，她摆得很慢，看起来很累。

我问她：“今天房多吗？”

她说：“16间，还有二楼的3间。今天起晚了，饭都没顾上吃。”

我说：“我这里有巧克力派，你吃点吧。”

她说：“甜东西对血管不好。算了，给我一个吧。”

我给了她两个，她接过来都吃了。

快十二点了，我肚子很饿，准备早点收车下去吃饭。我正往屋里推布草车，对讲机里王经理呼叫："各位客房服务员，拿上吸尘器来四楼。"我只好拎着吸尘器上四楼去，她们也陆续拎着吸尘器到了。

王经理说："刚铺的新地毯，你们吸一下，吸干净后就可以放床了。"

我又分到4间。我拎着吸尘器进了门，新换的地毯是咖啡色的，踩上去软软的。

小沈过来了，我说："这新地毯真好，比旧地毯厚，踩上去软软的。"

小沈说："那是因为旧地毯在底下垫着呢。"

我说："旧地毯不是让收废品的免费拉走了吗？"

小沈说："本来拉走了，新地毯太薄太次，王经理又把旧地毯要回来铺底下了。"

吸完地毯下去吃午饭，前台呼叫说："呼叫四楼的服务员，588和598客人出去了，请马上去打扫。"

我快快吃完饭上楼，到三楼拿了我的清洁筐、垃圾袋和毛巾浴巾上去了。

588屋里桌上还是摆满了各种吃的，每个盘子里都满着。我打开小冰箱，里面各种果汁、牛奶、啤酒也塞得满满的。

我做完房正要出去，客人回来了。

我说："您好，我刚打扫完。"

客人说："好，谢谢。"进来在沙发上坐下。

我出来刚关上门，一个餐厅男服务员端着一盘切好的西瓜上来，敲敲门说："您好，送水果。"

里面说："不用了，拿回去吧。"

服务员又说了一次："我给您送进去吧。"

客人说："不用了，我要休息了。"

服务员对我说："您帮我放进去吧，老板让我一定送进去，我拿回去老板会说我的。”

我说：“客人说了不要，我也没办法。”他只好端着西瓜下去了。

现在只有吕月红一个人数布草了，杨姐和小沈也不来了。吕月红也不对房表，就是数一遍，很快就数完。我的还是对上了，李霞多了一个浴巾，小柳少了两个面巾，多了一个地巾。

吕月红说：“没事儿，我就给你们都算对上了，省得我还得往本上抄。”

她们说：“吕月红你真好。”

吕月红说：“以后我们大家都省事了。”

我坐在更衣室沙发上等着洗澡，齐建华上来，在沙发上坐下，绷着脸，皱着眉。

我问：“你怎么了？”

她说：“肚子痛。”

我说：“来事儿了？”

她说：“不是。”

我问：“哪里疼？”

她指了指右边。

我说：“去医院看看吧，别是阑尾炎。”

她说：“不用，我就是搬家太累了。”

我说：“那你赶紧回家休息吧。”

她说：“洗个澡就回去。”

我说：“那就别洗了吧。”

她说：“一身汗，不洗难受。刚租的房子不能洗澡。”

大家洗完澡，换了衣服，互相挽着胳膊一起下楼梯。李霞还唱着“伤不起呀，伤不起……”

下到四楼，王经理、周经理和杨姐站在一个房间门口，两个工人抬着床架进去。

小沈说:“王经理、周经理、杨姐,我们走了。”

周经理说:“你们先不要走,今天要加会儿班。一会儿工人把床放好了,大家一起把东西摆一摆。”

杨姐说:“四楼有20间房呢,我们服务员也累了一天了,今天可能收拾不完。”

周经理说:“今天必须收拾好,明天四楼就可以卖了。”

王经理说:“好,我把礼宾都叫上来帮忙。”

周经理说:“谢谢王经理。你们几个,赶紧上去把衣服换回来,抓紧时间干活。”

我们在楼梯上站着,没有人动。

杨姐说:“快去吧。早干完早下班。”

小沈说:“走吧。”她转身上楼,大家都跟着她上了楼。

回到更衣室,我们都挤在沙发上坐着,都不想换回又热又破的工作服。

齐建华说:“我昨天搬家,两点才睡。我今天真是太累了。”

小柳说:“我今天怎么这么倒霉啊,干了一天活,受了一天气,下班了还要干活加受气。”

小沈说:“是啊,不仅没有加班费,还必须干完才能走,不知道会干到几点。”

吕月红说:“大家忍一忍吧,也就忙这几天,不会天天加班的。”

我说:“不能老忍,咱们商量一下怎么拒绝吧。”

小沈说:“肯定拒绝不了。”

李霞说:“要听我的,咱们现在就走,看他们能怎么样。”

我说:“好啊,我们一起走。”她们都不敢走。

大家说着,杨姐上来了,看见我们坐在沙发上,还没换衣服,说:“周经理等着急了,让我来催。周经理说,明天就该锁三楼了,要是四楼也不卖,宾馆损失太大了。你们就当给我个面子,快点下去吧。”

吕月红说：“是啊，别让杨姐为难了。走吧。”

李霞说：“那有没有加班费啊？ 20间房呢。”

杨姐说：“加班费以后再说，我会跟周经理说的。大家还是早点下去吧。”

大家磨磨蹭蹭脱了衣服，穿上工作服，跟杨姐下去了。

王经理正和几个礼宾一起，把放在卫生间的桌椅摆到房间里去，按原来的位置放好。王经理安排我们两个人一组，我和张丽一组，进了一间屋开始做。

屋里都铺好了新地毯，新的床架子上摆着新床垫。床是卷好的，但是褥子要放好，床单要重新铺。卫生间也要做。东西都要放回原处。唯一省事的就是不用吸地毯。

王经理和礼宾摆完家具就走了。周经理和杨姐都不会做房，进进出出，也就帮忙擦个桌子，换个垃圾袋。

我和张丽越来越累，做得越来越慢。一开始还听见她们在隔壁屋里叽叽喳喳聊天，后来也没声了。外面越来越黑，楼道里也越来越安静。

做完最后一间七点半了，周经理说：“好了，你们可以走了。”

49

到客房部，杨姐在填房表，大家各自拿馒头就咸菜坐下吃。她们个个说累，这儿疼那儿疼。杨姐说："小沈刚才打电话说她病了，请假。我今天还得做保洁。"

齐建华说："我本来也想请假，我今天早上起来很难受。周经理这样做，真是有点过分。"

李霞说："简直就是为了多卖房，不管我们死活。"

杨姐说："大家注意一下，不要总是抱怨，让周经理听见了可不好。"

我说："这不是抱怨，我们是真的太累了。不能休息，还加班，今天还有好多房要做，谁也不是铁打的。"

杨姐说："这我知道，我也不想让你们加班。可是只有宾馆好了，我们才能好，才有希望要回工资，所以大家还是要坚持一下。你们看看我，你们加班，我也陪你们加班。没人做保洁，我还要做保洁。小沈有事就请假，我从来没请过假……"

对讲机响了，王经理说："呼叫各位服务员，今天三楼要锁一半房，请马上来三楼卷床。"

杨姐说："请等一会儿，我们正在分房。"

王经理说："你先带她们上来，一会儿再分房。"

杨姐放下笔，对我们说："都不让我分完房，有那么急吗？等一会儿又怎么了？"

我们走上去，王经理说："今天我把三楼北边的这一半锁房了。我们现在要把屋里东西收起来，像四楼那样。开始吧。”

还是两个人一组，卷被子，收东西。礼宾负责收桌椅。我们收完屋子，回到客房部，九点半了。分完房，我拿到房表一看，今天我在二楼，房间不算多，13 间。

我摆好布草车，开始做房。小柳在我隔壁，一会儿听见杨姐和小柳说话。

杨姐说：“你听我的，千万不要走。你对我好，我也特别喜欢你。而且你太单纯了，像你这样的人，到别的地方肯定吃亏，在这里我还能照顾你。我保证一直给你多分在住，房多了我还可以让她们帮你。”

小柳说：“杨姐，我知道您对我好，我也不想走。可是这里挣得少，活儿又累，我老公不满意。”

杨姐说：“你跟你老公说说，再坚持坚持。等下次盘点通过了，一切都会好的。我会为你们争取补工资，旺季房提也会很多的。”

对讲机里呼叫三楼 306 查房，齐建华回答：“收到。”

一会儿齐建华说：“呼叫前台，306 少一个口杯。”

前台说：“你找找吧。”

齐建华说：“我找了好几遍，没找到。”

前台说：“你好好找找。反正客人是不会拿口杯的。”

齐建华说：“我到处找了，真的没找到。”

张子然说话了：“怎么你们客房老少东西？我们前台可没工夫陪你们玩啊。”

杨姐也说话了：“请问前台，你这话什么意思？你们整天坐着，不用做房，自然不会少东西。宾馆有规定，少一个口杯，客人该赔多少就赔多少，这是前台的事。我们服务员很忙，还要做房，我们才真是没工夫陪你们玩。”

张子然说：“这的确是我们前台的事，用不着杨主管来告诉我们该怎么做。如果是客人打碎了，一定要有碎杯子，我们才能让客人赔。我来宾馆五年了，从来没遇到过少口杯。怎么你们来了这一段时间，就整天少东西？少地巾，少浴巾，今天还少口杯了，你们这不是成心玩我们吗？”

杨姐说：“你们自己心里清楚，到底是谁在玩谁。既然我们服务员找不到，那就是客人拿走了。要不然你说是怎么回事？”

张子然说：“我不知道是怎么回事，但是我知道，客人是不会拿口杯的。你们还是好好找找吧。”

杨姐说：“我们的服务员很忙，想找你们自己上来找。”

张子然说：“我们凭什么去找？是你们丢了杯子，又不是我们丢了杯子。”

杨姐说：“明明是客人丢了杯子，怎么说是我们丢了杯子？你们为什么这么相信客人，不相信我们？你们既然胳膊肘故意往外拐，那你们就看着办吧。齐建华，别管了，做你的房去。”

齐建华说：“好的。”

我做完房去退布草的时候，杨姐呼叫大家去 208。我和吕月红一起走过去，路上遇到张丽和齐建华。208 是间麻将房，屋里有一张麻将桌，满地满桌都是烟灰、啤酒、鸡爪子、扑克、鸭脖、橘子皮、瓜子……

杨姐说：“这屋太脏了，小柳一个人打扫太累，我们大家帮她一起打扫吧。”

大家动手，倒垃圾，铺床，擦玻璃，吸地。

杨姐说：“小柳，你看，我会帮助你，大家也会帮助你的。”

对讲机响了，周经理说：“呼叫全体服务员，到三楼来。”

杨姐说：“你们先去吧，我和小柳做完再去。”

我们到了三楼，周经理说：“今天收废品的没来，明天换不了地毯，大家再把三楼卷好的房铺开一下，明天还可以卖。”

李霞说：“我们昨天加班就累坏了，今天再加班，明天就起不来了，到时候还怎么做房啊？”

我说：“是啊，连续加班可不行，我们受不了的。”

周经理说：“宾馆又不是天天装修，加班也加不了几天，还有王经理和礼宾给你们帮忙，大家就克服一下吧。还是两人一组，开始吧。”

我还是和张丽一组。我很累，做得很慢。后来突然又想上厕所。这些房都是净房，我只好到宿舍去上厕所。

我上楼梯到了宿舍，看见小柳在更衣室换衣服，我说：“小柳，你干吗现在就换衣服？”

她笑着说：“我要回家。杨姐让我今天不用加班，好好休息休息。”

我上完厕所出来，小柳穿好了裙子，背着小包出来，跟我说：“冯姐，再见。”

忙到六点开饭时，大家下去打了饭坐下吃，都抱怨累。

李霞问：“哎，怎么一直没看见小柳呢？”

杨姐说：“小柳今天家里有事，我只好让她先走了。”

大家互相看看，都没说话。

50

早上在客房部坐着等分房，对讲机又响了，王经理说：“呼叫杨主管和各位客房服务员，马上来三楼。”

杨姐低头分房，没有回答。王经理又呼叫一遍，杨姐说：“收到。”然后不情愿地对我们说：“走吧。”

我们到了二楼，王经理和礼宾在电梯口等着，一会儿周经理也来了。王经理说：“我刚跟收废品的打过电话，他说只有今天有空，我让前台把三楼全部锁房，现在我们要把40间房都收起来。”

我们一片“啊”声。杨姐说：“就是说，我们昨天铺好的那20间房还得再收起来是吗？王经理，你这也太折腾人了吧。”

王经理说：“又不是我让你们铺开的。”

周经理说：“可是三楼已经开始卖了，已经有人入住了，要不明天再说。”

王经理说：“我已经跟前台说了，让她们把入住的客人换到二楼去。收废品的只有今天有空，没办法。”

周经理说：“要不就换个收废品的吧。”

王经理说：“宾馆有一百多间房，将近两百张床，一般人收不了。而且咱这床垫和床架子都太破，好多人来看了都不收，只有他愿意收。他还不热心，你不趁他有空，他一不高兴又不来了。我们时间又紧，只好凑合了。”

杨姐说：“从来没听说过，收废品的还难找？”

王经理没理她。

周经理说：“好吧，大家现在就抓紧时间干吧。”

我和张丽分到 2 间脏房，7 间净房。进了屋子，看着昨天加班铺好的整整齐齐的房间，我叹口气，走过去第二次把床单从床垫下扯出来。

张丽过来和我一起扯，说：“冯姐，我烦死了，真不想做。”

我说：“我也是，这不是在玩我们吗？折腾死了。希望这是最后一次吧。”

九点半，房间全部收拾完，我们又回到客房部，等着杨姐分房。

大家一进门就赶紧坐下休息，一个个说：“我累死了。”“我的胳膊不是我的了。”“我腰疼死了。”

杨姐说：“我这两天也要累死了。这个王经理，也就是仗着他是王总亲戚，没本事瞎指挥，坑死人了。”

拿到房表，我又回到了四楼。四楼地毯和床都换好了，房不多，12 间，其中有两间套房。我领了布草，推着布草筐上电梯到四楼。楼道里甲醛味儿很大，我把楼道两头的窗户打开。进了房间，味更大，我把那些没人住的净房门都打开，窗户也都打开，让它们通风。

屋里新换的地毯是咖啡色的，很干净，也好清理。床垫也是新的，铺上床单也很平整。房间都很好做，虽然开始得晚，一上午也做了 5 间，我心里轻松多了。

中午吃饭时小沈说：“告诉你们一个坏消息，上午收废品的没来。”

我说：“不会吧？”

李霞说：“别开这种玩笑啊，我可受不了。”

小沈说：“我上午在大厅做保洁，听王经理说的。”

齐建华说：“要是下午还不来，我们还得加班把它们铺开！”

吕月红说：“我的娘啊，收废品的大哥你行行好，快来吧。”

还好，我们吃完饭上楼的时候，看到收废品的卡车来了，车上下来好多工人。

我们上楼做房，没做几间，对讲机里王经理呼叫去三楼，要大家把楼道收拾干净，把旧地毯吸干净。收拾完我回四楼继续做房。套房588成脏房了，看来客人走了。我把布草车推到木楼梯下面，小沈从宿舍那边走过来，说：“冯姐，我和你一起去吧。”

我拿着干净布草，她拿着清洁筐和干净垃圾袋，一起上楼梯。进了屋，看见桌子上摆着好多水果和干果。小沈打开冰箱，冰箱里也都是各种饮料。

小沈说：“这些我们可以拿走，下班的时候给大家分了。”

我说：“好啊。”

她用干净垃圾袋开始装桌上的水果和干果。我又下楼去拿了几个垃圾袋，装冰箱里的东西。最后我们把口袋拎下去放在布草车上。小沈帮我铺床，我去打扫卫生间，出来见她坐在沙发上抽烟。

我问：“想好了吗，到底生不生？”

她说：“没想好，愁死我了。”

我问：“你老公什么态度？”

她说：“我没告诉他，除了你我谁也没说。说了就麻烦了，我就做不了主了。现在我自己说了算，想做就做，想生就生。”

做完588和598，小沈和我一起把水果、干果和饮料拿到客房部去，放在桌子上。

杨姐问：“这是哪儿来的？谁买的？”

小沈说：“588和598客人留下的，一会儿我们分了吧。今天大家也累了，正好下了班慰劳慰劳她们。”

杨姐说：“你们等等，588和598的客人跟别人不一样，让我先问问周经理。”

她拨了电话，周经理说，这个是宾馆买的，不能随便动，她一会儿过来拿。然后她说：“大家先别下班，马上来三楼，把没收床架和床垫的房间再打开铺上。”

我说：“为什么？收废品的不是来了吗？”

杨姐说：“是来了，但是三楼房多，他没拉完，还有十几间，明天他又来不了。周经理想让我们再给铺上，明天还可以卖一天。”

我说：“不行啊，杨姐，你跟周经理说一下吧，连续加班我们受不了。我们又不是机器。”

李霞说：“看来不累死我们是不罢休啊。”

齐建华说：“我这几天搬家，累得肚子一直疼。”

吕月红说：“我还要上中班呢。累死了。”

杨姐说：“我也不想加啊。可是宾馆生意好，对你们也有好处，我也好跟领导们提条件是不是？大家再坚持一下吧。周经理还在三楼等着呢，你们快上去吧。”

李霞说：“不行，我都要累病了，今天我无论如何不加班。”

我也说：“我也是，我这两天累得饭都吃不好、觉也睡不好。”

杨姐说：“我也知道你们累，可是也就这几天了。这不四楼已经完了，三楼也快完了，你们还是再坚持坚持吧。等装修完了我马上安排你们休息。”

看我们没动，杨姐说：“小沈，我要整理房表，你先带她们上去吧。我一会儿就去帮你们。”

我们出了门，大家站在楼梯口，都不走，也不说话。

我说：“周经理太过分了，不能再这样了，这次我们必须想办法拒绝。”

小沈说：“相信我，周经理这人我知道，你们拒绝不了。”

李霞说：“拒绝不了，那我们就不做，看她怎么办！”

我说：“对，我们罢工，怎么样？”

齐建华说：“行，咱们集体罢工。想卖房她自己做去。”

李霞说：“好啊，罢工！”

吕月红说：“不要冲动，还是再忍一忍吧。”

张丽说：“可是我们怎么罢工呢？”

李霞说：“我们悄悄溜走，让她找不着人。”

吕月红说：“你们怎么出去呢？大厅人那么多。”

小沈说：“你们可以走后楼梯，从餐厅出去。”

小柳一直没说话，现在说：“这样行吗？那周经理生气怎么办？杨姐怎么办？”

李霞说：“你跟杨姐好，你可以不走啊，你留下来加班呗。”

小沈说：“你们快点，今天就别洗澡了，赶紧去换衣服。”

吕月红说：“你们快去吧，我去数布草，我就当不知道。”

小沈说：“我就说我去上了个厕所，出来就没人了。”

大家小声笑着，跑着上楼梯回宿舍。我们到了更衣室，快快换了衣服下楼。大家也不说话，一边下楼一边左右看。我们从后楼梯下到一楼，进了餐厅，餐厅的服务员正在打扫卫生。我们穿过餐厅，从餐厅正门出去，到了另外一条街上。大家笑着再见，我坐张丽的电动车回家。

51

早上到了客房部，杨姐说："昨天你们怎么走了？周经理找不到人，那十几间房没铺，不能卖，周经理挺生气的。"

我们都说太累了，实在做不动了。

杨姐说："我知道你们累，你们不容易。床不铺就是乱的，地不吸就是脏的，口杯不擦就是湿的。看起来收拾屋子很简单，哪一样不做它就不干净。但是你们再累也不能这样啊。本来吕月红把布草数弄够了，等过几天盘点完，我正打算跟周经理说说补工资的事，这下周经理生气了，这事可不好办了。"

吕月红说："那怎么办？钱是不是就要不回来了？我就说嘛，大家别冲动。"

小柳说："对不起啊，杨姐。我本来不想走的，也实在是太累了。"

杨姐说："这次就算了。也没几天了，你们大家就算给我个面子，以后千万不能再出现这种事了。"

大家说："好的，一定。"

高跟鞋响起，周经理进来了。

周经理绷着个脸说："昨天下班为什么一个人都没留下，全走了？"

大家都没说话，杨姐说："我刚才批评她们了，她们说昨天太累了，下次再也不会走了。你们大家站起来听周经理讲话吧。"

我们站起来，周经理说："你们累，难道我不累吗？你们加班，我不也加班吗？我早回去了吗？我又当宾馆总经理，又当集团总会计，有时候还得卸货。但是为了完成定额，我们必须努力干。你们知不知道这13间房，最便宜的248，最贵的458，因为你们，一晚上少挣多少钱？这个损失谁来承担？还不是我！你们知不知道，我的压力多大！年底如果完不成定额，奖金一分没有。不光你们，连我也没有。”

我们都站着听。最后周经理说：“昨天的事我就不追究了，但是今天我把话撂这儿：以后谁再不服从工作安排，立马开除，卷铺盖走人。并且按照公司规定，当月基本工资按试用期算，房提一分不给，工作不满一年的扣600元培训费。到时候别再找我问钱为什么少了。”

杨姐说：“周经理的话你们都听见了吧？都记住啊，以后不能再这样了。”

周经理走了。杨姐分了房表，说：“今天早上刘全敬说她奶奶死了，要办丧事，她还要在老家待五天。小沈你再辛苦辛苦啊。”

小沈说：“好的。这几天大家这么累，要是刘全敬在就好多了。”

杨姐说：“是啊，她动不动就拿奶奶来请假，谁知道她奶奶是不是早就死了。说不定她是找借口，故意躲开干活。”

我说：“不会的，刘全敬不是这种人。”

杨姐说：“这可难说，人心隔肚皮。”

我分到四楼，13间。齐建华也分到四楼。四楼甲醛味还是很大，我把房间门窗全都打开，才开始做房。

对讲机里前台又通知干部开会。

中午在食堂吃饭的时候，杨姐在对讲机里说：“呼叫所有客房服务员，吃完饭马上到客房部集合。”

大家说说笑笑上去，进了客房部，杨姐、小沈和吕月红在。

小沈倒了水递给杨姐，说：“杨姐，注意身体，别放在心上。”

我们坐下后，杨姐严厉地说：“昨天的事是谁领头儿的？是谁说的要罢工？”

杨姐狠狠地盯着我们，大家停止说话。

杨姐说：“今天上午开会，就是为了这件事。王总听说服务员们组织了集体罢工，因为对我的管理有意见！”

她气得停下来捂肚子，小沈说：“别生气了，杨姐，对身体不好。”

杨姐又说：“王总一上午都在批评我。我知道一定是王经理打的小报告，但是我调查了一下，还真有这种事，不像你们说的只是太累了，而是真的有人在背后使坏。你们说：到底是谁出的主意？对我到底有什么意见？当面不说，背后放箭，这么卑鄙的小人，简直就是一条毒蛇！我一定要让她知道我的厉害，绝不能留这样的人在我手下！”

她们坐着，都低着头。我很紧张，因为是我提出的罢工，接下来她会怎么报复我呢？

杨姐说：“王总很生气，她说客房服务员是整个集团最轻松的活儿，冬有暖气，夏有空调，风吹不着，雨淋不着，房多了还可以挣房提，是最舒服的一个工作。要不是杨主管的管理方法有问题，她们好好的怎么会罢工？她让我反思，绝不允许再有类似的事发生，否则将请我走人。”

杨姐哭起来：“我对你们多好，你们却这样对我！没有良心，恩将仇报！”

小沈递给她面巾纸，接下来她又说起为我们买咸菜，向领导争取补工资，长期不休息……

说着说着又严厉起来：“人善被人欺，马善被人骑。一粒老鼠屎，坏了一锅汤……我不是好欺负的。想赶我走，没那么容易！你无情，我无义。你不让我待，你也别想待！”

大家还是低着头，没人说话。

杨姐说：“你们先回去做房吧，等我调查清楚了，咱们再算账。”

出了门，我和吕月红、齐建华一起上四楼，路上我们三个人也没说话。到了四楼，齐建华也捂住肚子，我问她怎么了，她说肚子痛。我和吕月红陪她走到房间，给她倒了杯热水，她捂着肚子坐在床上，脸色都变黄了。

我问：“你怎么又肚子疼了？要不要去看医生？”

她说：“没事儿。刚才杨姐一直盯着我，我肚子就开始疼了。”

我说："她干吗盯着你？"

她说："我也不知道，她恶狠狠地看着我，是不是以为是我领头儿的？"

我说："不会吧，明明不是你。"

吕月红说："谁知道，反正杨姐是最不喜欢你。"

我说："吕月红，你知不知道，杨姐都知道什么？到底谁是长嘴八哥？"

吕月红说："我哪儿知道。但是有长嘴八哥是真的。我让你们说话注意，你们就是不听。"

齐建华说："还能有谁？谁跟杨姐最近，谁一请假就准，还可以不加班？"

我说："吕月红，真的是小柳吗？"

吕月红说："我不知道。"

我进了屋，在床上坐下，想着这件事，犹豫要不要现在就辞职不干了。想了一会儿，开始铺床。

杨姐进来了，在沙发上坐下，没说话，只是看着我，看得我心里又紧张又愤怒。

杨姐终于开口了，说："小冯啊，我知道这次的事跟你没关系，你这个人我是信得过的，不过我想问问你，是谁领的头儿？是不是齐建华和李霞？"

我说："不是的，没有领头儿的，真的是我们大家都不想加班，一起出的主意。"

杨姐说："我知道你这人心软，但是知人知面不知心，你对人家好，人家不一定对你好，说不定还出卖你。所以你不用包庇她们，我才是你的朋友，你告诉我事情真相，我来告诉你应该怎么办。"

我说："真相就是大家都累了，都不想加班，然后就决定一起走了。"

杨姐说："不会的，王总这么快就知道了，背后一定有阴谋。我猜王经理肯定也参与了，要不然他不会知道得比我还多。小冯，我告诉你，我这个人是不会服输的，就算王经理是皇亲国戚，我也一定要拆穿他的阴谋。其实你不说我也能猜到，李霞是王经理的老部下，齐建华和李霞又好，一定是她俩。我说得对不对？”

我说：“宾馆对我们这么差，还需要什么阴谋吗？上次无缘无故扣我们的钱，这次又连续加了几天班，我们都累坏了，都不想加班才走的。不管谁先说的走，我们都同意了，也不是一个人两个人的意见。要说有错，那也是周经理的错，明明我们已经很累了，她为了多挣钱，还让我们加班。”

杨姐说：“小冯，你说的这些话，一听就不是你自己想的，你不是这样的人。我马上去问她们，我会弄清楚的。你太容易相信人了。这样会很容易被人利用的。

杨姐站起来走了。

两点半，对讲机里王经理呼叫，让大家到三楼收拾楼道。我们都去了，大家见了面只干活，互相也不说话。

我们做完房到了客房部，杨姐说：“大家先不要下班，等一等。三楼今天有一半房间换了新地毯和家具，还有十几间没换的，周经理应该会安排做房。大家一会儿一定要好好干，为我争口气啊。谁要敢再出什么幺蛾子，我马上开除她。不管她有什么靠山，我也不怕！我不是好欺负的！”

对讲机果然响了，周经理通知加班。大家都没说什么，杨姐领着大家走过去。楼道里有很大的甲醛味儿。几个礼宾也来了，周经理要求，把三楼今天换了地毯和家具的房间东西归位，床铺好，马上就可以卖。还要把今天没换的那十几间也归位，铺好，再卖一天。

我还和张丽一组。礼宾把卫生间的桌椅摆到屋里去，我铺床，张丽去做卫生间。做到六点，去食堂吃了饭，回来继续做。做完七点半，天又黑了，还是坐张丽的电动车回家。

52

早上到宾馆，杨姐说：“周经理今天出差，去上海一个分公司查账去了。今天你们可能不用加班了。”

大家说：“太好了。”“要不然真要累死了。”

杨姐说：“你们累，我也累。今天快点干，做完了我一定让你们早点下班。我都是为你们着想，你们也要知道我的心，要体谅我。不要学某些人，那些人没有好下场的。想赶走我，没那么容易。等我找到她搞阴谋的证据，一定先让她滚蛋。你们以后要离那些人远一点，要跟着好人学，比如小柳，她就认认真真做事，从来不搞阴谋。”

大家没说话。杨姐看了看电脑，拿起对讲机说：“呼叫王经理，昨天三楼没换的那 13 间房，昨天晚上卖出去 11 间，现在有 8 间脏房，3 个在住，今天怎么安排？我们是做成净房继续卖，还是都收起来？”

王经理说：“收废品的说今天来不了，你们先做成净房，先不收。那 3 个在住我会让前台换到别的楼层。”

杨姐说：“收到。”然后跟我们说：“你们先做房表上的，三楼那几间下午最后做。”

我还在四楼，齐建华跨楼层，三楼四楼都有。今天房很多，基本住满了，我分到 17 间，齐建华跨楼层分到 20 间。齐建华先去做三楼，我一个人在四楼。四楼味儿还是很大，但客人入住很多。

我把布草车推到房间门口，进了房间，赶紧做房。

十点多，王经理呼叫：“各位服务员，马上到三楼，把那 13 间房收起来，收废品的来了。”

杨姐在对讲机里拉长声音说：“我说王经理啊，我早上还专门请示过你，你不是说今天收废品的来不了嘛？现在马上收可是来不及了，要不你让收废品的下午再来吧。”

王经理说：“他们就现在有空，下午有别的活儿。麻烦杨主管，让服务员停下手头上的事，马上来三楼。”

杨姐说：“王经理，你不会是在跟我们开玩笑吧？一会儿说来不了，一会儿又来了。今天房又多，我们服务员有那么多活儿要干，哪有时间做那 13 间房？”

王经理继续说：“呼叫各位客房服务员，马上来三楼，抓紧时间把这 13 间房做出来。”

我们到了三楼，王经理安排，三个人一组一起做房，王经理和礼宾搬桌椅。齐建华、张丽、小沈一组，我和李霞、小柳一组。

做 306 的时候，王经理和两个礼宾往卫生间搬东西。一个礼宾举着手从卫生间出来说：“王经理，你口袋里有创可贴吗？”

王经理说：“没有。你的手怎么了？”

礼宾说：“我往柜子里放垃圾桶的时候，让一个碎玻璃杯子划破了。”

王经理进卫生间去看了看，用对讲机说：“呼叫前台，马上送个创可贴到 306。”

前台答应了，然后他又说：“呼叫杨主管，请来 306 一下。”

杨姐说：“什么事啊王经理？对不起，我很忙，我可不像你，光动动嘴皮子指挥指挥就行了。”

王经理说：“你来了就知道了。”

杨姐来了，王经理带她进了卫生间，我们也凑过去往里看。

王经理打开洗脸池下面的柜子，一个破成两半的玻璃口杯放在里面。

王经理说：“杨主管当时因为这个跟我们前台吵架，你应该还没忘吧？这件事到底是谁的管理水平有问题，应该很清楚了吧。”

王经理说完就出来了，杨姐一个人站在卫生间。

王经理和礼宾搬了沙发进卫生间，杨姐只好出来，站到门口。我们也赶紧回屋去继续铺床。

杨姐出了门，立刻呼叫齐建华。

齐建华来了后，杨姐带她去卫生间，指给她看破口杯。

杨姐说："你当时说你找遍了，这地方找过吗？"

齐建华说："找过，我真的打开找过。奇怪，当时没有啊！"

杨姐气得声音都变了，说："要是你真打开过，这么明显，你能看不见吗？难道你眼瞎了吗？你这明摆着就是故意在害我！"

齐建华说："我怎么会害你呢？我当时真的打开过，真的没看见啊！再说，谁能想到客人这么坏，打破了杯子还藏起来啊？"

杨姐说："好吧，你就编吧，看你还能编出什么花来。你们别把我当傻子，别以为我好欺负。你们已经给我扣了那么多屎盆子了，这个屎盆子你自己顶着吧。我现在就去跟周经理打电话，让她马上辞退你！"

齐建华还在说："为什么呢？这明明跟我没关系，杯子是客人打坏的，为什么要辞退我啊？"

杨姐没说话，走了。王经理继续往卫生间里搬东西，齐建华只好出来，左右看看，站了一会儿，也走了。

午饭后回到四楼，对讲机里杨姐呼叫齐建华去客房部。我在屋里做房，听见齐建华回到四楼了，就走到她房间去看她。她坐在床上，眼睛红红的。

我说："杨姐叫你什么事？"

齐建华说："杨姐说她已经跟周经理打电话了，周经理同意辞退我，让我明天来办手续。"

我说："不会吧？就一个口杯而已。"

她眼泪掉下来："可不是嘛，客人把一个杯子弄坏了，为什么辞退我？又不是我的错。我知道那个柜子里面都是水管子，我怎么会想到客人会把杯子藏在那里……客人真是太坏了。”

我说：“杨姐真过分。不过反正这里也不好，扣工资，老加班，你再换个工作也挺好的。”

齐建华说：“可是我老公喜欢我做这个工作。这里管吃管住，平时下班也早。我以前做的工作，下班都很晚，我老公不喜欢。我老公要是知道我被辞退了，一定会骂我的。”

她又哭起来，我劝了几句，想着我还有很多房没做，只好回去抓紧时间做房。

五点半我才做完所有的房，退完布草到了客房部，大家都在。杨姐说：“齐建华你明天上午来办手续就行。放心，我跟周经理说了，这次是宾馆辞退你，不按试用期，也不扣你培训费。你走了对大家都好，我们就清静了。希望你到了新单位，好好干，不要再害人了。”

齐建华没说话。

对讲机里王经理呼叫：“全体服务员和礼宾到二楼，明天收废品的来，二楼要全部锁房，”

杨姐说：“收到。”

放下对讲机，杨姐对我们说：“没办法，大家先别走，再辛苦一下吧。二楼是最后一层了，大家再坚持坚持。”

杨姐站起来带头往外走，我们在后面跟着，齐建华也跟着。走到楼梯口，杨姐回头看了看，说：“齐建华你可以走了，你已经被辞退了，你不用加班。”

我们跟着杨姐下楼，齐建华一个人低着头上楼去了。

我们收拾了几间，六点下去吃了晚饭，回来继续做。

做完后又七点半。大家回到更衣室，都坐在沙发上休息，没人抢洗澡，也没人说话。

后来我忍不住了，说：“你们对今天的事怎么看？”

李霞说：“反正也是最后一层了，不会再加几次班了，算了，凑合一下吧。”

我说：“我不是说加班的事。我是说杨姐今天太过分。齐建华这人虽然讨厌，但是杨姐也不应该想辞退就辞退。”

小沈说：“冯姐说得对，我也觉得杨姐今天是有点过分。”

张丽跟我使眼色，说：“冯姐，别说了。”

她们都坐着，眼睛看着各处，都不说话。

我说：“我不是说要罢工，但是我认为我们得说话，我们得跟杨姐说：不管怎么样，不能随随便便就辞退一个人。李霞，你说呢？”

李霞说：“我们又没有合同，当然人家想辞谁就辞谁了。而且反正我也不喜欢齐建华，她走了也好。”

我说：“吕月红，齐建华是你朋友，你说呢？”

吕月红说：“我不知道。”

我说：“这个工作这么差劲，大不了不干了，可是如果一直忍着，总有一天会轮到自己倒霉的！”

小沈说：“是啊，冯姐说得对，你们应该反抗，要不然杨姐下一个就针对你们谁了。”

小柳站起来出去上厕所了，李霞也站起来开始脱衣服。别人也不理我。

洗完澡，张丽说她电车坏了，今天没骑电车，只好坐公交车。小柳和我们一起下楼去坐公交车。我们三个上了车，找个座位坐下。小柳就坐在我旁边。

我说：“既然你们都不敢说，明天我就自己去跟杨姐说，告诉她这样做太过分。如果她给我穿小鞋，我就跟她大吵一架，马上不干了。反正我在这儿干得也不愉快，回家就回家。”

小柳说：“王经理本来就一直针对杨姐，王总都生气了，杨姐现在很困难。要是你这么做，王经理又有话把儿去告状了，杨姐就真待不下去了。”

我说：“那样更好，她走了，我们就不用受她气了。”

小柳说："其实我也不太喜欢杨姐，她说话我听着也烦。可是杨姐对我挺好的，她也挺可怜的，我不想伤害她。她是湖南人，孩子才三岁的时候，她老公就勾搭上别的女人，跟她离婚了。她也没文化，也没钱，一个人把儿子带大。现在儿子上班了，她找了个后老伴儿，来到北京。她老伴儿比她大二十岁，他们各花各的钱，她老伴儿都不给她买东西。他家里还住着一个四十多岁没结婚的女儿。杨姐也烦，不愿意回家。再说她也快五十了，也没有亲戚朋友。要是被辞了，她再找工作也不容易了。"

我想了想，说："我说她为什么老住宿舍呢。唉，她也真可怜。好吧，我先不说，再想想看，有没有什么更好的办法。"

车先到育荣学院站，小柳跟我们说了再见，下了车。车又开动后，张丽说："冯姐，你知道小柳是长嘴八哥，你怎么还跟她说那么多话？明天杨姐知道，又要找你麻烦了。"

我说："管她呢，爱说什么说什么。这是什么工作啊，累死人，不挣钱，还怕这怕那。我不想干了。"

张丽说："你别这么想，还是要再忍一忍。你看她们今天都不说话，她们都在忍。因为她们知道，这儿管吃管住，其实还不错。等二楼换完地毯，我们就不用再加班了。吕月红把布草数也找齐了，将来应该能给我们补上工资。而且五一以后就是旺季了，宾馆基本上会天天客满。往年客房服务员多，一百多间房，不够分的，也挣不了多少钱。现在就我们五个人，每个人每天能分二十多间。王总和周经理再小气，再扣房提，我们也能挣很多钱。"

我说："我的妈呀，会天天客满？"

张丽说："是的，往年都是这样，从五一到国庆都是旺季，有半年多呢。你算算，到时候我们每天有10间左右的房提，一天就多挣60，一个月工作二十六天，加上基本工资，我们能挣三千多呢！"

我说："那是挺多的。"但是我心里想：我会累死的。

53

昨天晚上回家后非常累，早上很想打个电话不来了。但是想着这几天房多，齐建华又走了，刘全敬也不在，我要再不去，她们就太累了，所以我咬咬牙还是去了。

到了客房部，没看见齐建华。杨姐分完房，给每人发了房表，也没有齐建华的。我还是在四楼。我分了18间房，3个在住，15个脏房。

十点多，我正在做418，齐建华进来了，她的脸看起来没有表情，呆呆的。

我说："那个……怎么样了？"

她说："我刚去客房部，杨姐不在。我帮你铺床吧，你去做别的。"

她去铺床，我去做卫生间。

齐建华低头铺床，我看见她甩单甩得很好，床也铺得很平整。浴室没用过，卫生间很干净，我很快做完出来，她还在铺第二张床，表情还是呆呆的。我想安慰她几句，又不知道说什么好，想了半天，问："你有什么打算？"

她说："我家里有车，我想开出租车，我老公不让。"

我说："你会开车？"

她说："我有本，我开得可好了。我喜欢开车。"

我说："那挺好的啊，我住的村里有好几个黑车司机都是女的，听说挺挣钱的。"

她说："可是我老公不让。"

我又不知道说什么好了。

吕月红进来了，说:“齐姐，我找你半天了。走吧，去看杨姐回来没有。”

我说:“你去干吗？”

吕月红说:“我再跟杨姐说说，看能不能让齐姐留下来。”

我说:“好啊，看你的了。”

中午在食堂，我们吃着饭，吕月红和齐建华进来，也盛了饭过来坐下。

齐建华眼红红的，只吃饭，不说话。

小沈说:“齐建华，你不用难过。其实谁走谁幸运。你终于可以离开这里了。她们留在这里，还不知道要受多少罪呢。”

我也说:“是啊，这里又不好，你会找到更好的工作的。”

五点半，我终于做完了所有的房，累得楼都下不动了。到了客房部，她们都在，我看见齐建华也在，坐在最靠边的椅子上。

我们都来齐后，杨姐温柔地说:“我这个人心太软了。听说因为这事，齐建华被她老公骂，我有点不忍心。自己又想了想，虽然她犯了很多错，但也不能一棒子打死，还是应该给她改正的机会。我刚跟周经理说了，现在房又多，一时半会儿招不到人，先不辞退齐建华了。齐建华也向我保证了，说她以后一定改正。我也就相信她一次吧。”

吕月红说:“谢谢杨姐。齐姐一定会改的。”

杨姐说:“但是我可丑话说到前头，我只给这一次机会，绝对不能再有第二次。你们大家也都要记住我今天说的话：一定要做好人，做好事，这样才能长久。你们也一样，如果有谁不听我的话，在背后搞阴谋诡计，搞小动作，那就别怪我无情，我也会立刻让周经理辞——退——她！”

杨姐越说越严厉，最后一句话简直是在叫喊。我看看李霞，她没有什么表情，眼睛看着地板，晃着腿。

对讲机里王经理说:“呼叫各位客房服务员，马上来二楼。”

杨姐带着我们到二楼，收废品的刚走，楼道和楼梯上到处是脏东西。我们分了几组，拿来吸尘器和拖把，收拾房间和楼道。齐建华也跟我们一起收拾，她低着头干活，从头到尾没说一句话。

收拾完回到宿舍，大家排队洗澡。我洗完出来，更衣室里只有齐建华一个人了。她坐在沙发上，脸色很难看，两只手捂着肚子。

我说："今天没事，我陪你去看医生吧。那个医院离这里很近，走过去用不了十分钟。"

她说："不用，我自己知道，老毛病了，一会儿就好。"

我只好拿上东西先走了。

54

早上我进了客房部，杨姐在分房，她们在坐着吃馒头，聊天。齐建华一个人坐在最边上，没人理她。

杨姐分完房后，说："我昨晚又失眠了，想了很多。最近发生了很多事，我压力很大，但是我绝不会认输。不管别人有什么背景，不管别人怎么对我，我都一定要坚持到底。并且我还要更努力地工作，用我的成绩让领导认可我。你们大家也要争气，我们会胜利的。现在吕月红已经把布草数找齐了，下次再盘点肯定没问题了。那时候我就帮你们跟周经理商量，怎么给你们补工资。我们大家在一起时间这么长了，感情像姐妹一样，你们的事就是我的事，我一定会放在心上。"

吕月红说："杨姐真好。"

小柳也说："谢谢杨姐。"

杨姐说："你们要向我学习，对待工作不要心胸狭窄，斤斤计较。目光要长远，因为我相信，好人会有好报，坏人迟早会得到报应。"

杨姐说这话的时候又往齐建华那边看，齐建华低着头看着自己的腿。拿了房表，小沈带着我们去领布草。听见下面楼梯很热闹，我往下看了看，工人们正搬着地毯上二楼。

今天我还在四楼，有 16 间房，4 个在住。齐建华跨楼层，四楼也分了 4 间。上午齐建华上来做房，看起来不那么呆了，放松多了。

我问："你肚子怎么样？"

齐建华说："没事儿，好了。昨天回去说留下来了，我老公可高兴了。"

我说："幸亏吕月红帮你说话。"

齐建华说："是啊，我们俩一起长大的，从小到大，小红都对我很好。"

中午吃饭时，小柳和杨姐也下去吃了，大家坐在一起。今天吃的是土豆炒洋葱，大家都说难吃。

齐建华说："大锅饭就是这样，哪有好吃的。"

杨姐立刻说："齐建华，你为什么处处挑错？你有没有认识到，你的人品真的有问题？"

齐建华赶紧低下头吃饭，没再说话。

我说："她是说，没她做得好吃。齐建华很会做饭。"

杨姐说："她会做饭，那她回家做去，别来上班了，省得上班吃得不好。"

我没再吭声，大家都低头吃饭，再不说话。

饭后我回到四楼做房。杨姐来了，坐在沙发上，跟我说话。

她问了几句"今天在住多吗？""累不累啊？"之类的，然后突然很严肃地问我："小冯，有个事，我有点不明白。我问了好几个人，有人说不知道，有人这么说，有人那么说。你人品好，我相信你，你说一说，齐建华这人怎么样？我到底应该留下她还是把她赶走？"

我说："她又怎么了？您不是已经留下她了吗？"

杨姐说："但是有人告诉我，她还在搞阴谋，如果是这样，我就不能留下她。"

我说："齐建华这人的确是有点懒，还爱找借口，我也不太喜欢她。但是她其实人品不坏，对人也挺热情的。她老公挺凶的，她也挺愿意在这里工作的，您还是别赶她走了吧。"

杨姐说："我也不想这样。可是你说她心眼不多，那为啥她鼓动你们罢工？而且处处在背后说我坏话，反对我，还向王经理告状，还故意藏起杯子让我出丑？"

我说："为什么您会认为是她干的？她这人说话是挺讨厌的，可是也就是抱怨几句，罢工真不是她一个人说的。大家都太累了，好多人都说要罢工，当时我也说了。而且我们也不是针对您，是烦周经理和王经理，老让我们加班。”

杨姐说：“那人家可告诉我，都是齐建华挑拨的，还跟我说留下齐建华是个错误，将来还会出大麻烦。我现在很矛盾。我也不想随便开除人，我知道你们没文化，找工作不容易。而且马上就旺季了，客房部正缺人。可是要是留下她，万一将来再害我怎么办？我已经被告了多少次黑状了，这要再有一次，我就真要被王总炒鱿鱼了。”

我说：“我不知道是谁跟您这么说的，反正我是不相信齐建华有那个本事。看起来她很精明，其实她这人很傻。再加上我们都不喜欢她，就算她有什么阴谋，谁会听她的呢？”

杨姐说：“你说的也是，我考虑考虑。我再去问问吕月红。”说完出门上楼去宿舍了。

楼道里有脚步声，我往门口看了看，是小沈。我想她去宿舍上厕所。过了一会儿，小沈又从门口走过去了。一会儿门口又有脚步声，我扭头看了看，这次走过去的是杨姐。

我继续做房，忽然吕月红跑进来，喘着气跟我说：“冯姐，出事儿了！”

我说：“什么事啊？快说快说。”

她把门关上，站到我跟前，小声说：“刚才杨姐去宿舍找我，问你们罢工那天齐姐说了什么，别人说了什么，是不是齐姐挑拨的，我就说不是，她们都说太累了，都说要罢工。杨姐说：‘你跟小冯说得一样，那到底是谁在说瞎话？’后来她就给小沈打电话，让她到宿舍来！”

吕月红太激动了，停了一下，拍着胸口：“这下把我吓的！”

我说：“叫小沈又怎么了？”

吕月红说：“你不知道，我知道，要出大事了！”

我说：“什么大事？”

吕月红说：“小沈来了以后，杨姐就让我和小沈对质，先让我说，我没办法，就又说了一遍。杨姐又问小沈为什么跟她那么说？小沈一开始没说话。杨姐又问我好几次，我只好把我知道的都说了。杨姐就问小沈：你当时为什么那么说？小沈说她是为杨姐好，想让杨姐了解情况，知道大家对她的意见，让她和大家搞好关系。杨姐就骂她：没安好心、挑拨离间、阴谋家。小沈哭了，杨姐还骂，小沈哭着走了。杨姐又向我诉苦，说这一段她心里多难受，说着说着也哭了。我安慰了她半天。好容易她走了，我过来跟你讲讲。你摸摸，现在我的心还怦怦跳呢！吓死我了。”

我说：“啊？原来长嘴八哥是小沈？”

吕月红说：“其实我早就知道是小沈，因为杨姐跟我住一屋，她老跟我说，我就猜出来了。可是我又不能说，我也不想得罪小沈，我还想在这儿待下去呢。我就只好劝齐姐少说话，老实点，齐姐又不听。我也不敢告诉她，齐姐这人嘴巴没有把门的。哎呀，这段时间真是憋死我了。今天总算说出来了，这可不是我要说，是杨姐自己来问我的，我没办法了。”

我说：“小沈真是的。不过这下她也没法在这里待了。她怎么办呢？”

吕月红说：“管她呢，她活该，谁让她害人。反正齐姐可以过关了，我好高兴。”

五点我做完了房，退布草的时候看见吕月红，我悄悄问她：“小沈和杨姐怎么样了？”

吕月红也小声说：“我也不知道，我没敢去看，一直忙着数布草。”

李霞来了，说：“有什么新鲜事儿，也说给我听听，别光你俩咬耳朵。”

吕月红说：“没事儿。”

我说：“一会儿到客房部你就知道了。”

我们到了客房部，小沈不在，杨姐在，眼睛红红的。等人都坐好，杨姐说：“我跟大家说一件事。”她讲了下午在宿舍发生的事，说着又哭了，最后说：“小冯和吕月红可以做证。”

我和吕月红都点头说：“是的。”“对，对。”

她们都很惊讶：“小沈怎么这样？真看不出来。”

杨姐说：“我早就觉得不对劲，我就感觉有阴谋，可是我听了小沈的挑拨，一直怀疑你们，万万没想到搞阴谋的竟然是小沈！”

李霞说：“我跟她认识这么长时间了，真没想到，小沈竟然是这种人，真是知人知面不知心啊。”

杨姐说：“小沈的确是太恶毒了，我平时对她那么好，她还用这么阴险卑鄙的手段对待我。事情很明白，她就是想赶走我，好由她来当主管。她的人品真是太差了。善有善报，恶有恶报，我还是要做好人。我已经跟周经理打过电话了，周经理说她会向王总报告。我相信王总一定会辞退这种小人，也会明白谁才是真正为宾馆出力的人。”

她们说：“王总一定会明白的。”

杨姐又看着齐建华说：“小齐，我听了小沈的挑拨，对你有偏见，我在这里向你道歉。”

齐建华脸红了，说：“没事儿，没事儿。”

吕月红说：“现在都明白了，都是小沈捣的鬼，齐姐不会怪杨姐的。”

齐建华说：“是啊，是啊。”

杨姐说：“以后我们大家还像以前一样，做好姐妹。大家一起工作，彼此信任，好不好？”

大家都说：“好啊。好啊。”

杨姐说：“我刚才一个人坐在这儿仔细想了想，既然因为小沈经常对我说你们的坏话，挑拨了我和你们的关系，那么很可能王经理针对我的好多事，也都是她从中挑拨的，不一定是王经理自己对我有什么意见。小沈这个人太阴险了，很可能王经理是上了她的当。你们说有没有这个可能？”

大家说：“很可能。”

李霞说：“真有这个可能。王经理以前挺好的。”

对讲机响，前台说：“呼叫客房部，收废品的老头儿来了。”

杨姐说："收到，马上去。李霞，你以前卖过，你去吧。"

李霞叫上小柳一起去了。

一会儿她俩回来，拿回来60多块钱。

杨姐问："这钱平时都是小沈管，我也不知道，这钱都干吗用？"

李霞说："用来买我们穿的布鞋，15元一双，坏了就买。有时候钱多了，中午休息时也去买东西吃。"

王经理说："呼叫各位客房服务员，二楼的地毯和家具已经换完了，你们做完房就可以来铺床了。明天就是五一了，今天大家辛苦一下，铺完再下班。"

杨姐拿起对讲机，用很温柔的声音说："好的，没问题，我们马上过去。"

到了二楼，杨姐一脸笑容地对王经理说："王经理，这些天你们也好辛苦，明天你们就可以休息了。"

王经理没说什么，给大家分了组，所有人都进屋忙起来。六点，大家一起去吃了食堂晚餐，又回来接着铺。

王经理摆完家具后没有走，和礼宾们一起帮忙做房。礼宾摆东西、擦桌子、吸地，他帮我们铺床。

杨姐也拿了块抹布擦桌子，说："王经理，你真热心，真是太谢谢了。你要不帮我们，我们今天还不知道做到什么时候呢。"王经理还是没说话。

七点半，二楼的房间全部整理好了。关好最后一间房门，王经理和礼宾下楼走了，我们上楼回宿舍。进了更衣室，大家坐下说累。还好今天就全换完了，这是最后一次加班了。

杨姐上来了，说："王经理今天真是帮大忙了，要不是他，我们还不知道干到几点去了。你们看，王经理其实对我们客房部也挺好的。我看他铺了好多张床，一分钟也没休息，也够累的。我想表示一下，你们说，把今天卖废品的钱给他，让他和礼宾出去买点酒喝，怎么样？"

我们说："好啊。""行啊。"

李霞说："杨姐，最好您亲自去把钱给他，那样更有诚意。"

杨姐说："李霞你这个主意好，我马上就去。"

杨姐打开抽屉拿了钱，高兴地下楼去了。

六

和谐

55

今天是五一。早上进了大厅，我左右看了看，没看见小沈拖地。到了客房部，杨姐说：“我给你们拿了馒头，我还给你们买了新的咸菜，有海带丝、雪菜和辣椒酱，就放在架子上，你们吃馒头时记得夹咸菜啊。”

她们都去拿馒头，夹了咸菜，坐下吃。

杨姐问：“好吃吗？”

她们都说好吃，杨姐很高兴。

齐建华进来了，杨姐说：“小齐，你吃早饭了吗？去吃点馒头吧，我昨天专门为你们买了新的咸菜，有海带丝、雪菜和辣椒酱，就放在架子上，想吃什么就吃什么。”

齐建华说：“我吃过了，谢谢。”坐下了。

杨姐又说：“你再吃点吧，我刚买的咸菜，她们都说好吃，你还没吃过。”

吕月红推齐建华，齐建华站起来去拿了块馒头夹了咸菜坐下吃。

杨姐问：“怎么样？好吃不好吃啊？”

齐建华说：“好吃，好吃。”

刘全敬进来了，我很高兴，说：“刘全敬你可回来了，你这次回去好久啊。”

她说：“昨天葬礼完了，我马上就坐车赶回来了。”

杨姐说：“刘全敬，你回来得正好，马上就是旺季了，正需要人干活。不过周经理跟我说过，公司有规定，超过五天不上班的，当月基本工资按试用期算，房提也不给。你这次回去了九天，超过五天了，可能会按这个给你算工资了。”

刘全敬说：“杨姐您帮我说说，房提我不要了，工资还给我按正式的吧。我可以这个月和下个月都不休息，把那九天补上。”

我说：“这样不行，你身体会受不了的。”

刘全敬说：“我年轻，没问题。”

杨姐说：“好的，周经理今天回来，我跟她说说。”

刘全敬说：“谢谢杨姐。”

周经理进来了，说：“小沈昨天跟我打电话，说她要做人工流产，请一个星期假。那最近这段时间，杨主管就辛苦了。”

杨姐说：“什么人工流产，我看就是借口，自己做了亏心事，不敢来了。”

周经理说：“不管她是不是借口，看她来不来再说。对了，今天是五一，入住率怎么样？”

杨姐指给她看电脑屏幕：所有的房间图都显示灰色。

周经理两手一拍，说：“太好了！终于看到客满了！接下来这半年，希望天天是这样！”

杨姐说：“会的，会的。我以前那个宾馆，比我们宾馆条件差远了，到了旺季也基本上天天客满。”

周经理说：“那我就可以松口气了。装修也完了，布草也找齐了，我们的困难都过去了，好日子就要来了。”

李霞坐在杨姐身边，拉拉杨姐衣服说：“杨姐，夏季工服。”

杨姐说：“哦，对了，周经理，天都这么热了，她们没有夏季工作服，什么时候可以去买？她们穿长袖做房实在太热了。”

周经理说：“现在就可以。不过还要麻烦杨姐有空去买一下，我实在是太忙，出不去。我们公司往年一身工作服都是 80 元左右，每人得买两套，就是 160 元左右。你按这个钱数买就行，当然是越便宜越好了。至于样式，你看着办吧，我相信你的眼光。”

杨姐说：“没问题，我今天就有空，一会儿就去买。我知道一个服装批发市场，衣服又好又便宜。”

周经理说：“好啊，一会儿你来我办公室，我把钱给你。”

周经理走后，大家说：“谢谢杨姐。”

杨姐说：“不用客气，我知道你们热，我一直记着呢。对了，你们喜欢什么样的工作服？”

大家说了一会儿，有人说短袖短裤，有人说裙子。最后杨姐决定买短袖T恤和运动长裤。

杨姐说：“我一会儿就出去买，相信我的眼光，一定会让你们又漂亮又舒服。”

分了房，大家都拿着房表看。我分到21间房。四楼还有3间给了小柳。她们也都分了20多间。

我拿着房表，看着从上到下一色的“VD”脏房，心里直发怵。我想，每天这么多房，我是顶不了几天的。我还是跟杨姐说一下辞职，让她早点找人吧。

杨姐问齐建华：“小齐，你怎么样？21间多不多？”

齐建华说：“不多不多。”

杨姐说：“大家别担心，昨天我把卖废品钱给王经理，他挺高兴的，还说有什么事要帮忙就说。我一会儿请他和礼宾帮大家撤单子。我看王经理这人其实挺好的，都是小沈挑拨的。现在小沈不来，一切都正常了。过几天我再跟周经理说说给你们们补工资的事。”

我们说：“谢谢杨姐。”

我到了四楼，打开一间脏房，深吸一口气，开始做房。

前台说：“呼叫服务员，麻烦做出一间就通知我们一下，客人正等着入住。”

我们都回答：“收到。”“收到。”

我做出一间，立刻向前台报告。我做第二间的时候，看见一个客人拉着行李箱入住了。前台一直在催，让我们快点做，说客人们在大厅里等着。

对讲机里杨姐用甜甜的声音说："呼叫王经理，昨天宾馆客满，今天全是脏房，我们的服务员太忙了。小沈不在，周经理又让我去买夏季工服，实在帮不上忙。您看礼宾小弟有没有空，有空的话，能不能辛苦一下，帮我们服务员撤一下单子？"

王经理说："好的，我让他们马上过去。"

杨姐说："太好了，那我就替服务员们谢谢王经理了！"

一会儿一个礼宾来了，跟我要了房卡，去撤单子。

我说："谢谢。"

他说："不客气。"

我听见旁边房间里小柳说话："谢谢你啊，小雨。"

小雨说："没事儿，以后你房多就叫我，反正我也闲着呢。我虽然不会铺床，我可以帮你干别的，擦桌子、吸地、倒垃圾都没问题。"

小柳说："好啊！你真好！"

礼宾把所有房间的床上布草都撤了，垃圾也倒了，我做房就省事了。

中午吃饭的时候，对讲机响了，杨姐呼叫大家："大家吃完饭到客房部集合，夏季工作服到了！"

我们到了客房部，杨姐打开地上的大黑口袋，拿出来一套衣服，天蓝色短袖和深蓝色运动长裤，裤子外侧有一条黄线。

杨姐说："大家看看，我买的工作服怎么样。"

小柳说："好看。"

李霞说："摸着很薄，一定很凉快。"

杨姐说："我的眼光错不了。大家都来签字，一人领两套。你们现在就可以穿上做房了。今天这么热，你们可以凉快点。"

我们每人挑两套抱着，去本上签字。

周经理进来了，说："我也来看看新工作服。你买的还挺好看的嘛。多少钱一套？"

杨姐说："我可会讲价了，两套才花了80！"

周经理说："杨主管你真行，这一下就省出了几百块。我就常说，会省钱就是挣钱。你真是我的好帮手，哪天我请你吃饭。"

杨姐说："周经理对我一直这么照顾，还是我请你吧。对了，王经理今天让礼宾帮我们撤单子，帮我们大忙了，我想替服务员好好谢谢他。要不然到时候请王经理也一块去，你说怎么样？"

周经理说："好啊，是应该叫上他。大家一起工作这么久，还没吃过饭呢。"

杨姐说："行，我想今天晚上就请，就在楼下餐厅。"

周经理说："到时候你来叫我。"

她们拿了衣服往外走，说现在就去宿舍换上。我站着没动，想等一会儿人都走了好跟杨姐说辞职的事。

杨姐和周经理还在聊天，杨姐说："我发现王经理这人其实挺不错的……"

周经理说："是啊……"

刘全敬走出门回头叫我："冯姐，走啊，换衣服去。"

我只好跟她们走了。到了更衣室，她们脱了旧工作服，穿上新衣服。新衣服很合身，露着脖子和胳膊，还显出了身体的线条。

"别吃我豆腐！"

"你好性感啊。"

"你才是我们的大美女！"

我们说说笑笑地下去了。

四点半，对讲机里杨姐问每个人还剩几间，大家回答，有人剩3间，有人剩4间，我还剩5间。

杨姐又在对讲机里甜甜地说："呼叫王经理，服务员都还有几间没做完，我们这几天太累了，您能不能帮我们一下？”

王经理说：“好，我这就上去。”

一会儿王经理带着两个礼宾来了，礼宾换垃圾袋、吸地毯，王经理从布草车上拿了床单被罩去铺床。

我正在做卫生间，王经理过来跟我说：“房表上有的都铺好了，还有别的小时房吗？”

我说：“没了，谢谢。”

他说：“那我们就去三楼了。”他带着礼宾走了。

我想，要不先别辞职，再坚持几天试试看。

我去三楼退布草时，三楼的脏布草堆成小山。收布草的小伙子正和吕月红一起数布草。

小伙子说：“吕姐，我数的和你的不一样，你小单是148，我数的是147，咱们再数一遍吧。”

吕月红说：“不用了，今天布草多，再数一遍太麻烦了，就按你数的写吧。”

下班回到宿舍，我非常累，准备多坐一会儿，等她们都洗完了再洗。

李霞和小柳先洗。李霞脱了衣服，小柳说：“李霞，你身上怎么变蓝了？”

李霞看看自己身上一层蓝色，说：“这衣服掉色！”

我说：“掉得也太厉害了吧，你都快成阿凡达了。”

李霞说：“40元一身，你还想怎么样？杨姐也真能省。”

齐建华说：“嘘，别说了，当心让她听见！”

刘全敬说：“没事儿，多洗几次就好了。”

吕月红上来，说：“嗨，告诉你们个好消息，布草全都找齐了，盘点没问题了！为了保险，我还多藏了三套呢。现在王经理和杨姐也和好了，只要王经理亲自跟王总说，很可能会给我们补上工资呢。”

吕月红回宿舍去了，一会儿出来，只穿了个三角内裤，连胸罩都不穿，露着两个大乳房，来更衣室和我们聊天。

我说："吕月红，你也太暴露了吧，至少戴个胸罩啊。"

吕月红说："戴上太热了。都是女人嘛，怕什么。"

齐建华说："小红在秀身材呢。"

吕月红扭扭身子说："我最近瘦了好几斤，你们看，我现在身材怎么样？能不能算美女？"

我们都笑了。我心里又想：我还是再坚持一下吧。

张丽从浴室出来，叫我："冯姐，没人了，你去吧。"

我站起来，赶紧从柜子里拿了浴巾和洗发水，从鞋架子上拿了一个黑塑料口袋，走去洗澡间。我脱了衣服，看了看身上，也染了一层蓝色。

我洗完澡，擦干，打开口袋看了看，只有新工作服，忘了拿要换的衣服了，可是它掉色，不能再穿它了。

我只好用浴巾围住身体，拎上装衣服的黑塑料口袋，开了门出去。

走进更衣室，我说："我今天也学你们了，没穿衣服就出来了。"

李霞撇嘴说："你包得这么严，也叫没穿衣服！"

我打开柜子，拿出衣服，松开浴巾，赶紧穿衣服。

小柳说："冯姐，你咋没咪咪啊？"

我低头一看，我的两个乳房真的没了高度，成扁平的了。

李霞说："哦，我说冯姐怎么一直不敢脱光光啊，原来你是飞机场。"

吕月红说："冯姐，那你老公摸啥啊？"

我说："我本来是有的，怎么会变成这样呢？是不是得什么病了？我得上医院看看去。"

齐建华说："没事儿，冯姐。你就是太瘦了，你看你肋骨都支楞出来了。咪咪是脂肪做的，人瘦了咪咪就小了。我看过一个电视，有个女人减肥太厉害，咪咪也没了。我告诉你一个办法，就是多吃肉，尤其是肥肉，还可以炖猪蹄，吃上一个月，你咪咪就变大了。"

吕月红说："齐姐说得有道理。我最近瘦了好几斤，你们看，我的咪咪是不是也小多了？"

她们说：“还真是小多了。不过你咪咪本来太大，现在合适了。”

我没说话，继续穿衣服，这次才注意到胸罩下面空了。我眼泪涌出来，立刻做出了决定。

我穿好衣服，拿上包，跟她们说了“再见”，下楼去客房部找杨姐了。

后记

我出生在河北的一个村庄，有一个姐姐和两个妹妹。我父亲是个水泥厂工人。我十四岁那年，他在事故中去世，十九岁的姐姐接了班。工厂离家十公里。姐姐三班倒，下班回家还要帮母亲种地。

我当时在县城上中学，寄宿，只有周末回家，帮不上家里什么忙。母亲和姐姐说，家里地里都不用我操心。我的任务就是好好学习。

我学习也真的很好，考上了大学。

这时父亲的水泥厂破产了，我姐姐离开了工厂，平时就四处打短工。大妹妹小学都没毕业，从十四岁开始就在一个挂面厂卷挂面。长大后，也和姐一样四处打短工。小时工，清洁工，盖房子，种花，卸煤，什么都做。

我每次寒暑假回到家，大家聚在一起，她们都说干活中各种有趣的人和有趣的事。我听的时候很向往。不像我每天待在学校里，只跟书本打交道，生活实在单调。

我毕业后，顺利找到了工作，在一个集团公司坐办公室，工资也挺高的。家里人都很高兴。后来我结了婚，又辞职去了北京。

生了女儿以后，因为一些教育问题，我们搬到北京郊区去住，把女儿送到一个私立学校上学。

女儿每天去上学，丈夫当时在一个学校代课，白天就我一个人在家。我每天除了喂鸡种菜看狗，没什么事做，也没人说话，非常无聊。有一天去村里市场买菜的时候，看到附近一个宾馆招客房服务员的广告，看起来很好，下班时间也挺早，我就想去试试。有个事干，挣点钱，还能有人说话。

于是我就开始了本书所说的客房服务员的经历。

我想，客房服务员只是收拾房间而已，应该会很容易。但是没想到，每人每天几十间房，每个房间里几十道琐碎的工序，下班前必须把所有房间整理完，经常连吃饭都要赶时间。我很快就累趴下了。先是几天站下来，脚疼，走路感觉非常痛苦。后来脚习惯了，不疼了，又饥饿。我早上使劲多吃，还带了很多油腻的点心和巧克力当零食，还是顶不上。等到我终于适应了的时候，又来了一个新主管，与旧主管不合，他们开始各种明争暗斗，却都想出各种点子折腾我们。

在我刚开始脚疼的时候，丈夫就劝我放弃。我之所以一直坚持下来，真的像我的姐姐妹妹说的那样，和那些女人们一起工作非常有趣。她们一个个都打扮得漂漂亮亮。每天早上上班前在更衣室，下班后在洗澡间，聊天，打闹，开玩笑。上班时一有空就用对讲机聊天，有客人留下的好吃的叫大家去分享，想办法偷工减料，联合起来对付主管。有一次为了凑齐布草，还使用了美人计。这比我一个人在家有意思多了。

她们比我年轻，但也是又累又烦。我问她们为什么不换个工作，她们说："干什么活都是这样的，到哪儿都一样。"

"可是至少有个好头儿，干活愉快。"我说。

"只要是头儿，都这样。"她们说。

旺季到了，我太累了，只好认输了。在坚持了几个月后，我终于离开了宾馆。

当我告诉我的姐姐和妹妹当客房服务员的经历时，她们说："在外面干活就是这样的。"

原来我的姐妹也是这样工作的。我只是工作了几个月，而她们要这样工作一生。

"我能为她们做点什么呢？"我问丈夫。

"把它写出来。"他说。

于是就有了这本书。